COLLECTION
FOLIO ACTUEL

Olivier Bomsel

Gratuit !

Du déploiement de l'économie numérique

Gallimard

Olivier Bomsel est ingénieur civil des Mines et professeur d'économie industrielle à l'École des mines de Paris. Il dirige au Cerna, le laboratoire d'économie industrielle de l'École des mines, les travaux de recherche sur l'économie numérique.

INTRODUCTION

Des cadeaux comme s'il en pleuvait. Un téléphone qui prend des photos, une antenne parabolique (son décodeur et son installation), des logiciels libres, de grands quotidiens en ligne et à la criée, sept nouvelles chaînes de télévision, une bibliothèque universelle, un modem à 10 mégabits/seconde, 3 millions de titres musicaux, cent mille films en *peer-to-peer*... Rien de neuf qui ne soit, avant tout, gratuit. Jamais la gratuité n'a été aussi présente, autant vantée, aussi disputée qu'à l'ère numérique.

Il y a là, pour l'économiste, le citoyen, le sceptique raisonnable, une conjoncture singulière. Pourquoi tant de cadeaux ? S'il n'y a pas plus de *free lunches* [1*] que d'offrandes bénignes des Grecs, d'où vient cette profusion ? Qu'est-ce qui la rend possible ? Quels desseins nourrit-elle ?

L'hypothèse de ce livre est qu'il y a, dans le déploiement des technologies numériques, un phénomène

* Les notes de l'ouvrage sont regroupées en fin de volume, p. 277. Le lecteur trouvera par ailleurs une définition des principaux termes techniques et micro-économiques employés dans le glossaire, p. 295.

historique et économique singulier. Ce phénomène est souvent identifié à la baisse continue des coûts de traitement et de transport de l'information résultant des gains de productivité exponentiels des puces électroniques. Mais, en étendant le champ du codage binaire, les innovations numériques voient leur utilité croître avec le nombre d'utilisateurs : c'est le cas d'Internet, des moteurs de recherche, des téléphones mobiles, des moyens de paiement électroniques, mais aussi de la télévision, du DVD et, plus généralement, des applications numériques de distribution de biens informationnels. Ces logiques, repérées par les économistes sous le nom d'effets de réseau, imposent de conquérir le plus rapidement possible, par des subventions habilement choisies et créatrices d'irréversibilités, une masse critique d'utilisateurs. De là des transferts, des subventions, mais aussi des rentes, des conflits d'intérêts... De là aussi qu'on ne propose plus du « moins cher » comme au temps du fordisme et de sa concurrence par les coûts, mais naturellement du gratuit, catalyseur de déploiement. De là aussi la domination de Microsoft, le succès de Google, le déploiement de la téléphonie mobile ou des réseaux de *peer-to-peer*...

Le numérique est avant tout un protocole de codage, c'est-à-dire un langage auquel le progrès technique permet d'embrasser de plus en plus de significations. Plus il est parlé, plus il est utile, plus il se parle et devient dense, plus il doit circuler... Cette dynamique modifie profondément l'ensemble des mécanismes de demande et les stratégies concurrentielles. Elle est d'autant plus puissante que les technologies de codage, de traitement et de stockage progressent vite et ont encore un fort potentiel de développement. Le gratuit est, dans ce paysage, un outil de déploiement d'innovations complémentaires, mais aussi concurrentes, et, par là même, une arme économique redoutable.

En outre, les effets de réseau déstabilisent les représentations de l'économie classique dans lesquelles la demande n'est fonction que du prix. Le gratuit est désirable non seulement parce qu'il est transgressif — il transcende les limites de la demande classique —, mais aussi parce qu'il est crédible dès lors qu'une vision productiviste assigne des coûts nuls à la diffusion massive de l'information. Or cette vision est pour le moins naïve. Elle résulte, en France, de la persistance d'un colbertisme keynésien cautionnant le bon vouloir de l'État dans la sphère économique. Ce dispositif est daté. Il entretient et aggrave l'inadaptation des représentations économiques qui font du gratuit l'instrument privilégié de la mutualisation sociale. Car, à l'ère numérique, le gratuit est privé. Ses mécanismes sont en vérité plus subtils, plus violents, plus contestables que les promesses qui les entourent. L'objet de ce livre est de les éclairer.

La question est alors de savoir ce qui, dans le gratuit, relève d'une disparition effective de certains coûts et ce qui, à l'inverse, relève de la mise en place de transferts ou de subventions. Qui a intérêt à donner ? Comment les transferts s'opèrent-ils ? Dans quels buts, au bénéfice de qui, en quête de quels effets ?

Le numérique est un Cheval de Troie. Il pénètre et se diffuse d'abord comme un bienfait. Puis déploie rapidement ses effets de réseau. Pourtant, un bienfait n'est jamais innocent : il se conçoit, s'apprécie, se discute, suscite des choix de représentation, s'accepte ou se refuse. C'est à travers ce prisme, celui du bienfait et de ses effets de marché, qu'on présentera dans ce livre, suivant une démarche d'économiste, un éventail d'innovations contemporaines. Porté par le numérique, la question du gratuit — l'absentement du prix, les transferts qui l'organisent, les effets qui en résultent — revitalise la fonction du discours économique dans notre société.

CHAPITRE I

LE SYMPTÔME DU GRATUIT

Il y a, singulièrement en France où l'on aime les mythologies, une crise des représentations de l'économie. Cette crise — née de l'effondrement du socialisme en Europe de l'Est — se manifeste par la recherche de modèles alternatifs au capitalisme. Symétriquement à l'Amérique qui s'est faite contre l'Ancien Monde, l'Europe, pour s'accepter, a besoin d'alternative. L'URSS, quoi que chacun en ait pensé, fonctionnait dans ce registre comme un ailleurs idéal : le lieu du socialisme, autrement dit d'une politique toute-puissante, alternative de l'économie. Ce camp existait d'autant plus que la Chine l'avait rejoint, entraînant avec elle de larges mouvements antiaméricains. Le fait qu'un grand empire industriel ait pu se déployer à nos portes en dissolvant entièrement les principes de l'économie — la propriété et la monnaie — instituait une distance confortable avec l'*argent-réel*, que certains appelaient même l'*argent-roi*. Le socialisme organisait, certes, la division géographique de l'Europe. Mais, au-delà, il entretenait le clivage *libéral-social* des représentations de l'économie politique et des partis parlementaires supposés les incarner. La fin de l'URSS, l'entrée de la Chine et de l'Inde dans la concurrence capitaliste mondiale, le vieillissement des générations internationalistes antiaméricaines, l'unification post-socialiste de l'Europe incitent les Européens, et singulièrement les Français, les plus éloignés du socialisme réel, donc les plus idéalistes, à rechercher de nouvelles échappatoires.

Dans cette conjoncture trouble, le progrès technique, longtemps assimilé au progrès social dont il était le ressort, redevient un enjeu. D'un côté, une mouvance naturaliste dénonce dans les risques du clonage, les modifications génétiques et les multinationales de la chimie une logique pernicieuse mue par le seul profit. La sauvegarde de la Terre et de ses habitants s'institue en rempart de leur mondialisation. De l'autre, un enthousiasme technophile s'emballe pour l'Internet, symbole de liberté, de progrès, de lien social, de démocratie et, miracle, de gratuité.

Et donc le gratuit. Il s'étend en 2002 avec le déploiement du *haut débit* et le piratage massif de la musique sur Internet. Il met en scène une nouvelle jeunesse, contemporaine de l'ordinateur, capable de transformer l'outil d'asservissement en source intarissable de distraction, d'échange, de plaisir. Cette jeunesse, boulimique de signes et de marques, incarne le renouveau, le bonheur technologique, l'abolition des distances entre le travail et le loisir. Elle incarne aussi la société de l'enfant-roi et le pouvoir de marché considérable que celle-ci lui confère alors même qu'elle lui ferme ses emplois. Face à elle, les « majors du disque » crient aux voleurs de pommes. On croit d'abord en rire, mais cela ne durera pas. Symboles d'un capitalisme mondial et sans scrupule, les « majors » cumulent toutes les tares de l'économie : multinationales exploiteuses du talent sacré des auteurs, « chats gras » vivant de rentes ponctionnées sur l'artiste et le mélomane, lobbies rétrogrades incapables de s'affronter au progrès, barbons moralisateurs s'attaquant à la jeunesse reine, leurs cris d'orfraie face au piratage signent leur conservatisme, leur débordement. Du jour au lendemain, le disque devient un produit d'escroc accusé de grouper des daubes insipides autour d'un titre d'appel, un machin lourd et cher comparé au DVD, un ancêtre dépassé par l'ordinateur et le téléphone mobile, bref l'emblème de la cupidité désuète du capitalisme face aux Robins des Bois de l'Internet.

Même si ce débat déborde largement le cadre de l'Hexagone, il a ici une grande vigueur et des spécificités. En effet, les Américains ont lancé, dès les années 1990, c'est-à-dire juste après l'effondrement de l'URSS, un débat sur l'impact inouï des technologies de l'information dans la société. Ce débat, dans lequel ont baigné les deux présidences Clinton, s'est fondé sur le caractère radical des nouveautés apportées par la numérisation et son emblème d'alors, Internet. Projet d'État porté par des applications militaires, Internet est, à l'origine, un pur produit de la guerre froide. Son déploiement civil concrétise, au sein du camp vainqueur, la victoire idéologique. Il s'entoure de représentations positives de l'économie et de la société fondées sur les valeurs de la connaissance, du progrès technique, de la communication et de l'échange entre individus. L'un des enjeux est de raviver, dans la nation américaine, le thème de la *nouveauté* en faisant jouer les notions de péremption, d'obsolescence, de *destruction-créatrice* induites par le progrès technique. Au plan intérieur, le catalyseur de la « révolution numérique » américaine est en effet le démantèlement des réseaux historiques de télécommunications et avec eux de l'institution d'AT&T, leur monopole emblématique et détesté. Ce démantèlement, imposé par un jugement de la Cour suprême de 1983, s'accélère dans les années 1990 avec le déploiement des grands collecteurs en fibres optiques introduisant les gains de productivité numériques dans le transport de l'information. Ce sont ces réseaux qui, en apportant des capacités de transport quasi infinies, ouvrent le déploiement d'Internet et des mythologies associées. Nouvelle époque, nouveau paradigme, nouvelles technologies, nouvelle frontière, nouveaux entrants, nouvelles firmes (*start-ups*), nouvelle économie, nouvelle culture... tels sont les thèmes martelés par les économistes, sociologues, dont Jeremy Rifkin, l'un des plus visionnaires, annonce qu'ils marquent, après des siècles dominés par la propriété matérielle, l'entrée dans un nouvel âge, celui de l'accès, de l'expérience payante[1]. Cette rhétorique du nouveau culmine dans le dernier discours de Clinton sur l'état de l'Union quand celui-ci déclare — l'an 2000 vient de commencer — que les États-Unis resteront à jamais un pays jeune : « 224 ans après, la Révolution américaine continue. Nous demeurons une nation neuve. Tant que nos rêves l'emporteront en nombre sur nos souvenirs, l'Amérique sera éternellement jeune. C'est notre destinée. Et c'est notre moment[2]. » Derrière ces visions régénératrices du Nouveau Monde, d'une nouvelle société en phase avec le millénaire, on retrouve abondamment dans la littérature de la nouvelle économie américaine cet antagonisme nécessaire, utile, progressiste, entre les nouveaux (*newcomers*) auxquels tout est promis et les historiques (*incumbents*) dépassés. Cette querelle symbolique des anciens et des modernes n'a pas vraiment lieu d'être dans notre vieille, à jamais vieille Europe.

Revenons au gratuit. Son expression américaine, *free, freeness*, engage la liberté, l'ordre de l'individu en tant qu'être social. Liberté d'expression (*free speech*), initiative individuelle (*free enterprise*) sont les valeurs constitutives de la nation américaine, celles-là mêmes qui sont ici ressenties comme des dangers : celui du libéralisme, du libertarisme, du trop d'individu. En France et dans les pays latins, le gratuit évoque, tout au contraire, la grâce, le sentiment de gré envers celui qui la prodigue, la gratitude jusqu'à la reconnaissance qui peut être éternelle et, par là même, le fait sacré du prince, le ministère de l'État. Le gratuit est en Europe le propre des biens et, plus encore, des services publics. Il sert l'identification collective, la socialisation. Il est juste alors qu'il conserve sa part d'ombre : est également gratuit ce qui est sans motif, sans raison suffisante.

Dans sa célèbre étude dédiée au surnaturel de la royauté, Marc Bloch décrit comment les rois thaumaturges — les Capétiens en France, les princes normands et leurs héritiers Plantagenets, outre-Manche — guérissaient les scrofuleux en touchant leurs écrouelles, leurs prurits ganglionnaires. Ce rite, qualifié de miracle royal, apparut en France au XIe siècle sous le règne de Philippe Ier (1060-1108) et acquit une telle popularité qu'il devint la marque exclusive de ces deux monarchies. « Quand, vers le XIIIe siècle à peu près, la renommée des guérisons opérées par les Capétiens et les Plantagenets se fut étendue largement dans tout le monde catholique, plus d'un prince, peut-on croire, en ressentit quelque envie… Trop tard. Les rites français et anglais avaient pour eux la plus grande force de ce temps : la tradition[3]. » Ainsi les monarchies d'Europe surent-elles inventer des rituels, des modes de socialisation capables d'incarner la grâce du droit divin dont se prévalait l'État. Celles qui les établirent surent même dissuader de l'imitation les princes concurrents, instituant de la sorte des singularités nationales des modes de socialisation. Le rite, qui dura, en France, jusqu'au règne de Louis XVI, ne s'arrêtait pas au simple toucher : chaque malade recevait une aumône, allant en France de six sous à six livres, en Angleterre d'un denier à sept shillings. « La pièce de monnaie était devenue alors, aux yeux du public, un instrument essentiel du rite ; ne pas la recevoir des mains du roi, c'eût été, au mieux, n'être miraculé qu'à demi[4]. » Pendant sept siècles, les rois anglais et français touchèrent et gratifièrent jusqu'à plusieurs milliers de malades par an. Le rite, cependant, finit par reculer. À la mort de la reine Anne en 1714, laquelle, trois mois plus tôt, touchait encore des écrouelles, l'Angleterre protestante appela les princes de la maison de Hanovre. Ceux-ci, conscients du recul de la foi dans les élites, parièrent alors sur un pouvoir éclairé : ils renoncèrent au toucher. La monarchie continua sans lui, sous les auspices de la Providence et les lumières du droit naturel conjugué à l'économie. La France, pour sa part, perpétua le rite pendant encore une régence et deux règnes, et ne le remisa que quatre-vingts ans plus tard, en abjurant la royauté. Mais y renonça-t-elle vraiment ? Louis XVI ne mourut-il pas de n'être plus divin ? Ses successeurs ne le redevinrent-ils pas à la faveur de quelque rite sacré ?

Catholique et présidentielle, la France conserve encore son mystère guérisseur. Ce qui valait jadis pour la médecine vaut aujourd'hui pour l'économie. La gratuité guérit des prix injustes et des souffrances sociales dont ils sont le ferment. Le geste qui la dispense — de la médecine à l'éducation, sans oublier l'agriculture, la culture, la science et les grands programmes technologiques — demeure, on va le voir, un miracle public.

L'Amérique n'a jamais eu de rois. Et très peu de présidents catholiques. L'économie y est un discours naturel car, au fond, le pays n'existait pas avant elle. Le développement d'Internet y fait les beaux jours de Microsoft et des géants de la Silicon Valley. La philosophie de l'accès, du loisir, de l'expérience achetée se fonde sur l'enrichissement désirable des acteurs de l'*hypercapitalisme.* Si les militants de l'*Electronic Frontier Foundation* — association libertaire de défense de l'Internet — veulent qu'Internet demeure le lieu ultime de la libre expression (*free speech*), on ne les imagine pas s'en prendre, comme cela s'est fait en France, à la cupidité des multinationales. Peu de chances d'y voir des néo-proudhoniens comme l'économiste Daniel Cohen[5] ou le député Christian Paul[6] relancer le slogan « la propriété intellectuelle, c'est le vol ». Et si, dans une tribune fustigeant la chasse aux pirates, ce député invoque à deux reprises « la révolution numérique » et ses grandes leçons d'économie, ce n'est pas de la même révolution qu'il s'agit. La « révolution », même apposée à numérique, est par trop équivoque. Elle renvoie, en France, au renversement de la monarchie, à l'abolition des privilèges, à l'expropriation du clergé et, dans cette filiation, aux grandes révolutions socialistes inspirées par la nôtre. Le gratuit y exalte le principe émancipateur qui transfère à de nouveaux princes les vertus évanouies des Capets. La Révolution américaine est, au contraire, la guerre d'Indépendance, l'unité nationale, la Constitution qui fonde un capitalisme plus puissant encore que celui des colons. Si d'aventure, la gratuité y fait débat, c'est clairement au nom des droits constitutionnels, de la liberté de parole, de la défense idéologique du « nouveau » ou de la démocratie, et non en résistance à l'iniquité des profits.

La situation européenne est complexe. Alors qu'une directive datant de 2001[7] prescrit une adaptation rapide des règles du copyright à l'environnement numérique, certains pays, dont la France, tardent à la transposer et laissent s'établir de violentes polémiques entre groupes d'intérêt. Début 2004, la controverse sur le piratage de la musique y devient un « phénomène de société ». Deux physiciens, Mercouroff et Pignon, professeurs à l'École normale supérieure, font paraître une tribune plaidant pour une économie publique de l'immatériel. Pour ces universitaires, le numérique est « fils du vent » : il induit la dématérialisation de l'économie, laquelle fait disparaître les coûts de diffusion des flux informationnels et abolit les règles de tarification des biens correspondants. Comment, demandent-ils alors, aborder cette économie des biens immatériels ?

> Des pistes existent. On utilise déjà des biens immatériels qui fonctionnent sous des régimes apparemment « gratuits », en fait mutualisés : les bibliothèques publiques où chacun peut venir puiser l'information qu'il souhaite dans des livres, les soins de santé mutualisés avec les régimes d'assurance maladie, les communications téléphoniques locales aux États-Unis, les abonnements à l'Internet, les résultats de la recherche scientifique fondamentale pratiquée dans des laboratoires publics, qui sont gratuitement mis à la disposition de qui veut les uti-

liser. C'est d'ailleurs cette gratuité et cette mise à disposition de tous, depuis plusieurs siècles, qui sont à l'origine du dynamisme et des avatars des sciences et des technologies, dont l'Internet en est un des derniers. Ces quelques exemples parmi tant d'autres montrent que cette économie « gratuite » de biens immatériels peut se faire sur la base d'une mutualisation, par l'impôt, l'abonnement, la cotisation forfaitaire[8].

Par-delà la déférence qu'inspire la grâce publique — du CNRS à la Sécurité sociale —, ces propos indiquent un embarras, non seulement de ces physiciens qui se réinventent ici physiocrates, mais aussi du citoyen, voire de certains économistes français face à un problème économique somme toute très banal : le fait que les prix ne reflètent pas forcément les coûts. Dans une tribune faisant écho à celle-ci, Pierre-Noël Giraud enfonce le clou :

> Ainsi drapés dans la défense de la création et de l'intérêt général, les majors du disque et du cinéma s'ingénient à inventer des moyens de dissuader ou de faire payer ce que le progrès technique a rendu quasi gratuit : la recherche, la reproduction et l'échange de fichiers numériques... Comme toute tentative de s'opposer aux libertés nouvelles qu'offre la technique, ces méthodes seront au mieux inefficaces, quand elles n'auront pas de graves effets pervers. Il s'agit de combats d'arrière-garde qui ne feront que retarder l'inéluctable gratuité. Ceux qui les mènent ont autant de chance de succès que ceux qui se seraient opposés à l'imprimerie pour sauvegarder l'emploi des copistes et l'art de la calligraphie dans l'Occident médiéval[9].

L'argument sera largement repris, à la fin de l'année 2005, quand le Parlement examinera enfin la transposition de la directive européenne. Dans une intervention inattendue, le député Bloche prône la création d'une licence obligatoire qui se substituerait à un droit d'auteur jugé trop exclusif: «Là où vous voulez maintenir les contraintes de rareté des biens physiques dans le monde d'abondance qu'est la société de l'information, nous considérons au contraire que la création culturelle se nourrit avant tout du partage des savoirs et de la circulation des œuvres[10].»

La gratuité des biens immatériels résulte logiquement de leur statut de biens publics, lui-même renforcé par l'effacement de leur coût de diffusion. Peu importe que la création ait coûté. Si sa diffusion est apparemment gratuite — ce qui est toujours trompeur —, le bien doit l'être aussi. Ce principe complète l'argumentaire sur l'iniquité des profits des entreprises culturelles qui presse leur étatisation:

> On nous présente ainsi comme une nécessité économique ce qui n'est que le cercle vicieux engendré par un système bien particulier, qui permet l'accumulation de rentes astronomiques et n'a plus aucun rapport avec les coûts réels de production *stricto sensu*. Il n'est certes pas de bon ton, à l'heure où pour beaucoup l'État doit avant tout être réduit, d'évoquer la seconde hypothèse: un financement en partie public de la création. Mais, en réalité, de la Grèce aux États modernes en passant par les Médicis, n'en a-t-il pas toujours été ainsi[11]?

Pourquoi la Grèce antique fonde-t-elle un modèle plus que la dynastie des Capets? Parce qu'elle est source, comme la Renaissance des Médicis, d'une forme de «classicisme» qui permet de créer, par un effet de structure, une filiation historique: d'inscrire la nouveauté dans le connu. L'article de Giraud qui fait référence implicitement à Ricardo et nommément à Marx montre à quel point les économistes dits *classiques* structurent les représentations économiques françaises et organisent leur filiation à l'Histoire, ou plus exactement à une lecture dialectique, instrumentale de celle-ci. Pour les *classiques*, la *production* traverse les âges : c'est un invariant temporel dont l'économie capitaliste dispose une séquence singulière, consécutive des précédentes, transitoire de celles qui suivront. Les prix y reflètent fatalement les coûts de production dont il est entendu qu'ils intègrent un profit dit « normal », plafonné par les effets de la concurrence. Les coûts de production couvrent la rémunération des facteurs, c'est-à-dire le capital et le travail, sur lequel le capitaliste propriétaire prélève sa plus-value. Autour de cette vision qui domine depuis deux siècles la politique sociale française, et son pendant, *l'économie politique*, se glissent de nombreux corollaires : les profits se partagent entre capital et travail, les gains de productivité en organisent la croissance, l'État arbitre ce partage en tempérant les effets de la concurrence...

Cette vision resurgit dans le débat sur les droits d'auteur où le porte-parole de la licence légale — d'une pseudo-gratuité de la musique et des films sur Internet — en appelle au travailleur, opposé au propriétaire :

> En reconnaissant aux auteurs un monopole provisoire sur les œuvres, les Révolutionnaires de 1789 veillèrent aussi à ce que les œuvres reviennent rapidement dans le domaine public. C'est cet équilibre que recherchaient Jean Zay et le gouvernement du Front populaire quand ils préparaient, sans pouvoir, malheureusement, la conduire à son terme, une législation qui considérait l'auteur non comme un « propriétaire » mais comme un « travailleur intellectuel »[12].

Il s'agit d'adapter au « numérique », les Américains disent au « millénaire », la propriété intellectuelle — institution centrale du capitalisme, du droit commercial international et de l'économie (plébiscitée en France) des marques et des brevets. Or la référence au Front populaire prescrit son étatisation au nom des « travailleurs ». Certes, les groupes d'intérêt poussant à la licence légale, opérateurs de télécoms ou associations d'internautes, ont, sur ce sujet, des visées plus terre à terre. Que le consommateur puisse continuer à braconner leur suffit. L'argumentaire public n'en est pas moins significatif.

Cette vision classique — et *classiste*[13] — de l'économie est purement productiviste : elle pose le profit comme résultant de la production et n'accorde à la concurrence et aux prix que des fonctions de régulation. Elle a de nombreux effets connexes. Le premier, bien connu, est que les commerçants, y compris les banquiers, sont des parasites vivant sur le dos des producteurs. Ce thème est inépuisable. Il s'étend désormais aux artistes à succès. Un autre effet est que la dynamique de mondialisation s'illustre principalement par la délocalisation de la production, c'est-à-dire par un dérèglement amplifiant les profits par moins de rémunération du travail. Les aspects d'élargissement de marché ou d'abaissement des prix ont bien moins de lisibilité. De là, des réflexes corporatistes ou isolationnistes qui, sans entrer dans tous les détails, pointent l'enjeu de la représentation du profit dans le débat politique national.

Certes, les très nombreux travaux de microéconomie souvent appelée « économie industrielle » menés depuis soixante-dix ans montrent à quel point la concurrence est un phénomène subtil, interactif, et combien les mécanismes de formation de prix, au cœur des stratégies des firmes, s'appuient sur des effets de monopole. La plupart des réglementations dont s'inspire la politique économique anglo-saxonne, ainsi d'ailleurs que la politique communautaire de la concurrence, se fondent sur ces résultats. Mais, à la différence de l'économie classique, ces travaux, fatalement spécialisés, n'ont pas trouvé de résonance dans les représentations politiques françaises où le questionnement sur le partage catégoriel du profit l'emporte toujours sur la nature des mécanismes de sa création.

Les raisons sont complexes. La micro-économie, trop souvent présentée comme un rationalisme *ex ante* de l'individu, souffre terriblement de cette caricature. Le sort de l'*homo economicus* surdéterminé par la recherche de son bien-être n'a en effet rien d'enviable : qui, dans la société qui inventa le scepticisme, souhaiterait voir une théorie prédire ou modéliser ses décisions ? Une telle science est évidemment détestable. Le problème est que, depuis bientôt cent ans, ce n'est plus l'individu, mais la firme qui se trouve au cœur de l'analyse économique, et que, pour le coup, les modèles rationalistes lui sont beaucoup mieux adaptés. Il faut alors, pour appréhender l'économie, pouvoir se représenter la firme comme un joueur positionné sur un marché où coexistent, se déplacent, interagissent des concurrents et des clients. Or, dans l'imaginaire français, le marché est absent. Seul existe le monde, l'univers cosmologique, qui, semblablement à la production et l'État, demeure un invariant. Immanquablement, c'est donc l'économie classique qui va imposer sa vision de la firme, habillée, oserait-on dire, en combinaison de facteurs. On se trouve ainsi, chaque fois que l'économie est en cause, systématiquement rappelé à l'ordre classique, au schéma productiviste d'opposition du capital et du travail, lequel occulte les mécanismes essentiels de la concurrence et des prix. On tourne en rond.

En outre, la faiblesse des discours sur l'économie des services, toujours suspecte de parasiter l'usine ou de brader le service public, s'aggrave de l'obscurantisme de l'exception culturelle. Ce dispositif, conçu pour protéger les industries créatives des effets d'une concurrence destructrice, trouve sa justification dans le rejet de l'économie. Au lieu donc de cautionner des mesures telles que l'unicité du prix du livre ou le financement réglementé du cinéma par des analyses micro-économiques ajustées à ces industries, et par là même, au sens strict, de leur donner raison, ces choix sont présentés comme le caprice d'un prince, d'un mécène public flattant les créateurs. Ce dédain de l'économie qui trouve sa source dans l'absolutisme, dans la légitimation de l'État par sa toute-puissance, a fonctionné jusqu'au keynésianisme tant qu'il s'agissait de créer des usines, d'organiser la production et de redistribuer sa croissance entre grandes catégories sociales. La mutualisation pouvait, en quelque sorte, être centralisée. Dans la société de l'information et des réseaux où les mécanismes de création de marchés sont au cœur des dynamiques de croissance, ce tropisme est devenu provincial. Il exacerbe le particularisme, isole la création. Car le numérique accroît la consommation de biens informationnels et leur intégration aux autres productions. En suggérant que les biens culturels ne sont pas des marchandises, en les sacralisant par crainte de la concurrence et du profit, on abstrait de l'économie une part croissante de son dynamisme et de sa capacité créatrice. Le *Made in France*, du TGV à la haute couture, est avant tout une image, un assemblage de symboles véhiculé par des médias et des produits culturels. Ces produits sont issus d'industries certes « créatives[14] », mais d'industries comme les autres, qui les valorisent et les diffusent mondialement. Ces effets d'image, de réputation, de renommée sont, à l'égal du prestige de nos rois thaumaturges ou des marques surconsommées par les adolescents, de formidables remparts contre la concurrence. Pourquoi échapperaient-ils au discours économique et, plus grave encore, aux politiques industrielles ? Ce classicisme est intégriste. Il nous perd.

La question de l'argent dans la pensée classique est explicitement abordée par Foucault dans *Les Mots et les Choses*. Il y décrit le lent processus par lequel la monnaie acquiert progressivement, entre le XVe et le XVIIIe siècle, par expériences et représentations successives — du métal précieux à l'échange numéraire — la valeur de signe que nous lui connaissons aujourd'hui. « Valoir, dit-il, pour la pensée classique, c'est d'abord valoir quelque chose, être substituable à cette chose dans un processus d'échange[15]. » Dès lors, deux points de vue s'opposent sur la nature de l'échange, c'est-à-dire de la *chose* échangée. Pour les uns, qu'on peut appeler physiocrates, la *chose* dont il s'agit est celle produite par celui qui donne. Pour les autres, qu'on dira utilitaristes, c'est l'utilité individuelle de celui qui reçoit. L'une est matérielle, l'autre est conceptuelle. Ces deux approches engendrent des trajectoires de la pensée économique et, avec elles, des représentations qui resurgissent dans le débat sur le gratuit. Le monde anglo-saxon, plus individualiste, plus utilitariste, sensible à la *value for money* de celui qui reçoit, ne fait pas de la gratuité une question économique. C'est d'abord un point de droit, vu sous l'angle des libertés. À l'inverse, la position physiocratique l'emporte en France et en Allemagne où, depuis le XVIIIe siècle, l'économie se nourrit des modèles productivistes. Dans notre chère vieille Europe, la valeur est liée à la chose produite, au prix de revient, au coût associé aux objets. De là cette indignation que des biens immatériels aux coûts apparemment nuls, aux contours industriels indécis, puissent donner lieu à tarification payante. Car, en suivant cette logique, ce qui ne coûte rien ne vaut rien. Et ce qui ne vaut rien doit pouvoir s'échanger sans entraves. De là toujours le recours à l'État dans le financement des biens immatériels, qui revêtent alors un statut d'exception, « hors valeur ».

Et pourtant, le gratuit s'étend aussi au matériel. Mais nul ne s'étonne, ni encore moins ne s'indigne de l'abondance d'offres gratuites d'équipements aussi sophistiqués que des téléphones mobiles, des antennes paraboliques, des décodeurs de télévision payante... Personne non plus ne s'offusque du prix, éminemment variable, d'une place de train ou d'avion, alors même que le coût marginal de cette place est quasi nul pour le transporteur qui affrétera son vaisseau quel que soit le remplissage. On pourrait ainsi donner gratuitement les places libres dans les avions et les trains juste avant leur départ. Même chose dans les cinémas. Et que penser de la tarification des services bancaires dont le coût unitaire est irreprésentable[16] ?...

Le débat français sur le gratuit numérique est alors un symptôme. Celui du déphasage entre la pensée économique classique et la *chose* qui identifie la valeur. Le gratuit classique évoque immanquablement les coûts, lesquels sont des conventions issues d'un modèle, d'une fonction de production. Les coûts engendrent des représentations morales du profit qui fondent, en France et souvent ailleurs en Europe, l'acceptation sociale d'un capitalisme arbitré par l'État. Et soudain, plus de coûts. Le doux visage des prix se charge d'écrouelles. Plus de modèle, si ce n'est le besoin d'État, de mutualisation. Et l'État keynésien redevient thaumaturge. Le phénomène est curieux. On peut partir de là.

La thèse de ce livre est qu'il existe un lien entre *gratuit* et *numérique* dont l'explicitation fournit un éclairage alternatif à la doctrine des coûts. Ce lien est fondé sur un mécanisme central appelé « effets de réseau » dont l'espace est non pas celui de l'offre, de la fonction de production, mais celui de la demande et de sa dynamique. Ce mécanisme repose sur la propriété des objets symboliques faisant que « plus un produit est consommé et plus il est utile ». Cette propriété tient, dans l'économie numérique — autrement dit, l'économie des signes — un rôle central, subrogeant les économies d'échelle. La recherche d'effets de réseau inverse le rapport des coûts et des prix car l'accroissement d'utilité élève la valeur des biens indépendamment de leurs coûts unitaires, lesquels peuvent, par ailleurs, baisser avec les quantités. Le gratuit va donc apparaître non pas comme un effet de l'abolition des coûts, mais comme l'outil indispensable d'initiation et d'appropriation de ces dynamiques d'utilité — les effets de réseau — dans la concurrence entre industries de biens et services complémentaires. On concevra alors que les bénéficiaires du gratuit ne sont pas tant les consommateurs qui l'acceptent que les firmes qui, grâce à lui, capturent de nouveaux marchés.

Pour déployer cette thèse, autrement dit pour l'expliciter, l'illustrer par des exemples, explorer ses corollaires et, dès lors, initier sa circulation, il va nous falloir procéder par étapes. La première vise à dire ce qu'est le « numérique » et pourquoi les effets de réseau lui sont consubstantiels. La deuxième consiste à décrire, de manière souvent didactique, le mécanisme de ces effets et les modèles économiques généraux illustrant leur déploiement. La troisième étape a pour but d'illustrer la façon dont ces effets apparaissent dans le déploiement des innovations numériques et comment ils permettent de décrypter la prolifération du gratuit. On s'attardera ici sur un certain nombre d'exemples emblématiques du déploiement numérique : celui de la téléphonie mobile, le cas de l'accès à Internet, celui du *peer-to-peer* et de la distribution des produits culturels, celui de la recherche sur Internet incarnée par Google. Pour chacun de ces exemples, il nous faudra entrer dans le détail de la fabrication en sorte d'illustrer comment la gratuité surgit d'une offre combinée aux composantes multiples. Ces descriptions pourront paraître digressives, mais une culture industrielle élémentaire et la compréhension des trajectoires techniques sont ici indissociables de l'intelligence des mécanismes de prix. Enfin, pour achever cette revue, on reviendra sur les moyens et les implications d'une meilleure prise en compte de ces effets de demande dans les représentations économiques et les discours sur l'intérêt général.

Une des difficultés, mais aussi l'un des résultats de ce travail, est que les effets de réseau et les formes de gratuité qui les accompagnent s'appuient sur des phénomènes communautaires et linguistiques dont les nations portent les singularités. Le gratuit est chargé de valeurs de socialisation qui, dans les vieux pays, résultent d'histoires anciennes. De là notre travers visant à comparer, autant qu'il est possible, les processus de déploiement et la portée de leurs effets dans différents pays. L'économie des réseaux permet d'en rendre compte. De là aussi, un défi considérable pour l'Europe : parvenir à unifier, grâce à l'économie et ses représentations, des industries de réseau aux trajectoires éparses et aux marchés linguistiques cloisonnés.

CHAPITRE II

LE GRATUIT NUMÉRIQUE

La fièvre de l'accès

1999 : Internet devient en France un service grand public. Au cours de cette année, le nombre d'heures par mois passées sur Internet via des connexions téléphoniques bas débit (hors entreprises) bondit de 10 à 30 millions tandis que le nombre d'abonnés résidentiels dépasse les trois millions (+ 137 % en un an). Trois ans après les États-Unis, la France va connaître la fièvre d'Internet, des *start-ups*, des introductions en Bourse. Derrière cet engouement, une innovation commerciale : celle des fournisseurs d'accès à Internet — on les appelle FAI — gratuits. Ces entreprises ont pour vocation de faire connaître Internet au grand public et de lui proposer des moyens d'accès. Depuis 1996, quatre fournisseurs d'accès — Wanadoo, Club Internet, AOL, Infonie — se partagent le marché français avec des formules payantes par lesquelles l'abonné acquitte un montant fixe en sus du prix de la connexion téléphonique. Cette concentration est bien plus forte qu'en Amérique et en Grande-Bretagne où Internet est déjà très répandu. Venues des Pays-Bas et d'Angleterre, les marques World-Online et Freeserve débarquent, fin 1998, en France, avec des formules d'abonnement gratuit. Début 1999, elles sont rejointes par quatre anges aux noms évocateurs : Freesbee, Free, Freesurf, Liberty Surf. Dans la débauche publicitaire des *start-ups* qui cherchent à se faire un nom, ces marques se distinguent par leurs campagnes d'affichage et de télévision. Elles mettent en scène Robespierre, Lénine, Mao, Che Guevara : les grands révolutionnaires, ragaillardis par Internet, y exaltent la radicalité du gratuit.

L'accroissement rapide du marché et les perspectives d'entrée en Bourse qui valorisent les abonnés vont précipiter ces firmes dans la surenchère : le « gratuit » (abonnement gratuit et communications payantes) est relancé par le « gratuit-gratuit » (heures de communication offertes), puis par le « gratuit-illimité » (communications illimitées forfaitisées)... Les fournisseurs d'accès payants reculent tandis que l'abonnement gratuit devient la règle. Cette concurrence conduit, bien sûr, à propager rapidement l'usage d'Internet, mais aussi à bâtir autour du réseau une image positive et moderne de gratuité.

Pour le consommateur, ce qui se dessine ici est l'association du nouveau et du gratuit : l'accès gratuit à la nouveauté. Ce point, en apparence très démocratique, va à l'encontre des formes antérieures de gratuité, de cadeau ou de promotion commerciale. Car, évidemment, le gratuit ne date pas d'hier. Mais que ce soit le cadeau Bonux ou le service après-vente Darty, il vient en complément, en reconnaissance d'un achat payant identifié. La treizième huître, la partie gratuite de flipper, les 25 % de laque coiffante en plus, les *miles* d'avion, les bons de réduction, les points-cadeaux, tous ces bienfaits sont liés à des achats dont ils sont les pousse-au-crime et, souvent, les rédemptions. Même l'échantillon de parfum, absolution d'un achat possiblement futile et tentation à sa récidive, est subtilement offert par le commerçant lors du passage en caisse. Le nouveau-gratuit est, lui, sans conditions. Il s'oppose aux logiques de marché fondées sur l'appétit de la nouveauté, la culpabilité de l'achat ou la discrimination par l'attente : le film en salles, le livre à dos cartonné, les créations textiles de l'année sont vendus plus chers que leurs démarques ultérieures, la télévision, le livre de poche, les soldes... Le consommateur sait alors qu'il paie le nouveau plus cher. Ce qu'il sait aussi, c'est qu'il existe des règles, souvent institutionnelles, acceptées par les acteurs de la chaîne industrielle, pour qu'il en soit ainsi. Cette pratique de rétention, de chronologie des ventes avec abaissement progressif des prix, accroît les recettes de chaque produit et permet, en retour, d'en étendre la diversité.

Le nouveau-gratuit est immédiat, transgressif. Il résulte non pas de règles de modération, mais au contraire de séquences hyperconcurrentielles dans lesquelles des acteurs industriels se disputent un marché à très fort potentiel. Ces dynamiques, on va le voir, sont caractéristiques des innovations numériques. Elles ont été à l'origine de la forte croissance des années 1990, de ce que l'on a appelé la bulle Internet — la spéculation sur les firmes d'informatique, de télécoms et de commerce électronique, les *dot.com* — et de son éclatement en 2000. Elles sont à mille lieues des visions iréniques de l'échange ou du don gratuit propagées dans le débat sur le piratage de la musique. Pour les expliciter, il faut revenir sur la singularité du « numérique ».

Qu'est-ce que le numérique ? Quelle est cette catégorie ? D'où vient-elle ? Quel est son espace de déploiement ? Par quelles voies l'approcher ? Au-delà du gratuit, de la bulle, du krach, du désenchantement, quelles transformations induit-elle dans le réel ? Et dans les représentations ?

L'hypothèse productiviste

La forte croissance de la fin des années 1990 a attiré l'attention sur les gains de productivité exceptionnels portés par les Technologies de l'information (TI), dont jusqu'alors les économistes doutaient de la puissance[1]. Cette singularité leur a valu en France, où la technologie est institutionnelle, le titre de Nouvelles technologies de l'information et de la communication (NTIC). Ces technologies apparues, en fait, dans les années 1960, sont fondées sur le traitement logique — numérique — du signal électrique au sein des circuits électroniques intégrés. Les gains de productivité y sont associés, d'une part, à la loi de Moore (doublement tous les dix-huit mois de la capacité des circuits électroniques) et, d'autre part, à la transmission optique du signal élevant considérablement la capacité du transport. La nouveauté est venue de la combinaison de ces gains grâce au redéploiement d'infrastructures télécoms ouvert par le démantèlement du réseau historique américain au début des années 1980. C'est donc par la diffusion des gains de productivité de l'électronique, incarnée par le déploiement d'Internet et la transmission des signaux par paquets, que les symptômes du numérique ont été identifiés.

La loi de Moore, mais aussi l'amplificateur laser de Townes permettant le transport optique du signal

FIGURE 1

Évolution des coûts de traitement,
de stockage et de transport des données

Coûts en US $	1970	1999
Processeur 1MHz	7 600	0,17
Stockage 1 Megabit	5 250	0,17
Transport 1Terabit*	150 000	0,12
*(10^{12}bits)		

Source : Federal Bank of Dallas, 2000.

à grande échelle sont, il est vrai, à l'origine de gains de productivité exceptionnels[2]. La figure 1 ci-dessus en donne un ordre de grandeur : le ratio de division des coûts sur trente ans dans les processeurs et les mémoires avoisine la centaine de mille, dans le transport il est de l'ordre du million.

Ces gains s'assortissent, en outre, d'une accélération formidable des vitesses d'écriture et de lecture des informations. Le transport des informations sur fibres optiques dopées à l'erbium peut supporter des émissions de signaux au rythme de quelques *femto* secondes (10^{-15} s), c'est-à-dire de millionièmes de milliardièmes de seconde. Même si ces durées ne sont pas encore atteintes, ce qui augure des gains de productivité futurs, l'extraordinaire maîtrise du temps permet le découpage en informations élémentaires de signaux continus complexes comme l'image ou le son et leur restitution sans altération perceptible par nos sens. Elle permet aussi la combinaison, le tressage, techniquement le multiplexage, de milliers de signaux distincts dans un seul flux de trans-

FIGURE 2

Évolution du nombre d'informations traitées par seconde dans un processeur Intel

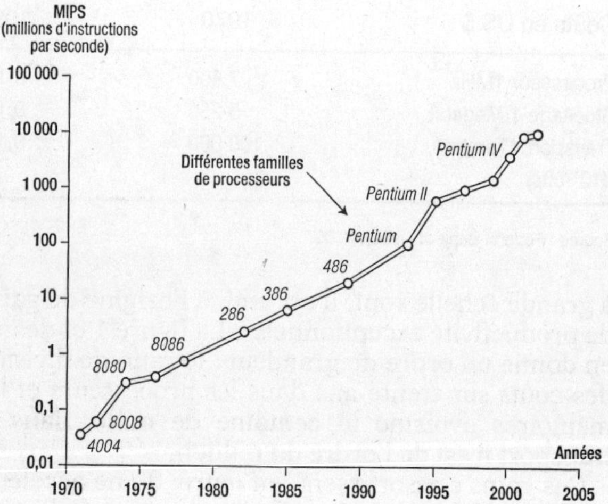

Source : Gordon Moore, Intel. On passe de 50 000 bits par seconde en 1970 à plus de 10 milliards en 2005.

port. De là une demande croissante d'outils de calcul, de processeurs, pour traiter ces codages de plus en plus complexes.

La diffusion des gains de productivité dans les secteurs des technologies de l'information et l'engouement massif pour ces « nouvelles » technologies ont sous-tendu les discours et les représentations de la nouvelle économie.

Ainsi, à Chicago, le 6 mai 1999, Alan Greenspan, gouverneur de la Réserve fédérale (Fed), connu pour avoir perçu, dès 1996, la puissance du boom des technologies de l'information, réaffirme-t-il sa position en affinant son analyse[3]. S'appuyant sur une étude de l'US Department of Commerce[4], il déclare que les technologies de l'information sont à l'origine des gains de productivité exceptionnels enregistrés par l'économie américaine depuis sept ans. Ces gains de productivité ont permis, selon lui, des substitutions capital-travail massives sans contrepartie inflationniste, grâce à la baisse des prix accompagnant l'amélioration continue des performances des produits. Ils ont aussi accru la rentabilité du capital, favorisant l'investissement et l'emploi, et valorisé l'épargne placée en Bourse, encourageant ainsi la consommation. Les principaux risques d'une telle dynamique sont, d'une part, une trop forte tension du marché du travail faisant resurgir l'inflation et, d'autre part, la saturation des gains de productivité entraînant une dépréciation des actifs boursiers et la baisse de la consommation des ménages. De là, la nécessité, pour les Américains, d'étendre rapidement aux autres zones économiques ce modèle de croissance et les marchés des nouvelles firmes[5]. Ces déclarations vont être puissamment relayées par la communauté financière dont les experts rivaliseront de commentaires sur la poursuite d'une croissance forte et durable, grâce à la diffusion permanente des gains de productivité de la loi de Moore.

Pourtant, ces gains de productivité n'apparaissent pas en tant que tels dans des produits tout faits. Le consommateur final achète rarement un microprocesseur ou une fibre optique équipée. Ces gains diffusent à travers des biens et des services exploitant leurs performances et porteurs d'innovations. Celles-ci ne contribuent pas forcément à relever la productivité globale, mais souvent à étendre la diversité et les fonctionnalités des biens et services proposés au consommateur. C'est le cas par exemple de la téléphonie mobile : avec la norme GSM, le numérique a créé un nouveau service, complémentaire de la téléphonie fixe. L'introduction des ordinateurs a d'ailleurs mis plus de vingt ans à faire apparaître, aux yeux des économistes, des gains de productivité. Ce point, mis en évidence par le prix Nobel Robert Solow[6] dans les années 1980, sous-tend une vive controverse sur les causes de la croissance des années 1990 et les discours de Greenspan. Contre les tenants de la nouvelle économie — parmi lesquels nombre d'analystes financiers et de consultants jurant que la croissance durera autant que la loi de Moore — les successeurs de Solow, notamment le statisticien Robert Gordon[7], en reviennent à une lecture plus orthodoxe : on est, selon lui, dans un cycle de croissance, ample et vigoureux, certes, mais banal, ni plus long ni plus court que bien d'autres. Rien de nouveau, donc, et surtout pas l'économie. À ce point que pour Gordon, statistiques à l'appui, l'invention d'Internet a nettement moins d'effets économiques que celle de la chasse d'eau...

Ce débat se tranche en 2000 par l'éclatement de la bulle Internet, et la publication d'études beaucoup plus fines nuançant les apports des technologies numériques à l'accroissement sectoriel et global de la productivité[8]. Ces études montrent que l'impact des TI réside moins dans la diffusion de gains de productivité massifs que dans la transformation des échanges économiques et l'extension continue du champ de l'information.

Les lois de la matière

« L'économie est en train de se dématérialiser. L'ère industrielle se caractérisait par l'accumulation de capital et de patrimoine matériel, la nouvelle économie apprécie plus les faisceaux d'informations et de connaissances[9]. » Pour Jeremy Rifkin, autre pionnier du débat américain sur la nouvelle économie, cette dématérialisation tient certes aux gains de productivité, mais aussi à l'informatisation massive induisant l'allégement des procédés et des produits, le développement de la sous-traitance et du télétravail, la disparition des stocks, la création de nouveaux moyens de paiement, l'extension de la location et des services, etc. Rifkin est un économiste intuitif, alerté par la baisse relative du volume et de la valeur des objets matériels dans l'ensemble du système économique.

La dématérialisation touche au premier chef la propriété, qui, d'une part, se défait de sa dimension de possession et, d'autre part, se concentre autour de la propriété intellectuelle. Ainsi, selon Rifkin, les objets matériels se dévalorisent-ils naturellement au profit d'une richesse portée par l'ensemble des services : à terme, prédit-il, les biens seront gratuits et les services payants : « Dans le cadre d'une économie en réseau qui se caractérise par un cycle de vie des produits de plus en plus court et un flux exponentiel de biens et services, c'est la capacité d'attention des consommateurs plutôt que les matières premières qui devient une ressource rare. Les stratèges du marketing auront de plus en plus recours à la distribution gratuite de produits pour capter cette attention[10]. » La distribution gratuite des biens sert à capter l'attention et, au-delà, à contrôler l'accès au consommateur. La dématérialisation ouvre ici l'ère d'un *hypercapitalisme* appuyé sur la propriété, voire le monopole des informations, et ce que Rifkin nomme « l'accès à des segments d'expérience ». C'est cet accès, en fait, l'exclusivité de la desserte du client, qui fonde alors l'essence des échanges payants. Derrière la dématérialisation de Rifkin, point de gratuité, mais au contraire une tertiarisation systématique de l'économie visant à répondre aux besoins — aux désirs, fatalement limités par le temps disponible — par des services de plus en plus exclusifs et ciblés.

Or cette dématérialisation qui, on l'a vu, s'est invitée en France dans le débat sur le piratage s'est, à l'inverse, installée dans une contestation vigoureuse de la propriété intellectuelle et du prix de l'immatériel.

Car le raisonnement français s'appuie sur une autre logique. Comme celui de Rifkin, il part de la loi de Moore selon laquelle graver un bit requiert de moins en moins d'espace et d'énergie. On en grave donc de plus en plus à des coûts toujours moindres. Mais il diverge bientôt. Car ici l'information n'a pas de statut, pas d'autonomie propre. Elle est homogène à la matière : le bit converge inexorablement vers le photon, le quantum dématérialisé. Et, en s'allégeant, les informations deviennent gratuites, car c'est la masse qui crée les coûts. La dématérialisation s'inscrit alors dans la vision productiviste de l'économie où la valeur est naturellement assignée au coût. Ainsi, la dématérialisation de l'économie entraîne-t-elle la disparition des coûts et donc, mécaniquement, l'annulation des prix :

> « Distribuer des livres ou des machines à laver, qui pèsent lourd et qu'il faut déplacer matériellement pour les

FIGURE 3

Évolution du nombre de transistors par puce électronique

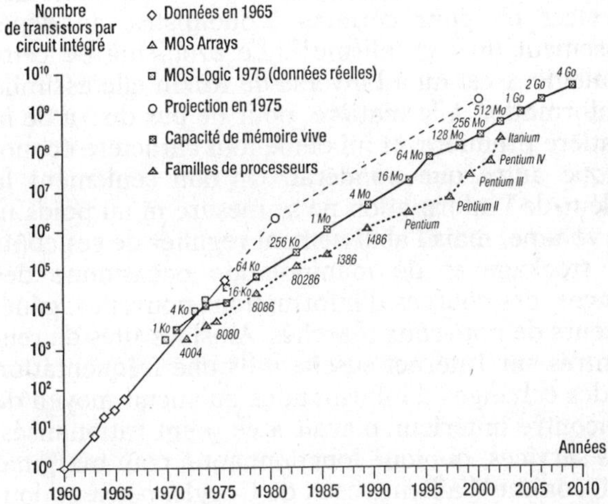

La courbe montre l'évolution exponentielle de la complexité des composants électroniques, et, par là même, les progrès de la miniaturisation. Elle compare les projections faites en 1975 (cercles) et les réalisations ultérieures d'Intel dans les processeurs (triangles) et les mémoires (carrés). On passe d'un transistor par puce en 1960 à 100 millions en 2005.

livrer sur l'ensemble d'un continent, est l'une des tâches essentielles du commerce. Et cela, même quand le réseau de transport est construit. Chaque nouveau déplacement d'une machine à laver a un coût incompressible important. Cette distribution matérielle, qui nécessite beaucoup de capitaux, n'existe pas dans l'économie immatérielle :

une fois les réseaux informatiques construits, la distribution est quasi gratuite.[11] »

Si on ajoute à cela que le coût marginal de reproduction des contenus est lui aussi quasi nul, on aboutit à « l'inéluctable gratuité » de l'ensemble des services et, pour certains économistes, au dépérissement du capitalisme[12]. Le problème de cette analogie, c'est qu'à l'inverse de Rifkin elle assimile l'information à la matière, pour ne pas dire à de la matière première, et lui dénie tout caractère économique autre que pondéral. Or non seulement la valeur de l'information ne se mesure ni au poids ni au volume, mais l'abaissement régulier de ses coûts de stockage et de manipulation occasionne des usages, des sources d'informations nouvelles, générateurs de nouveaux marchés. Ainsi les sites de rencontres sur Internet suscitent-ils une fréquentation et des échanges d'informations qu'aucun moyen de rencontre antérieur n'avait à ce point rationalisés. Ces services, quoique fonctionnant à coût marginal nul, comme d'ailleurs ceux de Google, peuvent donner lieu à des abonnements et à des recettes publicitaires.

Ce n'est donc pas la nullité des coûts, y compris ceux de distribution, qui crée le gratuit. Au contraire, les nouveaux usages créent du consentement-à-payer pour des services. Il faut dénoncer l'idée naïve selon laquelle la dématérialisation induite par les gains de productivité numériques, pour le coup bien réels, serait à l'origine des offres de gratuité. Le gratuit, on le devine dans le succès de Google ou dans l'offre de téléphones portables, provient de mécanismes complexes, associés à des logiques d'utilités complémentaires. Pour les analyser, il faut revenir aux caractéristiques non plus physiques, mais économiques des innovations numériques.

Un nouveau code universel

Notre hypothèse est que le terme « numérique » doit s'entendre avant tout dans son sens littéral : la numérisation, c'est le chiffrage, le codage en séquence binaire — et bien évidemment le décodage inverse — de n'importe quel signal ou chaîne symbolique. Est « numérisable » tout ce qui a statut d'information, mais surtout, pour reprendre la formule de Varian et Shapiro, est information tout ce qui est « codable » en bits[13]. Information et numérique sont en apparence synonymes. Sauf que la numérisation suppose la primauté du bit, du chiffrage, et entraîne une redéfinition permanente de l'« information ». L'information devient, dès lors, le signifié du langage numérique. Le rendement d'un hectare, l'effort du couple d'un arbre à came, la tension d'une bande d'acier, le taux de remplissage d'un avion sont des informations répertoriées de longue date. Mais avec le numérique, la voix, la littérature, la musique, l'image dont la création relève d'autres processus sont aussi « informationnels ». Le champ informationnel — autrement dit les flux, les stocks, les usages de l'information — s'élargit sans cesse avec les moyens techniques de codage, de stockage et de traitement. Or ceux-ci, on l'a dit, progressent très rapidement.

On en vient alors à ce point essentiel, sous-estimé par l'économie classique, que l'information structure les coûts de transaction. Les économistes nomment ainsi les coûts inhérents à l'établissement de toute forme d'accord entre acteurs économiques. Ils recouvrent, d'une part, les coûts de mise en œuvre des combinaisons de facteurs de production (capital, travail, propriété matérielle et intellectuelle...) et, d'autre part, les coûts de mise en marché, autrement dit de conversion du produit en marchandise. Les coûts de transaction résultent d'un échange d'informations entre acteurs : les compétences d'un individu et un poste à pourvoir dans une entreprise, les acheteurs d'un produit périssable et la chaîne qui le fabrique, les performances d'une équipe de salariés et la direction d'un groupe industriel, mais aussi l'achat d'une course de taxi, d'un paquet de beurre dans un linéaire de supermarché, jusqu'au zapping d'une chaîne de télévision... Le plus souvent, les décisions se prennent en situation d'information incomplète et engendrent, pour les acteurs de la transaction, des risques en conséquence.

La numérisation a été d'abord tirée par la recherche de réduction des coûts de transaction et des risques d'information incomplète. Les premiers systèmes électroniques ont été intégrés au contrôle des machines en vue d'optimiser les processus de fabrication. Les premiers ordinateurs civils ont été affectés aux tâches administratives de l'entreprise[14] : tenue des comptes, gestion de la paie, facturation, etc. Les systèmes informatiques se sont ensuite décentralisés et spécialisés autour des différentes tâches de l'entreprise. Ils se déploient aujourd'hui vers la gestion des bases de données des clients, des fournisseurs, des salariés, des actionnaires et leur intégration à la gestion du système productif... Ce point est largement exploré, au point que les discours sur la nouvelle économie ont souvent laissé accroire que le numérique allait abolir l'information incomplète et annuler les coûts de transaction. Une des hypothèses du développement du commerce électronique entre firmes était, en effet, que ces coûts allaient disparaître grâce à la mise en place de robots ou de plates-formes d'échanges automatiques permettant d'intégrer l'ensemble des transactions du système économique[15].

Or c'est précisément l'inverse. On peut aisément s'imaginer la salle de commande d'un opérateur de télécoms équipée d'un grand synoptique du réseau sur lequel clignotent les indicateurs de contrôle. Il permet de gérer de façon quasi automatique l'entretien et l'usage des capacités de transport. Il contribue donc à réduire des coûts de transaction. Ce qui surprend davantage, c'est la présence dans cette salle de téléviseurs diffusant les chaînes d'actualité en continu : une intempérie, un incendie, un gros embouteillage peuvent à tout moment créer des pics de trafic et des engorgements imprévus qui mobiliseront des solutions de secours. Ce système d'information permet à l'opérateur de limiter le surdimensionnement de son réseau, au prix, toutefois, de coûts de transaction plus élevés. L'entreprise va, dans ce cas, économiser du capital en s'adaptant en temps réel aux événements de l'actualité plutôt qu'en installant d'immenses surcapacités permanentes. La numérisation incite les entreprises à s'informer toujours davantage. L'« information » est alors un facteur de production aussi essentiel et concurrentiel que le capital, le travail ou la terre. Tant que son champ restait stable, balisé, les économistes classiques pouvaient l'ignorer et s'en tenir aux facteurs traditionnels : la richesse venait de la combinaison de la terre, du capital et du travail, *modulo* des frottements transactionnels de second ordre. Ces facteurs étaient, notamment en Europe, communément identifiés à des personnes: le terrien, pauvre ou rentier, le capitaliste, l'ouvrier. Lesquels se retrouvaient, en classes ou en groupes d'intérêt, dûment représentés dans la vie sociale et politique. Le numérique change la donne car le poids de l'information dans la combinaison et la valorisation des facteurs classiques ne cesse de s'accroître. Or le numérique n'a pas, à ce jour, de représentation. Il est tantôt tout le monde et tantôt personne. Il est gratuit.

La confusion s'amplifie encore avec l'extension du champ informationnel au secteur des loisirs. Car le numérique, même s'il vient de l'entreprise, est désormais dans la maison. Les bits ont envahi l'électronique grand public (CD, console de jeu vidéo, caméscope, décodeur de chaînes numériques, DVD, TNT...), entraînant la numérisation des biens culturels. La numérisation des télécommunications a mis ces équipements en réseau et ouvert l'univers domestique à la dissémination des téléphones mobiles et des ordinateurs. Ces terminaux ne sont plus l'exclusivité de l'entreprise dont ils déplacent les limites, mais des personnes. Le même outil se retrouve au bureau et à la maison où son usage s'individualise. Chacun a désormais son, voire ses écrans, qui sont autant de terminaux de consommation de biens et services informationnels. La maison numérique du futur relaie, dans les expositions industrielles, les *concept-cars* des salons automobiles. Le numérique participe à l'individuation au sein d'une société plus communicante, dans laquelle des groupes d'affinités, des communautés, des clubs, des réseaux, se déploient de manière autonome et se substituent aux clivages sociaux traditionnels. Au point de devenir des outils de marketing[16]. Cette diffusion intrigue, tant par son rythme, à peine une génération d'hommes, que par l'ampleur inattendue de ses effets. Il y a peut-être là une césure épistémologique. On pense à *l'homme de Vésale*, qui, selon Canguilhem[17], a pris conscience de lui, de son corps et donc de la médecine, en cessant de voir la Terre au centre de l'Univers. *L'homme numérique* d'aujourd'hui change de représentations collectives et repart, dans le miroir de ses écrans, en quête d'identité.

Déploiements historiques

La grande originalité des innovations numériques tient avant tout au protocole du codage. Le codage binaire, qui opère comme un alphabet minimal, permet la structuration et la circulation de l'information sous une forme standardisée. L'information est, en quelque sorte, le signifié de cette écriture en déploiement. De là l'apparition d'effets de réseau, comparables à ceux de l'introduction des langues, de l'écriture ou de l'imprimerie. Plus sont nombreux les locuteurs d'une langue et plus celle-ci est parlée et donc utilisée. Elle s'enrichit alors de nouveaux vocables, de nouvelles associations, étendant le champ des significations. Inversement, les langues dont les locuteurs se raréfient tombent en désuétude. C'est aussi vrai pour l'écrit. Plus nombreux sont les lecteurs et plus les livres ont de chance d'être lus. Plus ils sont lus et plus il s'en écrit. Plus il s'en écrit et plus il est utile de savoir lire et ainsi de suite... Bien sûr, ces effets — antérieurs à l'industrie des télécommunications qui les a modélisés — n'ont pas été originellement perçus comme relevant de l'analyse économique. Pourtant, tout est déjà dans la Genèse, disposé autour de l'épisode de la tour de Babel (*Gen.* 11) :

> La terre entière se servait des mêmes mots. Or, en se déplaçant vers l'orient, les hommes découvrirent une plaine dans le pays de Shinéar et y habitèrent. Ils se dirent l'un à l'autre : « Allons ! Moulons des briques et cuisons-les au four. » Les briques leur servirent de pierre et le bitume leur servit de mortier. « Allons ! dirent-ils, bâtissons-nous une ville et une tour dont le sommet touche le ciel. Faisons-nous un nom afin de ne pas être dispersés sur toute la surface de la terre. »
>
> Yahvé descendit pour voir la ville et la tour que bâtissaient les fils d'Adam. « Eh, dit Yahvé, ils ne sont tous qu'un peuple et qu'une langue et c'est là leur première œuvre ! Maintenant, rien de ce qu'ils projetteront de faire ne leur sera accessible ! Allons, descendons et brouillons ici leur langue, qu'ils ne s'entendent plus les uns les autres ! » De là, Yahvé les dispersa sur toute la surface de la terre et ils cessèrent de bâtir la ville. Aussi lui donna-t-on le nom de Babel car c'est là que Yahvé brouilla la langue de toute la terre, et c'est de là que Yahvé dispersa les hommes sur toute la surface de la terre.

Cet épisode, repéré par Oz Shy dans son manuel sur l'économie des industries de réseau[18], est l'essence de la numérisation. En multipliant les langues, Yahvé bloque le processus de construction de la tour. Par contraposition : eût-il voulu le faire reprendre, il lui aurait fallu unifier les langages. Il existe donc, depuis les premiers mythes monothéistes, une relation explicite entre la circulation du langage et l'efficacité productive des hommes. De même qu'il existe une perception que c'est la langue qui crée les communautés, lesquelles sont identifiées par le nom des œuvres que le langage suscite dans son espace de locution. La langue des fils de Noé fait surgir la tour qui donne son nom à Babylone. Son éclatement en plusieurs langues étrangères les unes aux autres empêche la création d'une ville unique et disperse les hommes à la surface du monde. Dans le dessein de Yahvé, le déploiement des hommes requiert la diversité des langues. Car, dans la Genèse où s'assume le mythe de la création du premier homme et de sa descendance directe, l'épisode de Babel joue le rôle d'un big-bang. Il enclenche une dynamique du peuplement et, avec lui, la multiplicité des espaces communautaires : les hommes déploient leur fonction de reproducteurs à la surface de la terre et ne la gaspillent point en vivant trop agrégés. S'il était naturel que la multiplication des langues permît la dissémination des hommes, il ne l'est pas moins que la globalisation s'accompagne de l'émergence d'un code universel. On retrouve en outre, au cœur de cet épisode, le thème de la compatibilité qui structure, depuis leur origine, l'économie des secteurs de l'informatique et des télécommunications. La loi de Moore est, en quelque sorte, une tour de Babel qui s'élève au fur et à mesure que se répand le code binaire universel.

Dans son texte inaugural du séminaire sur l'Histoire et l'économie de la numérisation, Roger Chartier évoque divers aspects du déploiement des langues, de l'écriture ou de l'imprimerie, vus par des gens de lettres : Lope de Vega, Jorge Luis Borges, Umberto Eco[19]. On y retrouve encore le mythe du langage universel et de ses bienfaits escomptés par un Congrès du Monde qui, dans la nouvelle de Borges, « représenterait tous les hommes de toutes les nations » et qui n'aura finalement jamais lieu. La langue universelle, l'accès illimité à la sagesse et à la connaissance, font partie des grandes mythologies occidentales. Chartier cite Condorcet rêvant, déjà au XVIIIe siècle, « d'une langue écrite grâce aux signes conventionnels (symboles, tableaux, tables) qu'il nomme *méthodes techniques* et qui permettent de transcrire formellement les relations entre les objets à connaître et les opérations de la connaissance. La langue universelle qu'imagine Condorcet est rendue possible par l'invention et la diffusion de l'imprimerie qui a fixé le langage graphique[20] ». Le numérique invite à une relecture de cette histoire à travers les effets de réseau. Ainsi, par exemple, si le latin a longtemps fonctionné comme langue unique de l'Europe, c'est probablement qu'il était lié à la diffusion de son alphabet, d'un codage propagé par des textes de référence. Les effets de réseau de la langue se sont cumulés à ceux de son alphabet, de son codage écrit. À l'instar du code binaire d'aujourd'hui, le latin est devenu, au Moyen Âge, la langue de propagation du savoir[21]. Ce n'est qu'à l'occasion des querelles religieuses du XVIe siècle que les langues vernaculaires, permettant de toucher le plus grand nombre, ont pris le pas sur le latin. Faute de pouvoir s'enrichir de nouveaux signifiants en phase avec l'époque, le latin perd alors de son utilité. Il cessera peu à peu — notamment après la publication en français du *Discours de la méthode* de Descartes (1637) — d'être la langue de correspondance des savants. La *thèse latine* survivra néanmoins jusqu'au XIXe siècle en France, en tant que *pensum* formel des thèses de doctorat *ès* lettres[22].

Le latin sera relayé par l'espéranto, une langue artificielle contemporaine de l'invention américaine du téléphone (1887)[23]. Cette langue fabriquée *ad hoc* suscite, à la fin du XIXe siècle, un engouement pour sa fonction de communication. Son créateur, le Dr Zamenhof, natif de Bialystock en Pologne, au cœur de l'Europe des pogromes, veut réconcilier les communautés en prônant que la meilleure langue commune est celle qui n'en favorise aucune. Néanmoins l'utilité comparée d'une langue nouvelle par rapport à une langue existante pose un problème de concurrence. L'avantage de la langue existante est que, outre sa fonction de transcription raffinée par l'usage — ce qu'elle peut dire s'enrichit de ce qu'elle a déjà dit —, elle donne accès à ses locuteurs naturels, lesquels constituent une base installée d'utilisateurs. Face à l'anglais dont l'apprentissage ouvre à une vaste communauté économique, industrielle et artistique, l'espéranto ne pourra créer les gains d'utilité suffisants pour que chacun veuille s'y investir. Au contraire, certaines communautés linguistiques minoritaires émigreront vers l'Amérique où elles se fondront par la pratique de la langue unique. Un siècle avant Internet, on retrouve ici, autour de la fonction de communication du langage, les mécanismes d'utilité opposant un nouvel entrant à la puissance d'un réseau historique. L'économiste Oz Shy consacre d'ailleurs à ce problème un petit modèle sur l'équilibre des communautés linguistiques dans un pays à deux idiomes[24]. En outre, et ce débat n'est pas clos, la langue unique fait redouter des effets, négatifs cette fois, sur l'uniformisation de la pensée. À ce propos, les sciences du langage affichent un vœu de diversité lié à la spécificité de chaque grammaire — l'algorithme de la langue —, à sa combinatoire des signifiants, à sa dynamique d'enrichissement, à sa capacité à transcrire et à transmettre selon un protocole original. De là, bien souvent, une saine méfiance vis-à-vis d'une langue hégémonique qui supplanterait toutes les autres. Ce type de discussion resurgit parmi les économistes, à propos des standards et de leur adoption massive grâce aux effets de réseau. Mais la linguistique, même quand elle engage des communautés d'utilisateurs et des logiques d'apprentissage, n'est pas l'économie. Le langage étant le propre de l'homme, l'enjeu le concernant a été bien davantage de dire, d'Antoine Arnauld à Jacques Lacan et au-delà, comment il structure l'esprit humain — comment il opère pour l'homme qui le parle, l'entend, l'écrit, le lit — que de mesurer le processus et les effets économiques de son déploiement. Il manque encore à ce jour, à l'exception de quelques modèles de théorie des jeux, une économie formalisée du langage. On peut, en revanche, considérer le téléphone, singulièrement dans sa phase de numérisation, comme un langage payant dont l'économie du déploiement est largement explorée. Nous y reviendrons en détail.

L'autre protocole remarquable est celui de la monnaie dont la fonction d'équivalent universel repose sur une convention, un symbole, un codage: «L'or et l'argent sont, de convention générale, le gage, l'équivalent ou la commune mesure, de tout ce qui sert à l'usage des hommes[25].» La monnaie associe une valeur numérique à tout bien échangeable. Son acceptation générale s'appuie sur des représentations et des règles de circulation qui, si elles sont partagées, deviennent des conventions, sources d'effets de réseau. Plus une monnaie est acceptée, plus elle circule et plus elle est utile. Foucault montre les détours par lesquels il a fallu passer pour que d'un bien précieux, porteur d'une valeur intrinsèque, la monnaie devienne un signe, une pure valeur d'échange[26]. Assurément, les fluctuations monétaires liées à l'afflux de l'or du Nouveau Monde, à la thésaurisation du métal, aux déficits publics et aux dévaluations du XVIIe siècle, ouvrent un débat critique sur le statut de la monnaie. Faut-il y voir une richesse ou une valeur d'échange ? Comment doivent s'établir les conventions entre l'unité de compte — depuis Charlemagne en France, la livre tournois — et ses contreparties matérielles, les monnaies métalliques ? Comment faire en sorte que la matérialité de la monnaie réelle n'entrave pas sa circulation et, par là même, l'ensemble des équilibres économiques ? Ces questions sont, quant au fond, d'une extrême complexité car, en vérité, les multiples formes de la monnaie suscitent des frottements lourds dès lors qu'un règlement, un transfert ou une conversion sont nécessaires. Vers 1715, une simple opération de paiement à distance ou de change occasionne un coût de près de 25 %, sans parler des répercussions dues aux déséquilibres et à l'instabilité des cours. L'extension de la division du travail, des échanges intérieurs et du commerce international met alors les gouvernants face au problème redoutable de l'adaptation d'un code dont la circulation — autrement dit le stockage, le transport et le décodage — s'avère de moins en moins efficace, quoique pourtant vitale à l'ensemble de l'économie.

C'est dans ce contexte, alors que la politique étrangère du régent, Philippe d'Orléans, requiert une solution à la crise monétaire[27], que sera lancée la fameuse expérience de Law. S'agissant là de l'une des affaires les plus disputées de l'histoire économique, nous ne souhaitons pas y entrer dans trop de détails[28]. On peut néanmoins, en s'appuyant sur les études consacrées à cet épisode, suggérer une interprétation schématique en termes de code et de déploiement. Law projette une banque d'État faisant de la monnaie une pure valeur d'échange libellée en unités de compte et adossée à l'économie générale, en sorte que les fluctuations de la masse circulante par rapport à l'économie puissent se réguler par contrôle d'émission. De là, le principe du papier, d'une monnaie détachée de son encaisse métallique, et d'un jeu de règles, un système étendu aux finances publiques, permettant sa régulation en tant que monnaie. Avec l'appui du régent qui lui donne pleins pouvoirs, Law réussit fort bien l'introduction de sa monnaie papier. Il sait la rendre attractive grâce à un jeu habile du change de l'or et à des émissions de la Compagnie des Indes primant les premiers souscripteurs. Il va cependant échouer à stabiliser la masse monétaire en circulation. La démonstration d'Edgar Faure souligne le risque spéculatif encouru lors de l'émission, et son aggravation par la confusion des intérêts privés de la Cour avec ceux de la banque d'État : « L'erreur capitale de Law, écrit-il, c'est d'avoir poursuivi en même temps deux objectifs aussi différents que la réanimation d'une économie par d'excellentes recettes prékeynésiennes et la réalisation d'un colossal enrichissement sans cause à travers une spéculation effrénée[29]. » Le clientélisme politique exacerbé par l'aubaine des primes d'émission engendre une inflation et un agiotage qui discréditent bientôt la nouvelle monnaie et affolent ses souscripteurs. Leur résiliation massive provoquera la banqueroute du 17 juillet 1720. Les effets de réseau qui, en phase de déploiement, se fondent sur l'utilité croissante — ici, l'espérance de gain des souscripteurs — jouent de façon implacablement symétrique dès lors que l'utilité décroît.

En janvier 1726, Louis XV rétablira le louis, une monnaie garantie par le métal contenu dans les pièces à son effigie. Cette convention — la monnaie métallique et sa régulation d'État — sera mieux acceptée que la convention numéraire de Law, désastreusement cautionnée par le régent. Vingt ans plus tard, Turgot, confronté au même problème, jugera aventureux d'indexer la monnaie sur autre chose que le métal car, selon lui, l'ambiguïté, ou plutôt l'ambivalence, est nécessaire à son bon fonctionnement en tant que marchandise et mesure de valeur[30]. L'existence de ce que les économistes nomment un marché à deux versants — les moyens de paiement d'un côté, la thésaurisation de l'autre — rend, selon Turgot, la circulation des effets de paiement plus aisément contrôlable par un État détenteur de stocks d'or et d'argent.

La banqueroute de Law, souvent décrite comme une crise de confiance des souscripteurs, peut s'interpréter comme un échec à créer une convention — un code et un système de circulation — génératrice d'effets de réseau durables. Les primes offertes aux premiers souscripteurs — ce que nous appelons le gratuit — ont vite dégénéré en prébendes, notamment pour ceux qui avaient en charge de réguler le Système. Contrairement à l'hypothèse novatrice de Law, il ne suffisait pas de dématérialiser pour réguler la création monétaire : seule la capacité à réguler efficacement le signe, à en maîtriser la création, la circulation et le sens — la contrepartie industrielle et commerciale — pouvait permettre d'étendre sa dématérialisation. Il faudra d'ailleurs attendre 1971 et la fin de l'étalon-or pour que la monnaie littéralement se « dégage », s'affranchisse de l'encaisse métallique et, par là même, trouve à se numériser. Au final, dès lors qu'une convention opère, similairement aux langages qui s'enrichissent à l'usage, les monnaies reconnues suscitent la création d'utilités nouvelles : des moyens de paiement, des instruments de crédit, des produits financiers dérivés...

Une fois la monnaie dématérialisée, l'Europe de la multiplicité des langues, qui fut pendant longtemps celle aussi des monnaies, mettra précisément l'unification monétaire au cœur de ses protocoles de coordination. Qu'il s'agisse de la réunification allemande de 1990[31] ou de la lente convergence aboutissant en 2002 à l'euro, la mise en circulation d'un signe commun ayant valeur d'équivalent universel étend de façon mutuellement avantageuse et plus profondément symbolique qu'il y paraît souvent les communautés d'utilisateurs.

On ne peut, dès lors, que remarquer la similitude entre l'économie monétaire visant à déployer un code universel au sein d'un système régulant sa circulation et celle du déploiement du code numérique dans les réseaux de communication de l'économie mondialisée. La nouvelle économie n'est pas loin de la banqueroute de Law. L'utopie d'un déploiement éclair du commerce électronique ayant accompagné — avec la complicité des autorités monétaires et boursières américaines — l'émergence des usages marchands d'Internet n'est pas sans rappeler les espérances déçues de la Banque royale et de la Compagnie des Indes. Celle-ci n'avait-elle pas d'ailleurs, en hommage au régent de France, baptisé la Babel de la Louisiane la Nouvelle-Orléans ?

Économie et numérique

La numérisation, autrement dit l'extension de l'usage du code binaire, est génératrice d'effets de réseau dans un environnement économique et industriel. Ces effets, répétons-le, tiennent à ce que plus un système de codage est usité, plus il est utile à chacun de ses utilisateurs. Mais le point radicalement différent de l'exemple de l'écriture ou de l'histoire de la monnaie est que les innovations numériques procèdent d'investissements engagés par des entreprises industrielles. Celles-ci vont chercher, pour maximiser leur retour, à rationaliser la mise en œuvre des effets de réseau : elles ont besoin pour cela de les représenter, de les évaluer, de les anticiper, en sorte de pouvoir les intégrer, les économistes disent les *internaliser,* dans les prix.

Ces logiques industrielles vont s'appuyer sur une autre dimension des innovations numériques, le fait que celles-ci sont portées par des biens et services complémentaires. En gros, elles se composent au moins d'un code et d'un décodeur, mais engagent généralement des chaînes plus sophistiquées de traitement et de transport du code. C'est le cas des cartes bancaires et des terminaux de paiement, des DVD et des lecteurs, des chaînes de télévision cryptées et des décodeurs, etc. Ces systèmes de biens et de firmes qui les produisent profitent globalement des effets de réseau de déploiement des produits finaux, et vont se répartir, au terme d'une confrontation économique violente, les investissements et les profits. La subvention du consommateur, indispensable pour atteindre la masse critique d'enclenchement des effets, est, dans ce processus, un outil de domination.

Un élément d'opacité dans le déploiement du numérique tient à la multiplicité des entrées possibles dans la chaîne des biens et services complémentaires et aux rivalités que suscitent ces mécanismes pour s'arroger la maîtrise des effets de réseau. De telles rivalités peuvent parfaitement faire obstacle au déploiement d'une innovation. Ainsi observe-t-on qu'en dépit des économies que pourrait induire la dématérialisation des films le projecteur numérique tarde à s'imposer dans les salles de cinéma, simplement faute d'un consensus entre les acteurs de la chaîne verticale de distribution[32]. À l'inverse, les moteurs de recherche, au premier rang desquels Google, peuvent shunter les fournisseurs d'accès physiques (les opérateurs de télécoms, les ordinateurs, les logiciels d'exploitation) et s'insérer dans la chaîne d'accès aux contenus. Schématiquement, la prolifération des contenus indexés sur Internet engendre en quelque sorte un nouveau codage, une nouvelle chaîne de sens, dont le moteur s'institue décodeur universel. Google est d'autant plus en concurrence avec les autres acteurs de la chaîne numérique pour dominer les services en ligne que son moteur est gratuit, fortement générateur d'effets de réseau pour l'ensemble d'Internet, et peut, le cas échéant, aider à contourner le copyright.

Cette multiplicité des acteurs dans la diffusion des innovations numériques est donc à l'origine de nombreux accords techniques et commerciaux entre firmes, mais aussi de conflits d'intérêts et d'arbitrages publics. Elle va faire apparaître des logiques diverses, coopératives ou conflictuelles, d'internalisation, de subvention d'effets de réseau. Ces logiques, éminemment structurantes pour les marchés, expliquent, on le verra, la prolifération du gratuit.

Il va nous falloir regarder plus en détail la mécanique de ces effets de réseau. Néanmoins, à l'étape de ce balayage, il importe d'insister sur l'association de ces effets à la circulation des symboles : la langue, l'écrit, l'argent, la mode, les marques, le code binaire, les standards... Or la circulation des symboles est au cœur des phénomènes collectifs. Forts de leur langue unique, les Babyloniens voulaient construire leur tour pour s'y faire un nom et n'être point dispersés à la surface de la terre. Les grands agrégats historiques, les tribus, les nations, les empires, les firmes, sont avant tout des lieux de circulation symbolique : leur cohésion est en rapport avec l'utilité collective engendrée par la langue, le droit, la monnaie, la culture. On comprend mieux alors pourquoi le déploiement du codage numérique, ce que nous avons appelé l'extension du champ de l'*information*, suscite à son tour une prolifération d'effets de communauté. Le numérique recompose des espaces de circulation de symboles dans lesquels se combinent utilité individuelle et collective. Cela explique, on l'a déjà remarqué à propos des discours de la nouvelle économie et on le retrouvera dans les dynamiques industrielles de déploiement, que les États-Unis, unifiés par la langue depuis l'Indépendance, connaissent des processus très différents de l'Europe qui demeure, malgré l'unification postsocialiste, le continent de la diversité linguistique. Qu'il s'agisse des télécommunications, de la télévision, de l'informatique, d'Internet, les dynamiques industrielles diffèrent dans ces deux zones, d'abord en raison de la distribution des langues qui créent les communautés de base où s'initient les déploiements. Ancré dans ces communautés, le code numérique s'empare des signifiants et développe ses effets de réseau. Ils sont multiples, différenciés, alliés de mille façons. Mais ils sont toujours plus présents. Leur montée en puissance dans les dynamiques économiques est de nature à en bousculer les représentations.

On se souvient que durant les Trente Glorieuses le progrès était assigné à la productivité des facteurs engendrant des baisses de coûts et des hausses relatives de revenus. L'accès massif aux biens se justifiait par une organisation de la production plus économe du travail, grâce notamment aux effets d'échelle, à l'accroissement visible du champ de la production. Si la demande était prise en compte et devait être soutenue, c'était de façon globale, en sorte qu'elle puisse, par des effets de relance, tirer les économies d'échelle. Les groupes sociaux étaient identifiés par leur rôle dans ce processus. Les effets de réseau induisent une autre logique : celle de l'utilité. L'utilité d'un bien s'accroît avec le nombre d'usagers partageant des symboles. La consommation individuelle sert l'utilité collective, précipite les effets de réseau, accélère l'innovation technique. Consommer est utile pour soi, mais aussi, et parfois davantage encore, pour les autres. Consommer crée des effets d'entraînement qui ne sont pas des économies d'échelle, mais des effets de communauté. Ces communautés sont avant tout mondiales, car c'est à cette échelle que circule le code numérique. Mais elles sont aussi locales, fragmentées, identifiées par des circulations symboliques. Longtemps après le langage, trois siècles après la monnaie, la circulation des symboles se replace à l'origine de la richesse des nations.

CHAPITRE III

DYNAMIQUE DES EFFETS DE RÉSEAU

Les effets de réseau tiennent une place centrale dans la diffusion des innovations numériques. Pourtant, ces effets sont bien moins connus du grand public que les effets d'échelle qui ont contribué au développement des dynamiques industrielles du XXe siècle. Nous allons d'abord les replacer dans une perspective historique. Nous entrerons ensuite dans certains détails de leur modélisation.

Historique du concept

Les effets de réseau sont par définition des effets externes positifs engendrant une dimension sociale : ce que fait chacun influe positivement sur l'utilité des autres. Ils engagent donc souvent l'intervention publique, au même titre d'ailleurs que les effets externes négatifs tels que la pollution ou les embouteillages. Les opérateurs historiques de télécoms ont obtenu partout dans le monde, en raison de l'importance sociale des externalités positives de leur industrie, le statut de monopole naturel. En France, un Premier ministre connu pour son sens de la formule n'hésitera pas à déclarer Internet et les ordinateurs personnels d'intérêt « tout public[1] ».

L'intérêt des économistes pour les externalités est d'abord venu de l'incapacité des marchés à prendre en compte des effets qui changent la valeur sociale des biens. Ainsi, par exemple, les externalités négatives telles que la surexploitation des ressources naturelles, la congestion des infrastructures, la pollution, ont fait, dès le début du XXe siècle, l'objet d'analyses économiques visant à réintégrer, on dira *internaliser*, dans les industries à effets négatifs le coût des préjudices causés à la société. De là des systèmes de taxation, de rationnement, ou de distribution payante de quotas de nuisance.

Les externalités de réseau sont, quant à elles, positives. La puissance publique a donc intérêt à les maximiser, soit en créant des monopoles réglementés en sorte que leurs tarifs intègrent les bénéfices sociaux, soit en instituant des marchés incitant les firmes à déployer ces externalités. Cela résulte tantôt, comme le prescrit le théorème de Coase[2], d'une distribution de droits de propriété (des licences de téléphonie mobile, par exemple), tantôt de l'aménagement spécifique d'un marché (celui des services d'annuaires téléphoniques, des numéros spéciaux d'accès à Internet...). Le point clé est ici que ces externalités, vu leur dimension positive, vont être systématiquement internalisées par les acteurs privés ayant intérêt à s'en arroger les bénéfices. Et ce, bien sûr, d'autant plus que ceux-ci sont en concurrence et que ces bénéfices leur confèrent des avantages compétitifs durables. Cette internalisation compétitive suscite les offres gratuites. Et dès lors que les firmes internalisent, il n'y a plus, à proprement parler, d'effets économiques externes, mais des effets de réseau internalisés[3].

Les économistes ont remarqué ces effets dès le XIXe siècle, mais ce n'est qu'après un article d'Harvey Leibenstein paru en 1950 qu'un travail systématique d'exploration s'est effectivement développé[4]. D'emblée, ce qui intéresse Leibenstein, ce n'est pas d'évaluer le bénéfice public des externalités, mais de déterminer les profils de demande pour les biens de consommation ayant un fort impact sociologique.

Il va ainsi définir des produits générateurs d'effets de mode (*bandwagon effects*) dont la demande augmente avec le nombre de consommateurs, d'effets de snobisme (*snob effects*), dont la demande décroît avec le nombre, et d'effets dit de *Veblen*, du nom d'un sociologue américain, pour lesquels la demande augmente avec le prix (vins fins, parfums, produits de luxe). Pour Leibenstein, l'effet de *bandwagon* (littéralement, d'orchestre ambulant dans le train duquel on monte) correspond au « désir des gens d'acheter un bien pour être en vogue (*in the swim of things*), pour se conformer à ceux auxquels ils souhaitent être associés ; pour être à la mode ou dans le style ; ou pour apparaître comme un de ceux qui comptent (*to be one of the boys*) ». Cette réflexion coïncide avec le *baby-boom*, la forte consommation de l'après-guerre, l'essor du disque et de la radio à transistor, sans oublier le *rock'n'roll*.

Le point significatif est que l'ancêtre de l'effet de réseau, l'effet de mode, est associé à des produits symboliques, marqués, signés, codés, générateurs de signification pour leurs consommateurs. La circulation des symboles apposés à des objets, ce que Roland Barthes appelle *Le Système de la mode* et qu'il analyse comme un langage, est au cœur de mécanismes d'imitation et des profils de demande à croissance rapide. L'essor des télécommunications et la contestation des monopoles historiques vont relancer les travaux sur ce thème et y introduire la terminologie de réseau.

C'est dans les années 1950 et 1960 que se développent les technologies élevant la productivité des réseaux téléphoniques et que se précisent les menaces d'ouverture du transport à des technologies concurrentes. L'importance de cette rupture technique et du protocole de diffusion qui l'a accompagnée en fait une référence permanente de ce récit. Cette conjoncture est propice à la réflexion économique sur les dynamiques de déploiement de réseaux et les conditions d'optimisation de leurs bénéfices sociaux. Parmi les différents modèles publiés dans les années 1970, le plus connu est sans conteste celui de Rohlfs (1974) qui va donner lieu, durant les années 1990, et plus encore, à partir de l'éclatement de la bulle Internet, à un nombre exponentiel de citations[5]. Alors que Leibenstein suit les phénomènes de demande cumulée, les modèles contemporains de Rohlfs raisonnent sur la dynamique de valeur d'usage du réseau. En référence à la téléphonie, les effets de réseau y sont définis par l'accroissement avec leur nombre de l'utilité des souscripteurs, autrement dit de la valeur d'usage que ceux-ci retirent du service consommé. Plus il y a d'abonnés, plus le téléphone est utile. Cette fonction d'utilité, ou de surplus dégagé par l'utilisateur — il en obtient plus que pour son argent —, permet d'aborder plusieurs questions d'intérêt général. D'abord, celle de la taille optimale d'un réseau, sachant que des effets de congestion peuvent se produire au-delà d'un certain seuil. Ou encore que les coûts de desserte augmentent lorsque la densité géographique des utilisateurs décroît et donc que l'utilité élevée des abonnés de la zone dense peut subventionner le raccordement des abonnés distants. Plus généralement, elle permet de traiter le point de l'évolution du tarif avec le nombre d'utilisateurs mais aussi et surtout les mécanismes d'initiation et de déploiement de nouveaux réseaux. Or cette question va devenir essentielle avec la remise en cause du monopole historique d'AT&T.

Depuis les années 1920, le réseau téléphonique américain s'est déployé sous le régime d'un monopole privé réglementé par la loi. Le principe est alors d'unifier le territoire et ses communautés en donnant à chaque citoyen l'accès au téléphone. Il s'agit aussi d'éviter une duplication inutile des infrastructures et de permettre aux abonnés ruraux, plus chers à raccorder, d'être subventionnés par les urbains. Ce mécanisme va se stabiliser par la mise en place d'une tarification assurant la forfaitisation des communications locales et son subventionnement par les appels longue distance. Progressivement[6], l'usage local gratuit va stimuler la demande de services longue distance dont AT&T détient le monopole et la maîtrise des tarifs. On trouve déjà en germe un modèle fondamental de l'économie des réseaux : un marché à deux tarifs — on dit aussi à deux versants — où les clients de la longue distance paient pour le service de téléphonie locale dont les abonnés, en retour, nourrissent le marché de la longue distance. Une fois les abonnés locaux raccordés, autrement dit, une fois le réseau entièrement déployé sur un territoire de langue unique, le marché des télécommunications longue distance devient une source considérable de revenus.

Pour justifier la pérennité de son monopole, AT&T

met en avant la nature systémique des télécommunications, autrement dit la nécessité de la maîtrise des protocoles d'acheminement du signal par un acteur unique[7]. Cet effet de système est comparable à la grammaire d'un langage. Il apparaît dès lors qu'existe une chaîne de composants élémentaires en charge d'un signal (d'un signifiant) et se trouve être particulièrement fort dans le réseau commuté analogique où chaque communication transite intégralement sur un circuit réservé au moment de la composition du numéro. Ce détail technologique est essentiel: le métier de l'opérateur téléphonique consiste à distribuer des points d'accès et à faire en sorte qu'un circuit — schématiquement un fil continu — puisse être entièrement dédié à un appel dès lors que deux abonnés souhaitent être mis en relation. La maîtrise des standards, autrement dit de la grammaire du réseau, par un acteur unique garantit le bon acheminement entre les points balisés par l'opérateur. Elle facilite aussi l'identification des inefficacités et le relèvement de la productivité du réseau. Cette dernière fonction a polarisé la recherche des *Bell Labs* pendant près de cinquante ans. Elle est à l'origine de l'invention du transistor (1948) et de l'automatisation, grâce à l'électronique, de la commutation des circuits pour le transport analogique de la voix. Les nombreux prix Nobel obtenus par les *Bells Labs* prouvent, comme le suggérait Schumpeter, qu'un monopole peut parfaitement être innovant tant que les innovations servent son pouvoir de monopole et repoussent les entrants potentiels. Mais il perd de l'efficacité dès lors que les innovations menacent sa position dominante. C'est un des problèmes majeurs de la politique industrielle car il faut que le politique puisse apprécier et contrer les excès des monopoles défensifs.

Or le monopole d'AT&T sur la longue distance fait obstacle à la pénétration des fibres optiques et des protocoles, plus ouverts, de codage numérique[8]. Ceux-ci pourraient, néanmoins, multiplier par un million la productivité du transport sur la longue distance, lequel se trouve concentré sur un nombre limité de grandes artères. Mais aussi bien les *Bell Labs* que leur société mère, AT&T, ne veulent surtout pas entendre parler de fibres optiques qui dévalueraient inéluctablement leur réseau de cuivre — fruit de soixante-dix ans d'investissements — et remettraient en cause le monopole systémique. Entre la fin des années 1960 et son démantèlement en 1983, le système fermé d'AT&T et, notamment, son monopole des communications longue distance vont être régulièrement attaqués en justice par des concurrents désireux de déployer des liaisons plus efficaces. Pour Rosenberg, ces démêlés avec le Department of Justice (DoJ) qui aboutissent au dépeçage du monopole en sept compagnies régionales indépendantes surnommées *Baby Bells* constituent avant tout une occasion : celle, pour les autorités américaines, d'initier le déploiement de technologies plus efficaces et interopérables. La taille du marché américain des communications longue distance, l'essor des échanges de données et les mécanismes contre-productifs de subvention du service universel font de ce marché l'outil idéal du lancement des innovations. C'est là que vont se concentrer les investissements de déploiement des fibres optiques. Internet naît alors, non seulement du protocole IP qui s'impose comme le standard de la transmission numérique, mais aussi des surcapacités immenses créées par les fibres optiques sur le marché de la longue distance[9]. Internet s'y déploie d'abord comme un service additionnel gratuit. Il va doper l'utilité des ordinateurs personnels et tirer leur déploiement dans les usages résidentiels.

Cette affaire, considérée aux États-Unis comme l'événement fondateur de l'ère numérique, révèle le caractère critique de la combinaison des effets d'échelle — ceux portés par les fibres optiques dans les communications longue distance — et des effets de réseau, ceux du déploiement d'Internet, dans l'organisation industrielle des télécommunications mais aussi, et ce point est capital, dans la compétition entre technologies numériques.

Car le numérique qui pointe derrière le démantèlement d'AT&T est capable de casser l'effet de *système*, autrement dit d'intégration technique, qu'imposait le transport analogique. La numérisation garantit la conservation exacte du signal et permet une multiplication des étapes d'encodage et de décodage, assortie, le cas échéant, d'une multiplicité de standards dans les traitements successifs. Cet événement ouvre donc la voie à une intensification de la concurrence entre réseaux et à l'apparition continue de biens et services numériques complémentaires.

Le champ de l'analyse des effets de réseau va alors s'élargir pour traiter non seulement de la taille optimale et de la tarification des monopoles, mais aussi des dynamiques de déploiement, de la concurrence entre réseaux et des effets de cette concurrence sur les choix de standards techniques. Car, bien sûr, chacun voit que les standards, qui apparaissent dans la chaîne numérique comme des conventions de codage, sont porteurs d'effets de réseau. Comme l'observent Liebowitz et Margolis, la question posée aux économistes devient alors : compte tenu de la puissance et des irréversibilités des effets de réseau, les marchés sont-ils capables d'arbitrer la concurrence entre standards ? Est-il souhaitable que le standard le plus largement partagé devienne la référence et élimine tous les autres ? On retrouve curieusement ici, dans une logique cette fois économique plutôt que linguistique, la crainte des méfaits de l'uniformisation.

Fonction d'utilité

Il nous faut maintenant ouvrir la boîte noire des effets de réseau ou, plus exactement, nous approcher davantage des outils de leur modélisation. Les économistes ont l'habitude de représenter les marchés et leurs mécanismes de prix par des confrontations de courbes d'offre et de demande. Les modèles classiques insistent particulièrement sur les courbes d'offre exprimant les coûts de production en fonction du volume produit. Ces courbes rendent compte de la dynamique des rendements ou effets d'échelle et du coût de l'unité de produit additionnelle pour servir une demande donnée, appelée aussi coût marginal. La demande y est considérée comme relativement exogène et ne varie qu'en fonction du prix. Le raisonnement basique consiste à poser que, pour un niveau de demande donnée, le prix s'équilibre autour du coût de production marginal. C'est l'extension de ce raisonnement aux biens numériques qui fait dire à certains que leur coût marginal tendant vers zéro, ceux-ci doivent naturellement devenir gratuits.

L'originalité des effets de réseau réside dans la structure complexe de la demande et dans la façon de la représenter. Il faut, pour cela, assigner au consommateur une fonction d'utilité transcrivant la valeur qu'il reçoit de la jouissance d'un bien. Cela n'est pas nouveau. Le concept existe depuis le XVIIIe siècle[10] et s'est largement formalisé dans la micro-économie. On considère alors que chaque individu crée une valeur par l'utilité qu'il dérive d'un bien, ce qui revient à poser que les préférences individuelles sont créatrices de valeur au même titre que les fonctions productives qui vont compléter l'échange. Cette valeur n'équivaut pas à celle de la production, pas plus qu'elle ne s'y substitue. Elle l'équilibre et la complète en permettant sa réalisation.

Dans une économie tirée par les besoins fondamentaux, les modèles néo-classiques tablent sur des distributions invariantes des utilités individuelles en sorte que la demande n'y est fonction que du prix. La micro-économie est ici très basique puisque le consommateur est un robot qui achète tout en deçà d'un certain prix. Dès lors, le but ultime de l'analyse économique est de faire baisser les prix et de distribuer le revenu pour que les marchés les plus vastes puissent être servis. C'est, on l'aura compris, le fonds de commerce de l'économie politique ou encore keynésienne. Une telle vision perd de sa pertinence dès lors que les utilités individuelles sont distribuées de manière hétérogène et varient de surcroît en fonction de la demande effective. Or c'est bien ce qui se passe dès qu'on sort des besoins fondamentaux et que l'information joue un rôle, non seulement dans la structuration des choix individuels, mais aussi dans la capacité des firmes à en tenir compte.

L'utilité dérivée d'un bien peut largement dépasser son prix. C'est pourquoi on appelle utilité marginale, ou encore prix de réserve, la valeur limite que le consommateur est prêt à payer pour le bien. L'utilité marginale s'assimile à un consentement-à-payer, c'est-à-dire au prix limite auquel il devient indifférent d'acheter ou de ne pas acheter. Les économistes s'accordent sur la distribution de l'utilité selon deux composantes. La première est associée à un usage strictement individuel. Dans le cas de l'effet de mode décrit par Leibenstein, c'est l'utilité fonctionnelle du bien, le confort d'une paire de baskets, par exemple. Dans le cas des réseaux, c'est ce que Liebowitz et Margolis nomment la valeur d'autarcie (*autarky value*), l'utilité engendrée par le bien en dehors de tout groupe d'utilisateurs. Elle est d'autant plus grande que le bien ou le service opère en mode local. L'autre composante est l'utilité sociale, qui, selon les mêmes auteurs, est liée à la possibilité d'interagir : ils la nomment valeur de *synchronisation*. C'est l'utilité additionnelle des baskets dans la cour de récréation — la considération octroyée à leur marque et à celui qui l'arbore — ou celle de l'ordinateur raccordé à Internet. Cette valeur additionnelle est l'essence des effets de réseau.

Les modèles et les situations empiriques auxquels ils renvoient combinent donc ces deux composantes qui ne sont jamais totalement indépendantes. Par exemple, plus la valeur d'autarcie est grande, plus large sera le groupe de consommateurs prêts à acheter le bien pour un usage isolé. La valeur de synchronisation attirera d'autres consommateurs. C'est le cas, par exemple, des premiers ordinateurs personnels, d'abord utilisés pour le traitement d'informations privées en mode local. Leur valeur de synchronisation s'élève rapidement avec le déploiement d'Internet. Le cas du téléphone mobile s'apparente aussi à ce type de situation : grâce au réseau fixe avec lequel il communique, le téléphone mobile offre à ses consommateurs la mobilité individuelle quel que soit le nombre d'abonnés au service. La possibilité d'appeler de mobile à mobile vient ensuite comme utilité sociale additionnelle. À l'inverse, la valeur d'autarcie d'un fax est quasi nulle. Ce produit n'est utile qu'en synchronisation.

Néanmoins les utilités sont souvent distribuées de façon hétérogène. C'est ce qui permet de mettre en marché un produit en visant d'abord les consentements-à-payer les plus élevés et de baisser ensuite progressivement les prix, ou bien de dégrader le produit, pour atteindre les consentements plus faibles. Il en va ainsi des livres à couverture cartonnée et des livres de poche. En outre, il existe parfois, parmi les consommateurs, des préférences assimilables au snobisme, et d'autres plutôt sensibles à la mode. Le snobisme ne s'appuie pas nécessairement sur une forte valeur d'autarcie, mais plutôt sur la synchronisation avec d'autres consommateurs privés du bien. Le snobisme demeure, avant toute chose, un comportement social. Le modèle des marques de luxe s'appuie sur ce dualisme : elles commencent par exploiter un consentement élevé sur un bien rare à effet de snobisme. Ce sont les modèles de haute couture, les parures de haute joaillerie réservés à une clientèle restreinte qui les valorise en les arborant dans des occasions sociales : défilés, soirées, inaugurations, « montée des marches »... Les marques déploient ensuite, par la résonance médiatique de ces événements et l'image des *clients* prescripteurs — lesquels ne sont plus désormais les clients *distingués* des classes sociales supérieures [11], mais des gens (*people*) porteurs d'autres valeurs de réussite —, l'effet de mode qui synchronisera leurs produits pour la clientèle suiveuse : prêt-à-porter, parfums, accessoires...

Masse critique

Les effets de réseau s'appuient donc sur une combinaison de l'utilité individuelle, dite aussi utilité privée, et de l'utilité sociale des produits. Or ces utilités correspondent à des préférences de consommateurs qui ne sont jamais également distribuées. Le modèle de Rohlfs propose une combinaison type de ces deux utilités et explore les conditions de déploiement d'un service en fonction du prix. On peut certes contester le caractère formel des modèles microéconomiques ou, plus prosaïquement, être rebuté par le langage mathématique de leur formulation. De tels modèles, notamment lorsqu'ils sont fondés sur des hypothèses concises, permettent néanmoins de décrire la dynamique d'un phénomène et d'illustrer les effets des forces économiques en présence. Ils sont en quelque sorte, au même titre qu'un langage, un mode de représentation, un outil de perfectionnement de la raison[12]. L'intérêt du modèle de Rohlfs est qu'il est simple — il se limite, mathématiquement, à la résolution d'une équation du second degré — et qu'il met en évidence des effets de seuil critiques pour le déploiement des réseaux.

Modèle de Rohlfs

— On considère un service dont l'utilité u_i du i^e consommateur pour le réseau complet est uniformément distribuée. Autrement dit, les consommateurs valorisent uniformément de 0 à 100 le service du réseau lorsque celui-ci est souscrit par 100 % des consommateurs. Ainsi par exemple, 10 % des consommateurs valorisent le réseau complet à plus de 90.

— On considère que l'utilité marginale d'un consommateur pour le réseau incomplet, c'est-à-dire le prix maximum qu'il est prêt à payer pour le service réel, est proportionnelle à la fraction f des consommateurs déjà abonnés. f varie alors entre 0 et 1. Cela veut dire que le consommateur i achètera le service si et seulement si le prix de celui-ci est inférieur ou égal à son utilité $f \times u_i$. Autrement dit, il achète si $p \leq f \times u_i$ et sinon refuse d'acheter.

— Supposons maintenant que le service soit vendu au prix p. Combien d'abonnés vont-ils souscrire ? Tous ceux dont le consentement-à-payer sera égal ou supérieur à p. Soit, si u_j est le consentement-à-payer du consommateur qui hésite entre acheter ou pas, l'utilité étant uniformément distribuée, $f = (100 - u_j)/100$.

— u_j peut alors s'écrire en fonction de f, $u_j = 100\ (1 - f)$. En remplaçant u_j dans l'équation de proportionnalité $p \leq f \times u_j$, on obtient : $p \leq f \times 100\ (1 - f)$.

La combinaison des deux hypothèses sur la distribution uniforme de l'utilité du réseau complet et sur l'utilité proportionnelle à la fraction déjà abonnée per-

FIGURE 4

Modèle de Rohlfs (1974)

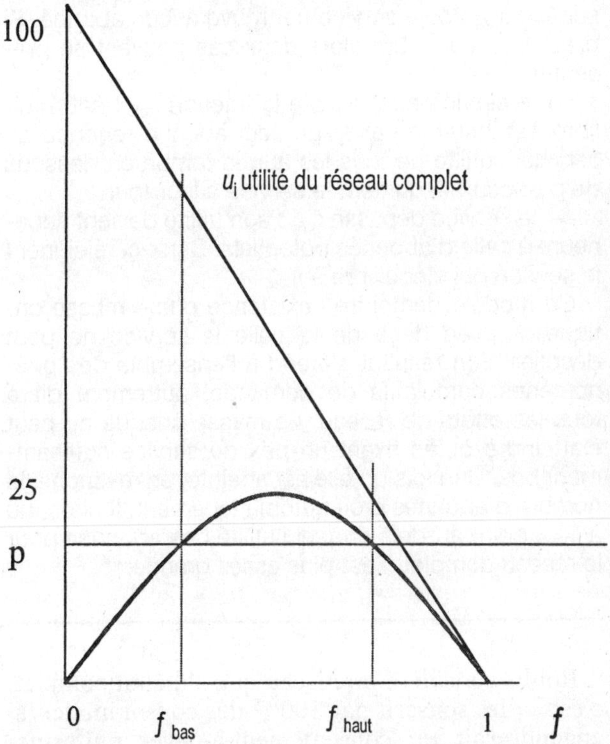

met donc d'exprimer la fraction accessible au service pour un prix donné :

$p \leq 100 \times f\,(1 - f)$ où f varie entre 0 et 1.

En résolvant l'inéquation, il vient :
$f \in [0{,}5 - \delta, 0{,}5 + \delta]$ avec $\delta = 1/2 \sqrt{(1 - 4p/100)}$.

Pour un prix donné, il y a donc plusieurs solutions possibles. La figure 4 illustre cette situation. Si p est supérieur à 25, le service ne trouve aucun abonné. Si p est inférieur à 25, alors deux cas peuvent se présenter :

— le service atteint juste la fraction f_{bas} : cet équilibre est instable car si un seul abonné renonce au service, l'utilité de tous les autres tombe en dessous de p et ceux-ci quittent le service à leur tour.

— le service dépasse f_{bas} : son utilité devient supérieure à celle d'abonnés potentiels. Ceux-ci rejoignent le service qui s'équilibre à f_{haut}.

Ce modèle démontre l'existence d'une masse critique, f_{bas}, en deçà de laquelle le service ne peut décoller. Son résultat s'étend à l'ensemble des phénomènes cumulatifs de demande, autrement dit à tous les effets de réseau. La masse critique ne peut s'atteindre qu'en fixant un prix du service suffisamment bas. Une fois qu'elle est atteinte, en revanche, le nombre d'abonnés croît automatiquement. Il plafonne à f_{haut}, point au-delà duquel l'utilité des abonnés pour le réseau complet n'est plus assez grande.

Rohlfs considère un réseau qui, s'il était complet, c'est-à-dire souscrit par 100 % des consommateurs, engendrerait un consentement-à-payer uniformément distribué entre 0 et 100 euros. Autrement dit, 10 % des consommateurs seraient prêts à payer 90 euros pour le service si tout le monde y souscrivait, 20 % seraient prêts à payer 80 euros, etc. Le problème est qu'au départ personne n'a souscrit.

Rohlfs fait alors l'hypothèse que l'utilité du réseau incomplet est proportionnelle à la fraction déjà abonnée. Si 10 % des consommateurs ont souscrit, le consentement-à-payer d'un consommateur pour le réseau est le dixième de ce qu'il serait prêt à payer pour le réseau complet. La question est alors de savoir quelle fraction du marché peut être atteinte à un prix donné. La mise en équation de ces hypothèses montre qu'au-delà de 25 euros le service n'est pas viable : les 50 % de consommateurs prêts à payer 50 euros ou plus pour le réseau complet ne paieront pas plus de 25, sachant que seulement la moitié des consommateurs est susceptible de souscrire. En effet, le consommateur qui valorise à 49 le réseau complet ne paiera pas 25 s'il estime que seulement 51 % des consommateurs peuvent se joindre. En d'autres termes, le produit du consentement-à-payer par la fraction adressable est toujours inférieur à 25.

En dessous de 25 euros, disons à 10 euros, les abonnés à très fort consentement-à-payer peuvent éventuellement souscrire. Par exemple, 20 % des consommateurs peuvent décider de s'abonner à un service à 10 euros. Si la fraction des 20 % est atteinte, la valeur du réseau pour le consommateur prêt à payer 50 euros pour le réseau complet est 20 % de 50, soit 10 euros. Il a intérêt à souscrire et, avec lui, tous les consommateurs valorisant à plus de 50 euros le réseau complet. La fraction atteint alors 50 %. Le réseau devient alors attrayant pour les consommateurs prêts à payer 20 euros pour le réseau complet. Et ce jusqu'au consommateur prêt à payer 11 euros pour le réseau complet qui n'achètera pas le service tant que 89 % des consommateurs ne sont pas abonnés. Inversement, si malgré le prix de 10 euros, moins de 10 % des consommateurs s'inscrivent au service car très peu anticipent que d'autres puissent s'y joindre, les consommateurs valorisant le réseau complet à moins de 90 euros n'auront pas intérêt à s'y joindre et le réseau ne pourra décoller.

Ce mécanisme met donc en évidence l'existence d'une masse critique en deçà de laquelle le service n'est pas stable, ou réservé à quelques clients atypiques. Dans le modèle, chaque résiliation en deçà de la masse critique place un souscripteur en situation de surpaiement et l'incite à se désister à son tour. À l'inverse, une fois cette fraction atteinte, l'utilité ne cesse de s'accroître au-dessus du prix du service, lequel s'étend mécaniquement au-delà de 50 % du marché. Un exemple bien connu est celui des télécopieurs : celui-ci existe depuis le bélinographe (1912) qui servait aux photographes à transmettre leurs clichés et, plus tard, dans l'aviation civile, à la diffusion des cartes météo. Cet équipement, à la transmission certes lente (une heure par page), restait limité à la niche de la diffusion des images, tandis que les entreprises privilégiaient le télex. Jusqu'en 1982, le marché est resté insignifiant. Avec la multiplication des informations graphiques, les consommateurs ont anticipé l'utilité du fax et l'ont plébiscité. La masse critique a bientôt été atteinte. Après 1987, presque toutes les entreprises en étaient équipées.

Ce phénomène a d'importantes conséquences. La première concerne la stratégie de prix : plus il est bas, plus la masse critique est aisément atteinte, plus est grande la fraction adressable, plus forts sont les effets de réseau. La deuxième est que l'obtention de la masse critique dépend des anticipations des consommateurs : chaque consommateur se décide selon son évaluation du succès futur du réseau, autrement dit en fonction de ce que vont faire les autres. Ces mécanismes se prêtent à de nombreux modèles de théorie des jeux[13]. La troisième concerne la combinaison des effets de réseau avec les effets d'échelle. Si les rendements sont croissants, autrement dit si le coût marginal du bien ou du service décroît avec le nombre de clients, on peut offrir à ceux-ci un service de plus en plus utile et de moins en moins cher. Cela conduit inévitablement à des situations de monopole car le premier entré sur le marché bénéficie de ces avantages en priorité et élimine tous ses concurrents. Ces mécanismes sont d'autant plus puissants que les marchés sur lesquels ils s'exercent couvrent le monde entier. En quelques années, une innovation numérique — la circulation d'un code au coût marginal nul — peut conquérir la planète. De là l'émergence très rapide de géants industriels mondiaux tels que Microsoft, Oracle, Amazon ou Google, durablement installés en position dominante et tentant de s'étendre vers d'autres marchés.

En revanche, si les rendements sont décroissants, autrement dit si les coûts augmentent avec le nombre de clients, la question qui se pose est celle de la taille optimale du réseau. Où situer l'équilibre entre l'accroissement de l'utilité sociale et le relèvement des coûts ? Ce point engage la puissance publique car les choix d'optimisation d'une entreprise peuvent s'écarter de l'intérêt général. Un opérateur de téléphonie mobile, par exemple, pourrait décider de ne couvrir que les zones dans lesquelles la clientèle est la plus dense alors que l'intérêt général prescrit d'étendre la couverture, autrement dit de redistribuer les effets de réseau dans le raccordement des zones les plus coûteuses. C'est pour cette raison que les licences d'opérateurs de mobiles sont assorties d'obligations de couverture.

Les effets de réseau se prêtent donc à des effets distributifs qui mobilisent l'attention de la puissance publique et des instances de régulation des marchés. C'est pourquoi ils méritent aussi d'être connus du grand public. Nous aurons l'occasion d'y revenir avec quelques exemples. Mais pour rester dans le cas général et recadrer le phénomène du gratuit, il faut nous attarder sur la question des prix, de leur subvention en phase de déploiement, de leur évolution au terme de cette phase.

Investissement de déploiement et mécanismes de subvention

On l'a vu, le principe général est simple : pour atteindre la masse critique, il faut un prix inférieur à l'utilité privée des premiers souscripteurs. Si cette utilité est nulle, ce qui est le cas, par exemple, d'un logiciel de navigation sur Internet qui ne sert à rien en mode local, il faut qu'il soit gratuit. Les firmes vont donc être incitées à subventionner très fortement le lancement des services pour éviter que leurs investissements ne soient irrémédiablement perdus par un décollage raté. Ou, ce qui revient au même, que leurs concurrents bénéficient d'effets de réseau plus rapides les empêchant d'accéder au marché.

Le déploiement, autrement dit la prise en charge anticipée des coûts d'internalisation des effets de réseau, est donc un investissement. Et, bien évidemment, cet investissement est à risque car la masse critique peut fort bien ne jamais être atteinte. En conséquence, contrairement aux représentations de l'économie classique, ce n'est pas la somme des facteurs associés à la fabrication et à la vente qui forme le coût complet, mais, en raison de l'internalisation des effets externes, cet ensemble augmenté du coût de création du marché. Celui-ci, dans bien des cas, peut dépasser largement les coûts de fabrication.

Dans les industries dites créatives, qu'on appellera par la suite de contenus, chaque produit est insubstituable et doit créer son propre marché. Il est alors essentiel de grouper les produits pour mutualiser les risques associés aux effets de réseau de chacun. On voit pointer ici la logique du disque qui groupe sur un même support des biens culturels aux marchés différents. La mutualisation des risques de marché par des logiques de portefeuilles, de catalogues et de ventes groupées structure, on y reviendra, l'organisation industrielle des contenus.

Une question essentielle est aussi de savoir comment cet investissement va se mettre en place et qui va le financer. S'agissant d'un amorçage de la demande, il prend généralement la forme d'une subvention, autrement dit d'un transfert en direction du consommateur. Plusieurs mécanismes sont envisageables : abaisser le prix, relever l'utilité (offrir des utilités gratuites), différer le paiement de certains services, grouper des services complémentaires. Les subventions peuvent toucher l'ensemble des consommateurs ou, au contraire, ne viser que la fraction au plus faible consentement-à-payer. On parle alors de subventions discriminées. Celles-ci ont l'avantage de ne faire porter la subvention que sur une fraction restreinte de consommateurs — les étudiants, les chômeurs, les usagers d'un même sous-service… — tandis que les consommateurs à fort consentement paient un tarif supérieur. Ces subventions sont généralement encadrées par les règles de la concurrence qui limitent les pratiques discriminatoires.

Au bout du compte, ces subventions, notamment lorsqu'elles ne sont pas discriminées, peuvent s'avérer très coûteuses car elles tirent le chiffre d'affaires des entreprises en dessous du coût de production marginal. Dans cette situation, le montant des pertes est proportionnel au chiffre d'affaires et mobilise de très amples financements externes. Ce mécanisme et son financement par les marchés boursiers sont à l'origine du gonflement et de l'éclatement de la bulle Internet du début des années 2000.

Par ailleurs, les subventions et les prix de compensation de certains services liés donnent au consommateur un signal erroné sur la valeur du service. Ces signaux qui orientent les investissements vers des besoins dont la demande est distordue peuvent donner lieu à de très fortes irréversibilités. C'est le cas par exemple des combinés de téléphonie mobile « offerts » par les opérateurs télécoms : il est devenu très difficile de faire payer un consommateur pour un terminal mobile, quelles que soient ses fonctionnalités. C'est le cas aussi du débit servant à télécharger sur Internet des contenus piratés, lesquels relèvent l'utilité de la connexion : les consommateurs réclament toujours plus de débit pour télécharger davantage de contenu gratuit, ce qui structure vers cet usage l'architecture des réseaux à haut débit. C'est le cas également des « hérissons », ces bornes mobiles qui permettent aux entreprises d'appeler les mobiles depuis un réseau mobile en raison du prix artificiellement élevé de la communication du fixe vers le mobile. Nous verrons dans la suite que le choix des subventions structure durablement le déploiement des réseaux, mais aussi des marchés et des firmes concernées.

Subvention des effets de réseau

On peut représenter le problème par la superposition de deux courbes de demande, l'une correspondant à l'utilité marginale privée a, l'autre à l'utilité marginale externe b : a correspond à l'utilité du réseau en l'état pour le souscripteur ; b correspond au bénéfice reçu par l'adjonction d'un utilisateur additionnel au réseau. Moins il y a d'abonnés et plus est fort l'impact d'un nouveau souscripteur. Les deux courbes convergent lorsque le réseau est complet.

Un consommateur ne décide de souscrire que si le prix du service est inférieur à a. En revanche, il obtient une utilité additionnelle b dès qu'un nouvel abonné rejoint le réseau. La taille optimale du réseau, celle qui maximise l'utilité de tous les consommateurs, est telle que l'utilité marginale sociale a + b du dernier abonné soit égale au coût marginal du service.

Faisons maintenant l'hypothèse que le coût marginal du réseau est constant, quel que soit le nombre d'abonnés, ce qui fait sens dans les industries numériques. Appelons ce coût c. Si le service est facturé c, le dernier abonné sera A_1 dont l'utilité marginale privée est c. Pour que le réseau soit optimal, il faut atteindre A_2 dont l'utilité privée est inférieure à c. Appelons p, l'utilité marginale privée de A_2. Il faut, pour atteindre A_2 facturer le service à p, et donc le subventionner de c – p.

FIGURE 5

Subvention des effets de réseau

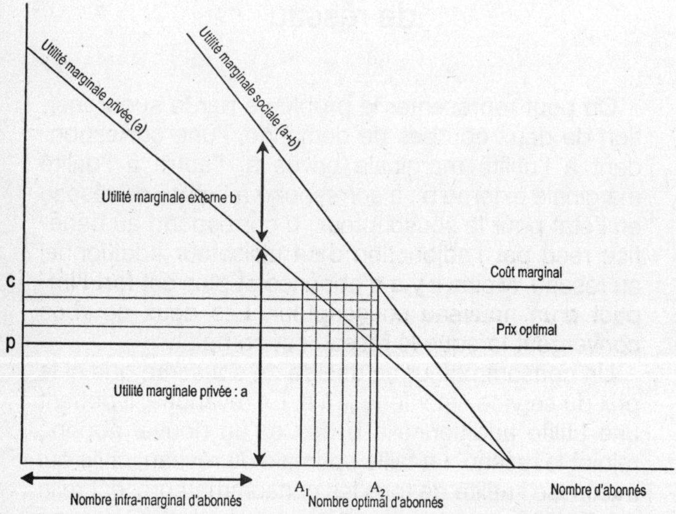

Le montant de la subvention à A_2 sera d'autant plus fort que l'impact d'un abonné additionnel sera grand et le coût marginal élevé. C'est ce qui arrive dans les premières phases de déploiement de réseaux lorsqu'il s'agit d'atteindre la masse critique. L'utilité privée est faible, l'utilité externe forte et, compte tenu des investissements, le coût marginal élevé. Mais pour l'opérateur, le montant total de la subvention n'est pas seulement la prime versée à A_2, c'est le montant cumulé de la différence entre p et c que celui-ci aura dû servir à l'ensemble de ses clients.

De deux situations l'une. Ou bien l'opérateur a la possibilité de vendre au prix c à tous les clients prêts à payer ce prix, et consent un rabais de c – p aux autres. On dit alors qu'il peut discriminer son offre. Et le montant total de la subvention est $(c - p) \times (A_2 - A_1)$. Ou bien, il doit proposer le même tarif à tout le monde et il paie $(c - p) \times A_2$.

Imaginons maintenant que A_2 soit la masse critique recherchée par une entreprise. Imaginons aussi que cette dernière ne puisse discriminer ses prix. Si, en outre, elle ne peut relever ses prix après avoir atteint A_2, car, c'est courant, ses concurrents maintiennent des prix d'appel, elle paiera une subvention de (c – p) à chacun des abonnés du réseau stabilisé. On peut arguer que, tendanciellement, le coût marginal c doit baisser avec la charge, ou, comme dans le cas des logiciels, qu'il est souvent quasi nul. Mais il faut aussi concevoir que p doit être faible, voire éventuellement nul, pour atteindre la masse critique, et que, par ailleurs, la base stabilisée peut être très étendue. Ce mécanisme engendre des pertes proportionnelles au chiffre d'affaires. Les subventions, quoique nécessaires, peuvent à la fois coûter très cher et devenir irréversibles, notamment quand le déploiement s'opère en situation concurrentielle.

Verrouillage et coûts de sortie

Il est alors logique d'envisager le déploiement comme un jeu à deux périodes. La première vise à conquérir le plus rapidement possible la totalité du marché adressable, par la subvention certes, mais aussi par le rachat de concurrents vulnérables. La concurrence pousse les firmes en présence à multiplier les cadeaux au consommateur : c'est la prolifération du gratuit. D'un point de vue économique, c'est la phase d'investissement. Au fur et à mesure que le marché s'accroît, les clients bénéficient d'une utilité bien supérieure au prix d'appel. Au final, il est fréquent qu'une poignée de firmes se retrouvent en position d'oligopole sur un marché stabilisé. Le Cheval de Troie est dans la place. Il va pouvoir s'ouvrir.

La seconde période va consister alors à profiter du surplus d'utilité du client pour élever sa cotisation au réseau. Plusieurs moyens sont envisageables. Le plus simple est, lorsqu'il s'agit de biens ou de services récurrents, d'augmenter les tarifs. Cela suppose un accord entre tous les acteurs du marché stabilisé, lequel est d'autant plus facile à trouver que les coûts de résiliation sont élevés. Dans certaines occasions, cette pratique peut éveiller l'attention des autorités de la concurrence. Un autre moyen est alors d'augmenter les volumes, autrement dit de faire en sorte qu'avec le relèvement de son utilité chaque consommateur consomme davantage, étant entendu que les prix couvrent le coût marginal. Davantage de minutes de téléphone, davantage de débit pour l'accès Internet, davantage de chaînes de télévision payantes. Un autre moyen encore consiste dans la vente groupée de services additionnels, d'autant plus faciles à distribuer qu'ils sont numériques : une banque fidélise un client avec un prêt immobilier bon marché et lui facture très cher les services de découvert ou de crédit revolving ; un opérateur de mobile offre le combiné et la messagerie vocale mais surfacture les messages textes et les appels passés de l'étranger. Enfin, les firmes peuvent mettre en œuvre des stratégies dites de « marchés à deux versants » (*two-sided markets*) où l'accès au client gratuit ou largement subventionné est revendu à d'autres clients, payants. C'est le modèle de la publicité dans les médias (journaux, radios, télévision), mais aussi celui de la carte bancaire dont le tarif est modulé entre les consommateurs et les commerçants.

Pour une firme, le point important de cette seconde phase est que le client soit effectivement stabilisé, c'est-à-dire qu'il évite de faire jouer la concurrence sur les prix des services surfacturés. Il faut pour cela que la firme ait bâti, dans sa relation avec lui, ce qu'on appelle des coûts de sortie (*switching costs*). Ces coûts représentent les efforts ou la perte d'utilité que le client encourt s'il veut changer de fournisseur. Dans la métaphore des langages, ils correspondent aux efforts nécessaires pour apprendre une langue étrangère et la pratiquer dans les échanges courants. Ils sont d'autant plus élevés que le service a occasionné des échanges d'information intenses. Changer d'adresse électronique, de compte bancaire ou de numéro de téléphone impose la remise à jour de tous ses contacts. D'autres systèmes comme des points de fidélisation ou des clauses de durée associées aux offres gratuites complètent le dispositif. Dès lors que ces coûts de sortie existent, les firmes peuvent, en seconde période, facturer certains services très au-dessus des coûts et opérer des transferts internes. Cette stratégie, désignée en anglais par *bargain, then rip-off*, pourrait s'appeler en français « aubaine et arnaque ». On la trouve aussi bien dans l'industrie bancaire que dans l'accès à Internet (tarification de l'assistance technique) et de la téléphonie mobile (tarification des messages SMS, du service client).

Effets directs, effets indirects

Les innovations numériques sont nécessairement complémentaires. L'utilité d'un lecteur de DVD n'est rien sans le DVD et vice versa. Celle d'un téléphone mobile n'est rien sans une carte SIM porteuse du code d'accès au service. Dès lors que toute une chaîne, autrement dit une filière, un enchaînement de fonctions, bénéficie du déploiement, le financement de la subvention peut faire l'objet d'un partage au sein des acteurs impliqués.

Les économistes distinguent communément deux types d'effets de réseau : ceux qu'ils appellent « directs » et qui sont portés par des produits bien définis, un télécopieur par exemple, et ceux qu'ils appellent « indirects » et qui sont « médiés » par des marchés de biens complémentaires. Cette différence est assez subtile car, comme on l'a vu au chapitre précédent, la plupart des innovations numériques impliquant codage, traitement et décodage surgissent dans des systèmes [14] de biens complémentaires. Le téléfax lui-même est complémentaire d'une ligne téléphonique fixe qui peut lui être dédiée ou non. En fait, lorsque l'industrie des télécoms était sous monopole naturel, son modèle d'intégration verticale dominait les représentations du secteur et se prêtait peu à l'apparition de marchés intermédiaires. Tout le monde avait une ligne téléphonique fixe tarifée selon la règle publique et le fax pouvait apparaître comme un produit dont le bien complémentaire principal était, non pas le téléphone, mais le rouleau de papier thermosensible. On considérait alors que le fax portait les effets de réseau directs, le rouleau bénéficiant quant à lui des effets indirects du déploiement. Pourtant à l'instar du rouleau, le téléfax n'offre aucune possibilité de synchronisation s'il n'est pas combiné à une ligne et à un abonnement téléphoniques. Ceux-ci sont désormais concurrentiels. Les effets de réseau du fax sont alors de nature indirecte. L'apparition de marchés concurrentiels d'applications numériques complémentaires étend le champ des effets indirects.

Ce point peut sembler spécieux, mais il est d'importance. Pour les économistes, les effets indirects sont pratiquement toujours monétarisés puisqu'ils font intervenir des marchés intermédiaires qui valorisent les effets d'interaction entre utilisateurs [15]. Ils peuvent créer des inefficacités en cas de monopoles ou de monopsones [16], mais n'engendrent pas de perte sociale en cas de non-internalisation. Les effets directs, en revanche, supposent une intervention publique pour accroître leur utilité sociale et pallier des marchés manquants. Ainsi, par exemple, les monopoles naturels de télécoms ou de télévision avaient quasiment statut de biens publics dans lesquels le principe d'accès non discriminé — un tarif unique, quels que soient les coûts de raccordement — était appelé « service universel ». Avec l'extension des effets indirects ou, plus précisément, de marchés de biens complémentaires, le champ d'intervention de l'État se déplace de la tutelle directe des réseaux vers la régulation de la concurrence. Il y a moins de service public et davantage de marché. Or ces deux modes d'intervention ne s'instruisent, ne se décident, ni ne s'argumentent de la même manière. Ils doivent, en outre, se combiner efficacement.

D'autre part, même si les effets indirects ont tendance à s'étendre, les conflits d'intérêts ne sont pas de même nature selon que ces effets sont portés par des équipements ou des biens informationnels. On peut ainsi distinguer les systèmes numériques de distribution des contenus des systèmes de communication privée. Dans les systèmes de distribution de contenus, l'utilité des équipements électroniques — radio, télévision, magnétoscope, lecteur CD et DVD — est entièrement déterminée par la valeur des programmes auxquels ils donnent accès. Ce sont donc les contenus qui, en théorie, engendrent les effets de réseau associés à ces équipements. Un lecteur de DVD est sans utilité s'il ne lit pas les DVD. Et plus les DVD sont nombreux, plus le lecteur est utile. Les biens informationnels étant la source de l'utilité, leur ayants droit ont intérêt à les protéger du vol ou du contournement. Tant qu'ils restent « incontournables », ces ayants droit sont à même d'imposer aux équipements les standards techniques — notamment d'encryptage et de protection de la propriété intellectuelle — conférant leur utilité. En revanche, dans les systèmes de communication comme la téléphonie ou l'Internet, l'information circulante est privée, sans valeur de marché, et les effets sont directement portés par les équipements : c'est le cas des terminaux de téléphonie mobile, des ordinateurs personnels, des infrastructures de réseau ou des moteurs de recherche sur Internet. Chaque nouvel équipement ou nouveau service porteur d'utilités nouvelles élève l'utilité du reste du système, ce qui crée, entre tous les acteurs de la chaîne complémentaire, un consensus vertical pour l'inter-opérabilité. Des conflits d'intérêts surgissent néanmoins dès lors que les équipements conçus pour la communication offrent des possibilités de piratage des contenus. Nous y reviendrons largement[17].

Le partage des effets de réseau et de leur subvention dans les chaînes de biens et services complémentaires est une caractéristique fondamentale de l'économie numérique. Elle fait apparaître, comme on le verra dans le cas de la téléphonie mobile ou des fournisseurs d'accès à Internet, des convergences et des conflits d'intérêts dans les relations verticales au sein d'une industrie. Elle crée aussi, et c'est le phénomène du piratage, des incitations à subventionner un usage par l'empiétement de la propriété d'une industrie adjacente. La dimension informationnelle des biens à effets de réseau permet enfin le développement de marchés *à deux versants* par lesquels certains clients financent l'utilité des autres. L'ensemble de ces facteurs concourt à la multiplication de transferts et subventions croisées organisées par des acteurs privés.

Ces transferts et subventions ne sont jamais neutres. Ils induisent des signaux de prix qui orientent les investissements en priorité vers certains usages. Ils renforcent des groupes de firmes au détriment de certains autres. Ils imposent des standards engendrant des trajectoires techniques irréversibles. Ils privilégient des groupes de clientèle, lesquels s'érigent bientôt en groupes d'intérêt. Contrairement au symptôme du gratuit, ces phénomènes sont difficiles à saisir. Leur impact en termes d'utilité publique est subtil à mesurer et souvent contestable, notamment quand il engage des intérêts privés de firmes et de consommateurs. Nous allons l'illustrer par des exemples dans les chapitres qui suivent.

Représentations

Pour conclure ici, revenons sur les représentations. Le fil de notre démarche est, en effet, tiré par l'écart entre les représentations économiques classiques et les phénomènes de subventions croisées — le gratuit — induits par les effets de réseau.

L'extension des effets de réseau fait évoluer les représentations sociales. Car les industriels, de Microsoft à Orange, recherchent des masses critiques pour enclencher des dynamiques d'utilité croissante. Ce point diffère de l'époque où les marchés étaient fondés sur l'utilité d'autarcie des produits. La différence économique entre la machine à laver et l'accès à Internet n'est pas qu'une question de poids. C'est que le lavage du linge domestique est un besoin à la fois incompressible et limité. Il y a peu d'effets de réseau dans ces machines, même si les marques de lessive ont vanté leur bonne compatibilité avec les équipements et utilisé des effets de réputation pour vendre leur blancheur.

L'utilité des biens et services numériques est liée à leur propagation. Leurs promoteurs vont devoir séduire les premiers consommateurs en exaltant l'utilité individuelle au motif qu'elle peut servir aux autres. Il faut, pour cela, créer autour de l'adoption précoce un protocole d'adhésion. Car le consommateur précoce, celui qui achète avant la masse critique, non seulement bénéficie d'une utilité moindre, mais encore prend le risque d'un échec, d'un déploiement avorté. Il importe donc certes d'amplifier son utilité individuelle, mais également de faire de lui un héraut, un pasteur, un prescripteur assumé. La généralisation des effets de réseau amplifie les effets de mode et propose une image messianique du consommateur. La consommation devient un champ d'expérience, un protocole d'adoption et de maniement de nouveaux usages au service de la société. Les innovations numériques ont besoin du technophile, du *geek*[18], du *technomane*, du militant de la révolution technologique. Il est à la technologie ce que la *fashion victim* accepte d'être à la mode. Aux États-Unis, cette tendance a donné lieu à un phénomène culturel incarné par le magazine *Wired* (littéralement *branché*) dans lequel les discours de l'informatique et du Web scandaient les codes de la modernité. En France, le tollé contre les majors du disque est né de cette contradiction entre la forme ancienne de diffusion de la musique, notamment par la radio, et les effets de réseau du Web faisant de l'internaute un pionnier de la consommation numérique. L'ordinateur a remplacé le *rock'n'roll* en tant que phénomène de mode. La technologie a pris soudain une dimension culturelle, au point que la musique elle-même est devenue techno. Le vieux hit-parade de papa poussant les ventes de CD s'en est trouvé démodé.

Ce phénomène contribue à abolir la distance entre travail et loisir qui constituait un repère central de la société et de ses discours économiques. Le consommateur précoce, initiateur de tendances, leader d'opinion, enfant-roi prescripteur, devient une figure d'avant-garde qui succède au chercheur et à l'ouvrier modèle. Les physiciens de l'École normale, comme tous ceux ayant pris le parti des *pirates*, ne s'y sont pas trompés. Car l'extension des effets de réseau accroît le risque des investissements industriels. Le consommateur précoce, surtout s'il ne paie rien, peut se présenter comme le partenaire de la firme avec laquelle il partage le risque du déploiement. S'il réussit, il engendrera économies d'échelle, croissance et bénéfices collectifs. S'il rate, il aura investi dans un apprentissage inutile. Derrière la promotion d'Internet déclaré « d'intérêt tout public », c'est le consommateur qu'on flatte : contribuer aux effets de réseau est « d'intérêt tout public ». À l'inverse, tout est ce qui est source de coûts fixes apparaît comme amplificateur du risque, inhibiteur. Si, grâce aux effets de réseau, l'amplitude des gains peut devenir plus forte, la concurrence l'est aussi et les chances de succès plus ténues. Il faut donc à tout prix minimiser les pertes. La figure du travail, lestée de charges sociales, se change soudain en fardeau. La cigale enterre la fourmi. Quelles qu'en soient les limites, il faut redouter la perversité de cette inversion. Elle souligne la fragilité qu'il y a, comme le faisait l'économie classique, à bâtir des catégories sociales autour de groupes d'intérêt. Car les groupes de consommateurs peuvent s'avérer bénéficier de subventions dont la pérennisation ne sert pas l'intérêt général et renforce des positions de monopole. Ce point est au cœur du débat sur le piratage ou de la régulation de la téléphonie mobile. Certains imaginent déjà les *class actions* de consommateurs remplacer la lutte des classes. Sans doute vaut-il mieux que les effets de réseau restent désincarnés.

CHAPITRE IV

LE PARADIGME DU MOBILE

Revenons aux télécoms. Elles ont été et demeurent, par leur fonction de communication, un lieu privilégié d'élaboration des modèles de diffusion des innovations numériques. Elles sont aussi la source intarissable d'offres de gratuité : celle du terminal mobile, de la messagerie vocale, des e-mails, des informations en ligne, de la téléphonie sur Internet, etc. Mais, semblablement aux langages ou aux religions, les communautés dans lesquelles elles s'initient structurent des dynamiques de déploiement singulières. S'agissant de dynamiques industrielles fondées sur des investissements et l'organisation de marchés, celles-ci s'assortissent de choix techniques et réglementaires créant des trajectoires, des irréversibilités, des effets de verrouillage…

Le déploiement européen de la téléphonie mobile présente, de ce point de vue, un enchaînement remarquable de ces effets. La gratuité des appels reçus, notamment des réseaux fixes, y joue un rôle essentiel. Entre 1998 et 2001, les opérateurs de téléphonie mobile européens ont ainsi pu « offrir » à leurs clients plus de 260 millions de téléphones portables, largement financés par d'autres consommateurs, ceux du téléphone fixe. Comment cela s'est-il produit ? Quelles en sont les conséquences ?

Les télécoms sont le lieu où se combinent de façon exemplaire, d'un côté, les gains de productivité issus de la loi de Moore et, de l'autre, les effets de réseau de la communication. La mise en évidence de cette combinaison requiert une compréhension minimale du fonctionnement technique du téléphone. Même si cette culture manque parfois de poésie et alourdit encore le bagage de l'honnête homme, elle est indispensable à l'analyse économique et, dans une certaine mesure, à l'actualisation du sens commun. En gros, il faut savoir en quoi consiste la fabrication d'un appel téléphonique pour comprendre où se situent les gains de productivité, comment ils s'articulent aux effets de réseau et comment la compétition dans l'offre des composantes d'un appel suscite de la gratuité. Il faut aussi apprécier le rôle que jouent les standards techniques et leurs protocoles d'adoption dans la chaîne des équipements et des services complémentaires, car ce sont eux qui, *in fine*, permettent l'entrée en résonance des effets économiques convergents.

L'objet de ce chapitre est de présenter comment les gains de productivité, les effets de réseau et les subventions génératrices de gratuité se sont opportunément combinés pour créer *ex nihilo* le marché européen de la téléphonie mobile. On montrera ainsi comment, malgré ou plutôt grâce à la multiplicité de ses langues, l'Europe a su faire de cet objet un paradigme du déploiement des innovations numériques.

Apparition du standard GSM

Replaçons-nous à la fin des années 1970. Contrairement aux produits agricoles ou à l'acier, la multiplicité des langues européennes structure des marchés téléphoniques cloisonnés. Les communications internationales entre pays de langues différentes représentent en Europe un marché bien plus étroit que celui des communications américaines de longue distance. Ce marché ne suscite alors, ni l'introduction d'innovations radicales élevant la productivité des services, ni la convoitise de nouveaux entrants menaçant les monopoles historiques nationaux. En revanche, la multiplicité des opérateurs nationaux engendre, sur le marché émergent de la téléphonie mobile, une floraison de standards analogiques incompatibles. Le déploiement de ce marché en direction du grand public va imposer aux opérateurs européens de définir entre eux un standard technique commun, une langue unique pour les équipements. De là va naître le *Global System for Mobile Communications* (GSM), premier standard numérique de la transmission du signal radio. Grâce à lui, vont apparaître des économies d'échelle justifiant l'extension massive du service. Cette extension viendra de la baisse des prix, mais aussi et surtout des effets de réseau habilement financés par la tarification des terminaux et des appels. Les réseaux numériques mobiles vont alors se déployer très rapidement, au point de supplanter la téléphonie fixe.

Pour illustrer ce processus, regardons rapidement la situation française. Le premier réseau commercial y remonte à 1956. Le produit est le téléphone de voiture, seul support capable de fournir l'énergie et le logement de l'antenne fouet, indispensables à son fonctionnement. Ce téléphone est à commutation manuelle : il faut passer par une standardiste et chaque coup de fil bloque l'ensemble du réseau. Il est réservé à une élite de privilégiés dont il orne, bien souvent, la DS de fonction. Le téléphone de voiture est l'apanage du ministre, du patron moderne et rouspéteur, au cinéma, Louis de Funès et Bernard Blier. En 1973, on ne compte que 500 abonnés à ce service.

Le problème économique du radio-téléphone est la limitation du spectre de fréquences alloué au service. S'il est utilisé comme le téléphone fixe, chaque appel réserve un circuit qui mobilise tout le réseau. C'est pourquoi, dans les dix ans qui suivent, l'électronique va engendrer une élévation spectaculaire de la productivité de cette ressource. Le principe est d'abord de créer davantage de routes, grâce à de multiples canaux de fréquences gérés dynamiquement par les combinés. Les appels simultanés deviennent alors possibles. La commutation électronique automatise l'ensemble des processus d'acheminement. La technologie cellulaire — validée par AT&T dès les années 1960 — découpe le réseau en zones locales élémentaires qui divisent encore la ressource mobilisée par le service : seules les cellules d'où l'appel est émis ou reçu sont concernées par celui-ci. Après la gestion des canaux, les combinés intègrent la gestion dynamique des cellules : on peut commencer un appel dans une cellule et le poursuivre dans une autre. Systématiquement, l'électronique sert à rationaliser la ressource mobilisée par la collecte et l'acheminement du signal. Le terminal, quant à lui, intègre les informations du réseau en temps réel. Il s'informatise.

Cependant, le prix du service reste élevé. En outre, les améliorations successives du réseau rendent nécessaires le rapatriement régulier des terminaux pour y intégrer les mises à jour. L'élévation de la capacité permet néanmoins de servir une demande bien plus large. En 1987, le service baptisé Radiocom 2000 étend le marché à une clientèle d'entreprises moyennes. Le succès est tel que les autorités françaises ouvrent le marché à un second opérateur. Le gouvernement de cohabitation, qui vient de privatiser la première chaîne de télévision TF1, constate, en effet, l'efficacité de l'émulation entre Cellnet et Vodafone au Royaume-Uni : on y approche déjà le million d'abonnés alors que Radiocom 2000 n'en affiche que 100 000. Le 22 à Asnières est dans toutes les mémoires[1]. Ce sera SFR, la Société française de radiotéléphone, filiale de la Générale des eaux, gros délégataire de services. Dès lors, le téléphone de voiture devient un marché autonome. Celui-ci nécessite la mise en place d'accords d'interconnexion, et donc d'une régulation externe. Nous y reviendrons largement. Cependant, la loi de Moore poursuit son œuvre. La miniaturisation de l'électronique et l'introduction des piles au cadmium permettent désormais de réduire l'encombrement du terminal. Le téléphone va sortir de la voiture. Le Poctel, premier téléphone portable autonome français, est commercialisé en 1989. C'est un produit de luxe vendu, en 1991, 25 000 francs (4 000 euros) l'appareil. À peine cinq ans plus tard, son homologue GSM sera offert gratuitement dans les hypermarchés. Que s'est-il donc passé ?

En fait, le téléphone cellulaire analogique se développe simultanément dans la plupart des pays européens, mais selon des systèmes différents, largement incompatibles. Les spectres de fréquence, les algorithmes d'allocation de canaux et de cellules sont propres à chaque pays. L'informatisation des terminaux requise par la gestion dynamique des réseaux multiplie les langages, les standards logiciels. Alors que les échanges intra-européens s'accroissent, notamment dans la clientèle aisée du « portable », les marchés de téléphonie mobile sont étroits, cloisonnés, sans aucune possibilité d'économies d'échelle. Ce sont alors les opérateurs scandinaves, les plus sensibles à l'étroitesse de leurs marchés, qui vont initier avec l'appui de l'ETSI — Institut européen des standards de télécommunications —, un Groupe spécial mobiles (GSM) pour définir les bases d'un standard commun[2]. Ce groupe se crée en 1982, année du jugement de démantèlement d'AT&T. En 1985, après d'âpres discussions, le groupe se fixe sur la technologie numérique. Celle-ci permet, en effet, d'améliorer la qualité sonore, de transmettre des données et de s'interfacer aux autres standards numériques internationaux. Dès lors, treize pays vont s'engager à respecter les prescriptions du groupe de travail et à réaliser, avant le 1er juillet 1991, un système opérationnel au standard GSM. Le GSM devient ainsi le premier standard utilisant une technologie de codage et de transmission numérique pour le canal radio. Les télécommunications européennes adoptent un langage unique. Il gère de façon automatique la mobilité (*roaming*) dans tous les pays couverts et permet de la sorte l'unification des marchés de services et de terminaux.

En phase avec la miniaturisation des terminaux, le standard GSM permet la création d'un vaste marché de téléphonie mobile à travers l'Europe. Mais pour y parvenir, autrement dit pour réaliser les économies d'échelle en germe dans le standard et en faire profiter le consommateur, ses promoteurs vont devoir développer des effets de réseau. Ce point est capital. Car, à la même époque, Motorola invente un téléphone mobile baptisé Iridium dont le principe de standardisation est différent. Le système d'Iridium s'appuie sur le lancement d'une soixantaine de satellites en orbite basse capables de relayer partout dans le monde des appels issus de n'importe quel point de la planète. Motorola étant l'opérateur unique de ce réseau, il souhaite imposer son propre standard. Son pari est que, sur un marché principalement composé d'hommes d'affaires demandeurs de mobilité, garantir un standard offrant une couverture mondiale permettra de capturer d'abord les clients riches, puis, peu à peu, grâce aux économies d'échelle, l'ensemble des consommateurs. L'enjeu du GSM, dont la validité est limitée à la zone européenne, est de créer des effets de réseau dont la puissance l'emporte sur celle d'un standard mondial. C'est là qu'intervient le gratuit.

Déploiement du GSM [3]

L'originalité du téléphone mobile est qu'il apporte, grâce à sa capacité de synchronisation avec le fixe, une très forte utilité individuelle. Il n'y a donc pas, au démarrage du service, d'effets de réseau directs, mais plutôt des effets indirects dérivés de la téléphonie fixe. Les clients primant fortement la mobilité vont acheter le service au fur et à mesure de sa disponibilité. L'augmentation du nombre des abonnés au GSM en Europe est extrêmement rapide : 1,3 million début 1994, 5 millions début 1995 et 10 millions à la fin de 1995. Cet engouement dépasse largement les prévisions et les espérances des promoteurs du service. En Allemagne, les prévisions les plus optimistes lors de l'affectation des premières licences étaient de 4 millions d'utilisateurs à la fin des années 1990. Les autres prévisions se situaient entre 1 et 4 millions d'abonnés, soit 3 à 10 % des lignes fixes, une sous-estimation de 90 % des souscriptions réelles.

Par ailleurs, la situation institutionnelle du secteur des télécoms est inadaptée au développement rapide d'un marché concurrentiel. À l'exception de la Grande-Bretagne où British Telecom est une compagnie commerciale depuis les années 1980, les autres pays européens maintiennent encore, au début des années 1990, les PTT sous statut de ministère[4]. Les premières licences GSM étendent les licences analogiques distribuées de façon discrétionnaire aux PTT — on ne dit pas encore « opérateur historique » — et à des entreprises proches du pouvoir. Le protocole de séparation des télécoms de l'État et la création d'un régulateur exigent des réformes législatives importantes. Il n'existe, en outre, aucune expérience de régulation de la concurrence dans un secteur aussi technique. La forte croissance du marché du mobile permet de restreindre l'ouverture à ce marché de complément. Cette situation contraste avec celle des États-Unis où l'État a choisi d'introduire la concurrence sur un marché ancien en démantelant l'opérateur historique. Elle va néanmoins produire des transformations considérables, validant ainsi la thèse de Rosenberg que les politiques industrielles doivent saisir, dès qu'elles se présentent, les occasions d'ouvrir des marchés à l'innovation.

En effet, le rythme d'accroissement du marché est très rapide. De fortes suspicions d'entente existent entre les opérateurs. La Grande-Bretagne est en pointe dans la régulation de la concurrence. En 1990, elle compte un million d'abonnés. Ce chiffre double en 1993. Le régulateur britannique (Oftel) s'émeut de ce que les abonnements se partagent à égalité entre les deux opérateurs, Cellnet (filiale de British Telecom) et Vodafone, et que les prix soient demeurés inchangés au cours des six années précédentes (1987-1993). Cette situation se retrouve également en Allemagne et en France où les opérateurs historiques tirent un grand bénéfice du développement du marché. Car, nous allons y revenir, les opérateurs de mobile doivent, pour acheminer les appels, s'interconnecter au réseau fixe, soit en achetant des minutes de transit, soit en louant des lignes dédiées. Les prix élevés du service et la faible expérience des régulateurs permettent aux opérateurs historiques de tarifer très cher cette interconnexion[5].

Les États européens vont donc décider, à partir de 1993, l'émission d'une nouvelle vague de licences destinée à amplifier la concurrence dans le secteur. Les nouveaux entrants vont se trouver face à des concurrents déjà déployés, alors qu'eux-mêmes n'auront pas encore de couverture extensive. Cette situation est, bien entendu, risquée car rien ne garantit que la demande justifiera le déploiement d'un ou plusieurs réseaux additionnels. D'autant que les nouvelles licences utilisent une bande de fréquence plus élevée qui, sans entrer dans le détail, relève la qualité du signal mais impose des cellules de taille plus petite, et donc des coûts de déploiement plus élevés[6]. Les nouveaux entrants vont donc devoir conquérir des abonnés en proposant des tarifs leur permettant d'atteindre des consommateurs jusqu'alors rebutés par les prix. Ce point va changer radicalement l'économie du mobile.

La seconde vague d'opérateurs de GSM arrive sur le marché en 1996. Il vont, à l'exemple de Bouygues en France, proposer des abonnements au forfait et des cartes prépayées assortis de la consultation gratuite illimitée du répondeur. Ce faisant, ils vont non seulement faire baisser les prix, mais aussi engendrer de puissants effets de réseau. En effet, le téléphone mobile est jusqu'alors un complément du téléphone fixe. Comme l'était avant lui le téléphone de voiture et, avec moins de succès, le Bi-Bop, lancé par France Télécom pour étendre son service au marché du piéton urbain. En abaissant son prix tout en en augmentant l'utilité, le mobile entre en concurrence frontale avec le téléphone fixe. L'enjeu du déploiement cesse d'être la vente d'un service complémentaire pour devenir la substitution totale.

Il faut, pour comprendre ce phénomène, revenir à la fonction d'utilité du téléphone. Celle-ci repose sur deux usages : appeler et être appelé. Le principe de la tarification européenne est que l'appelant paie l'appel. On peut y voir une survivance aristocratique par laquelle le solliciteur est tenu en infériorité. Plus prosaïquement, il est plus aisé de faire payer la communication à celui qui l'initie qu'à celui qui la reçoit, surtout si ce dernier — c'était autrefois la règle — ne peut être averti de l'identité de l'appelant. L'inverse pourrait conduire les utilisateurs à désactiver leur téléphone ou à refuser des appels par crainte d'être inutilement sollicités. Être appelé est donc une utilité gratuite offerte au consommateur. La messagerie, comme avant elle le répondeur automatique, étend cette utilité à la possibilité d'être contacté en temps différé : elle accroît sensiblement l'utilité du téléphone et, plus encore, celle du téléphone mobile. Elle est le moyen le plus sûr et le plus rapide de recevoir, où qu'on se trouve, un message personnel. Elle atténue, en outre, le caractère intrusif des appels entrants. Et surtout, elle est gratuite. La combinaison de la messagerie gratuite et du forfait permet à tout consommateur de recevoir des messages et, laconiquement, si besoin, d'accuser réception. Il n'y a plus de raison dès lors, sauf à vouloir être hors d'atteinte, autrement dit asocial ou snob, de ne pas acheter un mobile. Même les enfants vont en recevoir car, précisément, le mobile étend la portée de leur surveillance. La beauté économique du mobile est que son prix est indexé sur les appels sortants, désormais forfaitisés, voire, dans certaines formules, prépayés, alors que, pour les usagers valorisant peu le service, il sert surtout à être appelé. Gratuitement et sans limitation d'usage. Car, et c'est un paramètre essentiel, le terminal est lui aussi gratuit, ou presque. Il est offert en contrepartie d'une durée minimale de souscription. Cela ressemble à un miracle. Les opérateurs vont financer de nouvelles infrastructures et la subvention des terminaux en offrant de la messagerie gratuite et des appels forfaitisés. Et pourtant...

Le miracle des transferts

À partir de 1996, la pénétration du mobile change d'échelle. Le taux de pénétration en Europe de l'Ouest saute de 18 % en 1998 à 75 % en 2002. Il atteint 90 % en 2004 et les analystes prévoient 100 % (souscription d'une 2e ligne) à partir de 2007.

FIGURE 6

Pénétration du mobile en Europe de l'Ouest

Années	Nombre d'abonnés Millions	Pénétration (%)
1993	1,3	0,3
1994	5	1,2
1996	10	2,4
1997	40	11
1998	69	18
1999	115	31
2000	194	52
2001	265	70
2002	284	75
2003	312	82
2004	342	90
2006 (Analysys)	372	98

Sources : Idate, Commission Européenne, Analysys.

Le saut est particulièrement spectaculaire entre 1998 et 2001. Au cours de ces quatre années, les opérateurs européens ont subventionné les terminaux de 200 millions nouveaux abonnés et renouvelé ceux de 65 millions d'autres. Ils ont, en outre, déployé et modernisé leurs réseaux et participé aux enchères des licences de troisième génération (dites UMTS) qui ont levé plus de 100 milliards d'euros.

Comment ont-ils fait ? Ils ont gagné de l'argent. Comment ? En percevant en sus des recettes « de détail » provenant des abonnés des revenus « de gros » correspondant aux appels entrants. En d'autres termes, ils ont subventionné les abonnements grâce aux recettes provenant des appels du téléphone fixe vers leurs abonnés. Pour comprendre ce mécanisme, il faut se replacer dans la chaîne des composants et des transactions qui entrent dans la fourniture du service. Autrement dit, entrer dans certains détails de la fabrication d'un appel.

Chaque téléphone mobile est repéré par une adresse fixe indiquée sur une carte électronique dite « SIM » et stockée dans la base de données centrale de l'opérateur. Lorsque le terminal est allumé, il se fait connaître de la cellule locale qui identifie sa carte SIM et avertit la base de données centrale. S'il reçoit un appel, la base de données centrale donne l'adresse de sa cellule et l'appel est acheminé jusqu'à celle-ci par réseau fixe, puis jusqu'au téléphone par signal radio. Inversement, s'il émet un appel, la cellule le capte par radio et le transfère au réseau fixe qui le dirige vers le numéro appelé. En d'autres termes, chaque appel initié depuis un mobile comporte au moins une composante mobile et une composante fixe. S'y ajoute éventuellement, s'il se termine sur un mobile, une composante mobile de terminaison.

Toutes ces opérations, dites d'interconnexion, donnent lieu simultanément à mesure et facturation. Lorsqu'un consommateur appelle un numéro mobile, il paie l'appel à son opérateur. Celui-ci paie des charges d'interconnexion aux opérateurs intermédiaires qui vont acheminer l'appel. Le coût total se compose d'une charge de collecte sur la boucle de départ, d'une charge de transit sur un réseau fixe, et d'une charge de terminaison sur la boucle mobile de l'opérateur d'arrivée. Or la tarification de ces différents composants n'obéit pas aux mêmes règles.

FIGURE 7

Chaîne de transactions d'un appel vers un mobile

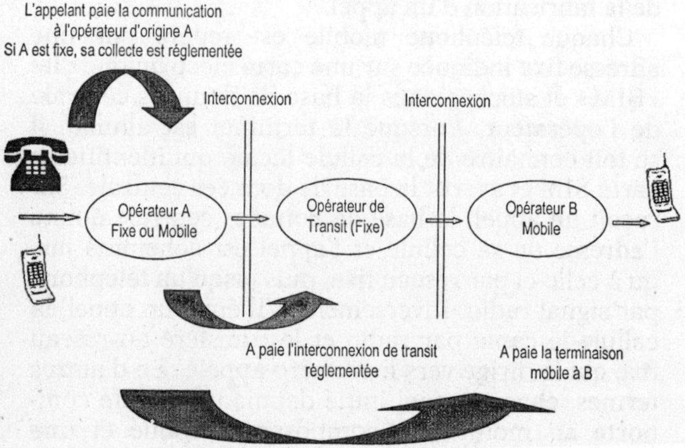

Source : étude Cerna, citée note 3.

En effet, à partir de 1997, les charges d'acheminement des appels par le réseau fixe vont être réglementées, c'est-à-dire plafonnées par le régulateur. Cela vise, on l'a dit, à empêcher le réseau fixe, en situation de monopole, de capter l'essentiel de la valeur des appels. Cette régulation doit aussi permettre à des opérateurs tiers de déployer des infrastructures filaires et d'abaisser encore les coûts de transport sur ce réseau. Les charges de collecte et de terminaison d'appels sur les mobiles sont, en revanche, entièrement libres. Les opérateurs de mobiles peuvent donc acheter le transit à prix concurrentiel et fixer librement les prix de passage sur leurs propres réseaux. Or, dès lors qu'un opérateur de mobile a acquis un abonné, il est le seul à pouvoir terminer l'appel vers lui. Il est en monopole sur l'accès au numéro. Il peut donc fixer à sa guise le coût de cet accès. En offrant l'utilité gratuite des appels entrants et de la messagerie vocale, les opérateurs de mobiles créent un parc croissant de correspondants à joindre et un volume croissant d'appels reçus. Il leur suffit de fixer un prix de terminaison élevé pour collecter une rente de monopole sur chacun de leurs abonnés. En réinvestissant cette rente dans l'acquisition d'abonnés, notamment par la subvention du terminal, ils étendent encore l'assiette de leur rente. Et ce d'autant mieux que les abonnés sont plus sensibles au montant du forfait et à la subvention du terminal qu'au prix que devront payer les appelants pour les joindre.

Car la rente, on le conçoit, est payée par les appelants. Ceux-ci agissent soit à partir d'un téléphone fixe, soit d'un mobile. Les opérateurs de mobiles tiennent entre eux une comptabilité des terminaisons d'appels et se refacturent les soldes d'interconnexion. Nous y reviendrons. En revanche, les opérateurs de téléphonie fixe perçoivent des terminaisons à prix coûtant (réglementé) et paient plein tarif aux opérateurs de mobile les terminaisons vers leurs abonnés. En France, la part des appels du fixe vers les mobiles double entre 1999 et 2002 où elle atteint le seuil des 10 % du trafic du fixe. L'étude transeuropéenne menée en 2003 évalue à 20 milliards d'euros la rente perçue par les opérateurs de mobiles du Royaume-Uni, d'Allemagne et de France au cours des cinq années 1998-2002. Ce chiffre mesure l'écart entre le prix et le coût estimé de la terminaison d'appel vers les mobiles, multiplié par le volume d'appels du fixe vers les mobiles au cours de la période. Rapporté à l'ensemble de l'Europe de l'Ouest, ce chiffre est de l'ordre de 40 milliards d'euros. Ce qui veut dire que les 250 millions d'abonnés à la téléphonie fixe de l'Europe des Quinze ont payé, au cours de cette période, 40 milliards d'euros pour le déploiement de la téléphonie mobile, soit 166 euros chacun, ou 2,75 euros par mois pendant cinq ans.

Effets de réseau

Le mécanisme des transferts est révélateur des effets de réseau déclenchés par la seconde vague d'opérateurs de mobiles. Ceux-ci, contrairement à leurs prédécesseurs initiateurs du marché, ont un véritable problème de déploiement. En effet, les premiers licenciés n'ont eu qu'à exploiter une forte utilité individuelle associée à un service à productivité croissante. Les seconds ont dû déployer une infrastructure en situation de nouvel entrant, soumis, de surcroît, au monopole des terminaisons d'appels des opérateurs en place : l'espéranto contre l'anglais. Une simple guerre des prix les aurait laminés. Seuls des effets de réseau ont pu les épargner.

En d'autres termes, la période 1997-2004, où le taux de pénétration passe de 11 à 90 %, doit s'interpréter comme la phase d'équilibre du modèle de Rohlfs, celle comprise entre la masse critique et le point de saturation. Concrètement, cela signifie que, jusqu'en 1996, la masse critique de la téléphonie mobile n'est pas encore atteinte. On se trouve sur un marché dans lequel seule compte l'utilité individuelle du service : la mobilité en complément de la

FIGURE 8

Déploiement du mobile en Europe

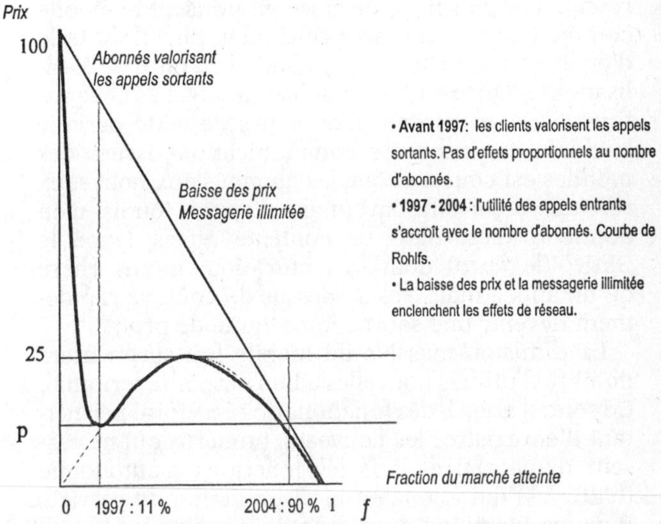

La droite décroissante représente l'utilité des consommateurs pour le réseau complet, laquelle varie entre 0 et 100. La courbe grasse représente l'utilité marginale, autrement dit le consentement-à-payer des consommateurs en fonction du nombre d'abonnés. Le nombre d'abonnés est représenté par la fraction *f* du marché atteinte, c'est-à-dire le taux de pénétration du service. À partir de 1997, l'utilité des consommateurs s'accroît avec le nombre d'abonnés au mobile, ce qui enclenche les effets de réseau.

téléphonie fixe. Les consommateurs de mobiles valorisent le fait d'appeler de n'importe où : « Devine d'où je t'appelle... » est le slogan de cette période.

Les nouveaux entrants vont abaisser le prix et relever l'utilité grâce aux appels reçus (figure 8). Le numéro mobile devient alors l'adresse téléphonique principale. C'est ce mécanisme qui crée l'effet de réseau, car plus il y a de gens qui utilisent le mobile comme point de contact principal et plus il est utile d'en avoir un. Le mobile se change en outil de localisation : « Où es-tu ? » sera son leitmotiv. Les analyses financières montrent qu'au cours de cette période la durée moyenne des communications issues des mobiles est courte et que les abonnés aux nouveaux réseaux reçoivent davantage d'appels qu'ils n'en donnent. C'est dans ce contexte qu'est lancé le SMS[7] (le *texto*) dont la facturation, moins chère qu'un appel, mais très au-dessus du coût, va rapidement devenir une source importante de profit.

La diffusion massive du mobile fait surgir alors nombre d'utilités nouvelles à fournir par le terminal. Ce sont, d'abord, des fonctions de répertoire permettant d'enregistrer les nouveaux numéros qui ne cessent d'apparaître. Puis les fonctions d'autonomie (batteries) qui allongent la disponibilité du service. Puis les fonctions de compatibilité avec les autres réseaux (bi-bandes, tri-bandes). Puis les fonctions de clavier facilitant l'émission des messages textes. Puis les fonctions de capture, de traitement, d'échange de l'image. Puis les fonctions de connectique, permettant l'échange de données avec d'autres terminaux. Puis les fonctions de distribution de contenus (les sonneries musicales, les jeux vidéo). Comme le laissaient entrevoir les balbutiements du mobile analogique, la spécificité du mobile est dans l'intelligence, dans le potentiel numérique du terminal. Face à lui, le téléphone fixe, prisonnier du standard analogique, ne propose aucune innovation fonctionnelle[8]. Pis, c'est lui qui finance le relèvement de l'utilité du mobile et ses effets de réseau.

La tarification joue, dans cette dynamique, un rôle fondamental. C'est elle qui, en affichant des prix sur des utilités, guide les choix du consommateur. L'enclenchement des effets de réseau du mobile est lié, en Europe, à la gratuité de la réception des appels. Les États-Unis, dont le principe de tarification partage les coûts entre appelant et appelé, ont connu, dans ce domaine, une dynamique très différente, prolongeant notamment la durée de vie du *pager*, le système de messagerie complémentaire du fixe[9]. La gratuité de la réception des appels en Europe a permis d'y créer une asymétrie entre le fixe et le mobile. Les opérateurs de mobiles, sûrs de gagner sur les terminaisons, ont eu intérêt à proposer des forfaits compétitifs pour les appels sortants en sorte qu'il soit attractif d'appeler un mobile depuis un mobile. Et ce d'autant plus que le numéro était stocké en mémoire. Avec l'extension des forfaits, il est devenu presque indifférent d'appeler un fixe depuis un fixe ou depuis un mobile ayant le numéro en mémoire, surtout pour une conversation courte. On a même vu en France, cas unique en Europe, les opérateurs de mobiles s'affranchir du paiement entre eux des terminaisons d'appels. Ce système, appelé *bill-and-keep*, prouve qu'il était dans l'intérêt de tous, notamment des opérateurs en place, que le trafic vers les mobiles augmente au détriment du fixe. Car, tant que le parc de mobiles augmente et que les lignes fixes se maintiennent, le trafic du fixe vers le mobile s'accroît. La distribution de portables aux enfants, par exemple, incite ceux-ci à appeler leurs amis depuis le fixe des parents pour économiser leurs forfaits. Le mobile, déjà distributeur d'équipements, devient un revendeur de téléphonie fixe. C'est lui désormais le générateur d'effets de réseau directs sur lesquels viennent s'agréger les effets indirects des terminaux, des contenus et du fixe. Le jeu ne commence à saturer que lorsque le déclin du fixe et la baisse des tarifs d'interconnexion réduit la rente de terminaison d'appels. On entre alors dans la deuxième phase, celle du *rip-off*, de l'arnaque dans laquelle le réseau déployé étend sa gamme d'effets indirects et de services rémunérateurs. Les services à forte marge tels le SMS ou la vente de sonneries ressortissent à cette logique.

Choix publics

Soit, et alors ? Que penser de cette dynamique en termes d'intérêt public ? Faut-il se réjouir du déploiement du mobile générateur de formidables utilités au détriment d'un usage mieux maîtrisé des réseaux fixes ? La distribution de mobiles aux enfants constitue-t-elle un progrès ? Est-il légitime de la faire subventionner par les usagers du fixe ? Faut-il laisser subventionner des terminaux dispensateurs d'usages oiseux ou *addictifs* comme l'envoi de photos érotiques, les jeux vidéo ou le *happy slapping* [10] ? Faut-il réglementer la tarification des SMS ou des sonneries ? Que dire des opérateurs de mobiles en termes de concurrence ou de collusion ? N'ont-ils pas réinvesti leur rente dans le relèvement de l'utilité ? Doit-on se réjouir de leur mise en cause par une action collective des consommateurs, lesquels ont été massivement subventionnés ? N'est-il pas contradictoire de constater qu'*in fine* l'irruption de nouveaux entrants a renforcé les oligopoles ?

FIGURE 9

Transferts fixe-mobile au Royaume-Uni, Allemagne et France, en milliards d'euros courants

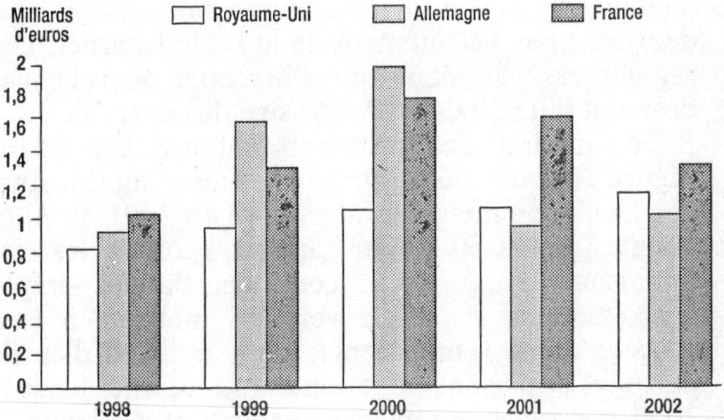

Source : How Mobile Termination Rates Shape the Dynamics of the Telecom Sector, Cerna, Warwick, WIK.

Quels rôles jouent en France, dans cette affaire, l'opérateur historique, présent sur le marché du fixe et du mobile, et son actionnaire public ? Et ailleurs en Europe ?

En fait, les régulateurs européens avaient perçu, dès 1997, le risque d'un abus de position dominante sur la boucle mobile. Ils ont alors prescrit, sous certaines conditions, une orientation vers les coûts des tarifs de terminaison mobiles. Toutefois, les autorités de régulation nationales ne se sont pas hâtées d'appliquer cette directive car la valorisation des opérateurs de mobiles amplifiait la valeur du spectre mis aux enchères dans les licences de troisième génération. Une fois passées ces enchères, elles ont voulu traiter le problème. Trop tard. Les effets des transferts du fixe vers le mobile sur les comptes de résultats des opérateurs étaient tels qu'une application brutale de la directive aurait précipité la chute de leur cours en Bourse dans une conjoncture déjà déprimée par l'éclatement de la bulle Internet. Les régulateurs nationaux ont alors opté pour l'encadrement d'une baisse progressive de ces tarifs.

L'évaluation des transferts montre cependant (figure 10) que, même après une baisse significative des tarifs comme celle intervenue en 2001 en Allemagne (moins 50 % par rapport à 2000), les terminaisons d'appels ont continué, par le simple accroissement du trafic vers les mobiles, à être sources d'une rente de plus de 1 milliard d'euros par pays et par an. Cette rente a représenté jusqu'à 20 % des revenus totaux — de gros et de détail — des opérateurs de téléphonie mobile.

Ces chiffres illustrent l'ampleur des effets économiques du déploiement du marché sur les opérateurs, mais aussi les risques apparaissant, pour la puissance publique, à remettre en cause les mécanismes sous-jacents. Car toucher à cette rente, c'est bien sûr modifier la stratégie, la valorisation et, probablement, la structure du capital des opérateurs de mobiles, mais aussi le principe de tarification des services qui, *in fine*, profite à leurs clients. Les firmes ont alors intérêt à se liguer avec les consommateurs pour tenir le régulateur et les politiques en respect.

FIGURE 10

Part des transferts dans les revenus totaux des opérateurs de mobiles

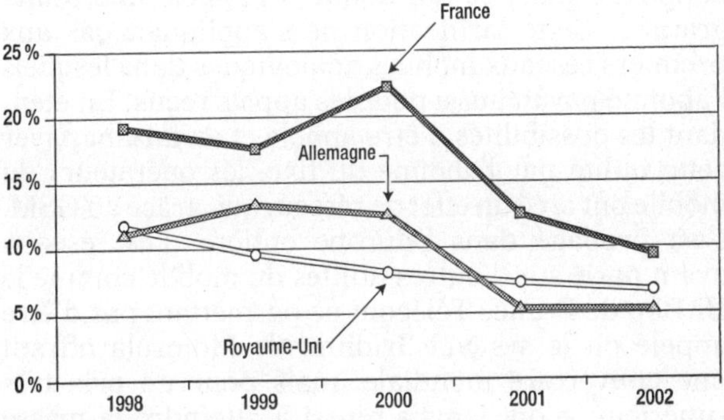

Source : How Mobile Termination Rates Shape the Dynamics of the Telecom Sector, Cerna, Warwick, WIK.

Cet exemple illustre d'abord la complexité, la puissance, mais aussi l'irréversibilité des mécanismes économiques associés aux effets de réseau. Il est illusoire de réclamer, comme le demandait un opérateur alternatif du fixe, le remboursement des transferts. Les conséquences économiques du déploiement des réseaux mobiles sont immenses et, très probablement, irréversibles. Malgré la directive européenne de 1997, les autorités nationales n'ont pu, à ce jour, contraindre les opérateurs de téléphonie mobile à tarifer les appels suivant une règle de concurrence. Les effets de réseau liés aux innovations numériques sont trop forts. Ils créent des logiques d'investissement, de valorisation, de tarification génératrices de signaux et de flux de richesses terriblement lourds à infléchir.

Le déploiement du mobile en Europe est lié au système tarifaire historique des télécoms dans lequel l'appelant paie, ce qui donne à l'appelé une utilité gratuite. Cette tarification ne s'appliquait pas aux premiers réseaux mobiles analogiques dans lesquels l'abonné payait aussi pour les appels reçus. En étendant les possibilités d'être appelé et en faisant payer cette utilité par l'abonné du fixe, les opérateurs du mobile ont créé un effet de réseau, qui, grâce au GSM, s'est propagé dans l'Europe entière. Les réseaux ayant parié sur d'autres utilités du mobile comme le Bi-Bop de France Télécom ne permettant pas d'être appelé ou le système Iridium de Motorola offrant une couverture mondiale, mais pour un prix très supérieur, n'ont jamais réussi à atteindre la masse critique.

L'originalité de la subvention des appels entrants par rapport à celle des terminaux est qu'elle bénéficie davantage aux catégories d'utilisateurs primant ce type d'appels. Elle s'adresse en priorité aux utilisateurs les moins consentants à payer pour des appels sortants.

En effet, supposons (figure 11) que l'opérateur mobile fasse payer les appels entrants en sorte que ceux-ci aient une utilité marginale nulle pour les consommateurs, autrement dit qu'ils ne souhaitent pas payer systématiquement pour le service. C'est ce qui se passe aux États-Unis lorsque des abonnés au mobile débranchent leur téléphone pour ne pas recevoir d'appels. L'utilité marginale se réduit alors à celle des appels sortants. On peut tracer cette courbe sur le graphique usuel de demande. Si l'on considère

FIGURE 11

Subvention des appels entrants

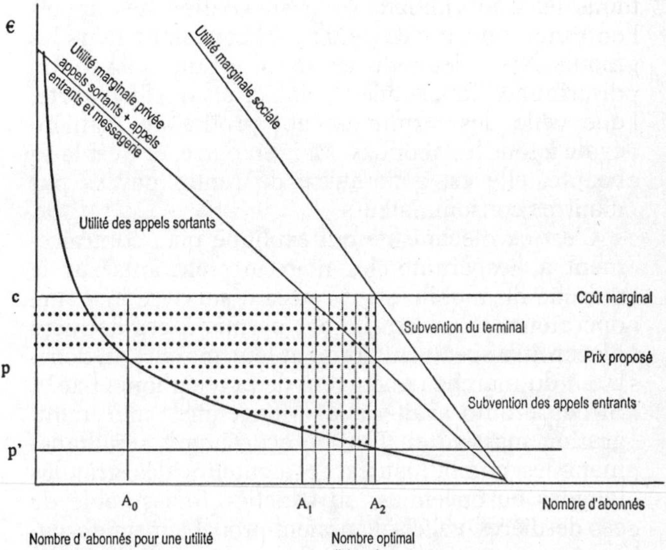

Si les appels entrants et la messagerie étaient facturés au consommateur au prix coûtant, seuls A_0 individus achèteraient le service, malgré la subvention du terminal. La subvention des appels entrants permet d'atteindre A_1. La subvention des appels entrants, payée par les appelants de la téléphonie fixe, est une subvention discriminée vers les consommateurs primant cet usage. Elle équivaut à une vente du service au prix p' qui obligerait l'opérateur à subventionner bien davantage le service à tous ses clients. La subvention du terminal, qui permet *in fine* d'atteindre A_2, affecte indistinctement tous les abonnés.

Source : étude Cerna, *op. cit.*

maintenant que la différence entre cette courbe et l'utilité marginale individuelle représente une subvention liée au système tarifaire, on voit qu'à la différence de la subvention sur le terminal offerte à tous les consommateurs la subvention des appels entrants concerne davantage les consommateurs les moins demandeurs du service. C'est une subvention discriminée, donc mieux ciblée, en quelque sorte, que celle des terminaux qui profite de manière égale à tous les abonnés. Mais en outre, et c'est là sa beauté, elle est génératrice de rentes payées par d'autres consommateurs.

C'est ce mécanisme qui explique que, contrairement à l'espéranto, les nouveaux entrants sur le marché du mobile aient réussi à survivre face aux opérateurs en place : ils ont permis à ces derniers d'accroître spectaculairement leur marché au détriment du marché concurrent de la téléphonie fixe[11]. Si l'espéranto avait réussi à engendrer une immigration massive en Europe accroissant simultanément les communautés de locuteurs des grandes langues européennes, au bénéfice indiscutable de ces dernières, celles-ci auraient probablement encouragé son apprentissage. On sait que, dans les faits, ce sont l'Amérique et l'anglais qui ont bénéficié de ce phénomène.

On peut aussi considérer l'affaire du mobile comme un marché à deux versants : le marché des appelants fixes subventionne celui des appelés mobiles[12]. Les appelants fixes deviennent en quelque sorte les annonceurs du mobile et financent ses effets de réseau. C'est le modèle de la télévision gratuite, ou plutôt des annonces d'emploi. Car, à la télévision, la publicité abaisse l'utilité du consommateur, alors que, dans les petites annonces, les offres d'employeurs accroissent l'utilité du service pour les demandeurs d'emploi. Les appelants du fixe se sont donc comportés, malgré eux, comme des annonceurs visant les consommateurs de mobiles. On ne peut en soi condamner ce mécanisme dès lors qu'il relève l'utilité collective et reste sous contrôle du politique. C'est ce point qui fait difficulté. Où commence, où s'arrête l'utilité collective ? Les petits clients du GSM ont été les plus subventionnés. Les usagers du fixe ont eu, même s'ils l'ont payée trop cher, l'occasion d'appeler vers les mobiles. Ce signal de prix les a peut-être incités à souscrire au mobile, sans autre utilité que d'appeler ses abonnés. Les opérateurs du fixe, quant à eux, se plaignent que les transferts aux mobiles freinent leurs investissements d'élévation des débits. Des transferts moindres leur occasionneraient de meilleurs retours. On peut aussi soutenir qu'ils sont incités à accélérer la numérisation du téléphone, autrement dit l'extension de la voix sur IP, pour faire baisser leurs prix. Qui, dans une démocratie, est à même de l'apprécier ? C'est bien ce qui fait débat dans l'affaire du gratuit. On voit des groupes d'acteurs, bénéficiaires des effets, prôner leur extension, tandis que d'autres subissent une externalité négative. On est loin des logiques productivistes de coûts, de marges et de profits. L'économie, face à ce type de logique, ne prescrit pas de choix. Elle permet *ex ante*, et plus souvent *ex post*, d'étudier le champ des forces en présence, de formuler le risque et l'impact des externalités négatives. Au cas où une chance, une occasion s'offrirait au politique pour l'arbitrer.

Paradigme

Le paradigme du mobile — innovation numérique emblématique en Europe — est que dans une chaîne verticale de biens à effets de réseau complémentaires, la puissance économique revient à celui dont les effets de réseau sont les plus forts. Autrement dit, à celui capable de créer l'utilité sociale à la croissance la plus rapide et de faire financer son déploiement par les autres acteurs de la chaîne. Ce point diffère des biens d'équipement traditionnels pour lesquels les effets de réseau comptent moins que les économies d'échelle. Même si la forte diffusion d'une marque de voitures assure à ses usagers un meilleur réseau d'entretien, ce point n'est pas central dans l'organisation verticale de l'industrie automobile. Quand on achète une voiture, c'est pour son utilité individuelle. Laquelle, compte tenu de sa complexité et des rendements d'échelle nécessaires pour la produire, n'échappe pas à la marque. Il y a donc peu de risques que les distributeurs de voitures inversent l'organisation économique de la filière. Au contraire, ce sont les constructeurs qui se concentrent pour s'approprier les effets de réseau.

Les biens numériques, en revanche, sont générateurs d'effets de réseau complémentaires. Ce sont eux qui structurent la chaîne d'accès. Celui qui capte le consommateur en lui offrant les utilités les moins chères et les plus rapidement croissantes devient le distributeur de tous les autres. Il est le portier, le *gatekeeper*, de la chaîne d'effets. L'enjeu de cet affrontement est de faire de chaque consommateur une île avec un monopole d'accès qui permette, par la suite, de grouper des services et, comme le disent les financiers, de faire grimper l'ARPU (*Average Return Per User*), en français le « panier moyen », le chiffre d'affaires par abonné. Le détenteur de ce monopole organise les autres versants, les marchés de services complémentaires. Non seulement il distribue, mais il tarifie en groupant les utilités, il réaffecte les marges. L'originalité de la firme numérique est que son monopole s'initie sur l'accès. Charge à elle, par la suite, d'offrir des utilités suffisamment attractives pour que chaque client trouve avantage à rester.

Les discours sur la nouvelle économie et le commerce électronique ont largement insisté sur cet effet de monopole et l'importance des échanges d'informations, notamment sur les préférences individuelles du consommateur, pour créer l'addiction du client à la firme. Une des questions en jeu était de savoir si les infrastructures physiques, ce qu'on appelait « le mortier », n'étaient pas, finalement, un handicap dans le déploiement de la distribution. L'idée était que la spécialisation des échanges informationnels sur des canaux numériques allait permettre de bâtir des monopoles individuels grâce aux flux d'informations et mettre les infrastructures logistiques en concurrence. C'est le modèle d'Amazon et de son marketing direct qui vous relance pour vous dire : « Vous devriez prendre Houellebecq comme tous ceux qui, avec vous, ont acheté Beigbeder. » Dans ce schéma, le consommateur reste fidèle car traiter avec d'autres firmes l'oblige à réinitialiser sa relation. La thèse du commerce électronique pose que la firme qui investit dans cet échange gagne en compétitivité par rapport à celle qui développe des infrastructures et prend le meilleur sur elle. Certes, le numérique permet un traitement plus systématique des préférences du client, lequel engendre des « coûts de sortie » et une fidélisation qui créent une rente de monopole. Mais ce point, même s'il oriente davantage la firme vers le client ne fait finalement qu'élever la productivité de la firme classique sans pour autant bouleverser le jeu concurrentiel[13]. Les banques en ligne n'ont jamais détrôné les réseaux d'agences physiques. Les marques automobiles contrôlent leur distribution. Et si le fabricant d'ordinateurs Dell a surpassé ses concurrents horizontaux grâce à l'efficacité de son système de vente en ligne, il n'a pas pour autant inversé le rapport de force avec les fabricants de composants et de logiciels[14].

Ce que montre le mobile, c'est que la puissance de la firme en monopole individuel est avant tout dans le rapport de force qu'elle impose aux générateurs d'effets de réseau complémentaires. Le monopole du mobile est assis à la fois sur une infrastructure physique, la boucle locale, et sur une relation informationnelle avec le client. Ces conditions sont nécessaires, mais pas suffisantes pour faire du mobile une industrie dominante. La puissance du mobile en Europe vient de sa tarification. La gratuité des appels entrants, amplifiée par la messagerie illimitée, et surpayée par les abonnés du fixe, engendre des effets de réseau si rapides, si puissants, qu'en à peine trois années (1997-1999) le service contrôle l'ensemble de la chaîne d'accès : équipementiers, transport fixe, contenus. Le paradigme du mobile, c'est que la maîtrise des effets de réseau — qui ne réduisent pas les coûts, mais créent de nouveaux marchés — est un enjeu de concurrence majeur. Dans cette conquête, le gratuit, autrement dit l'établissement de transferts, est une arme de domination.

CHAPITRE V

LE DÉPLOIEMENT D'INTERNET EN BAS DÉBIT

Les fournisseurs d'accès à Internet (FAI) ont été, en France, les promoteurs les plus exaltés du gratuit. « Gratuit, gratuit-gratuit, gratuit illimité », durant les deux années 1998 et 1999, leurs offres ont décliné de multiples variations du concept groupant accès au réseau, hébergement de pages Web et minutes de connexion à Internet. En réalité, les opérateurs de mobiles avaient introduit le concept avant eux en annulant les prix des appels reçus, en offrant la messagerie sans limite d'usage, en subventionnant les terminaux. Mais il s'agissait là de gratuité implicite, associée à un abonnement payant matérialisé par le forfait. Les fournisseurs d'accès ont, quant à eux, substitué un modèle à un autre : au lieu de l'abonnement payant de Wanadoo (filiale de France Télécom), ils ont inventé Free et le mythe de l'accès gratuit. Cette stratégie a bâti l'image de leur profession et leur a permis, par la suite, de déployer le haut débit en y associant implicitement la gratuité illimitée des contenus.

Comment ont-ils pu le faire ? Quels étaient les coûts réels du service ? Quels mécanismes permettent à une firme de percevoir des recettes sans se faire payer de ses clients ? À qui, *in fine*, profite l'offre gratuite ? Nous allons voir que derrière les mécanismes de l'offre gratuite d'accès se profile, comme dans le cas du mobile, un processus de déploiement numérique fondé sur des effets de réseau. Son originalité est d'être localisé au sein même du réseau de téléphonie historique, ce qui, pour être détaillé, requiert des explications techniques. Celles-ci peuvent paraître oiseuses et possiblement rebuteront certains lecteurs. Mais, derrière cette affaire, c'est le déploiement d'Internet par la numérisation du réseau historique de téléphonie fixe qui est en jeu. La mise en évidence des ressorts de l'économie numérique, voire de l'économie industrielle moderne, est au moins à ce prix.

Le mécanisme de l'accès

Voyons d'abord en quoi consiste la fourniture d'accès en bas débit. Pour l'utilisateur, il s'agit d'obtenir une connexion à Internet permettant de naviguer sur le Web et d'échanger des *e-mails*. Ces deux activités sont habituellement gérées, sur l'ordinateur, par deux logiciels spécialisés[1]. Au plan économique, ces usages d'Internet sont générateurs d'effets de réseau. En effet, plus les utilisateurs du mail sont nombreux, plus il est utile d'avoir une adresse électronique et un accès bas débit permettant de s'en servir. Même chose pour le Web : plus d'internautes naviguent sur la Toile, plus il est utile d'y proposer des contenus ou des services, et plus il est utile de naviguer. Une caractéristique essentielle de l'accès à Internet est que chaque nouvel abonné accroît l'utilité et la consommation des autres, ainsi que l'appé-

FIGURE 12

Évolution du nombre d'abonnés individuels (■) et d'heures de connexion (♦) (France)

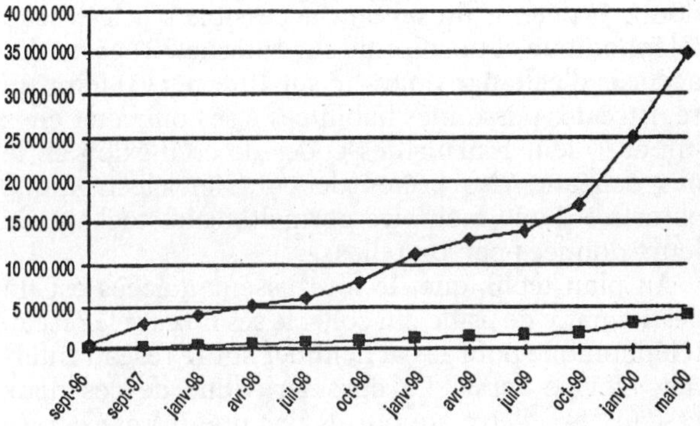

Source : AFA, étude Cerna.

tit du service pour de nouveaux abonnés. Ce point est illustré par le fait que, durant la phase de déploiement de l'accès en bas débit, le nombre d'heures passées sur Internet augmente plus rapidement que le nombre d'abonnés.

En pratique, l'abonné, détenteur d'une ligne téléphonique, fait composer par son ordinateur un numéro d'appel qui met celui-ci en contact avec un autre ordinateur appelé serveur ou passerelle, positionné sur le réseau Internet. Ce processus, on s'en souvient sûrement, s'accompagne de stridulations bruitant la composition du numéro et l'échange de signaux entre les deux machines. Le serveur, après avoir reconnu l'abonné, lui assigne une adresse réseau (IP) et fait suivre sur Internet les paquets d'informations émis par les logiciels de navigation et de courrier. Réciproquement, il délivre les paquets qui leurs sont adressés. Le fournisseur d'accès doit donc : 1) détenir un serveur accessible par le réseau téléphonique et positionné sur Internet, 2) gérer des accords d'échange de trafic sur Internet, 3) tenir un registre des personnes habilitées à se connecter chez lui, et 4) leur fournir des codes de connexion et, le cas échéant, des boîtes de courrier électronique assorties d'une mémoire permettant le stockage de leurs données personnelles.

Au plan technique, le fournisseur d'accès est un gestionnaire de trafic qui collecte ses flux sur le réseau téléphonique pour les acheminer sur le réseau Internet, et vice versa. La caractéristique de ces deux réseaux est d'être supportés par une infrastructure identique (des lignes télécoms) mais d'être gérés par des protocoles d'acheminement différents. La téléphonie transmet un signal synchrone (la voix) suivant une commutation héritée du transport analogique. Cette commutation dite « de circuit » oblige à réserver un chemin pour chaque appel passé. Les réseaux Internet, c'est leur nouveauté radicale, transmettent les données par paquets numériques circulant en séquences sur des routes aléatoires. Ces paquets sont guidés, au gré de la disponibilité des routes, vers leur adresse d'arrivée et contribuent ainsi à optimiser le remplissage des lignes télécoms. En d'autres termes, le protocole Internet utilise les routes des réseaux téléphoniques en y faisant circuler des convois de données, tandis que la téléphonie classique mobilise pour chaque appel une voie entière du point de départ au point d'arrivée. On peut se représenter l'efficacité relative d'Internet par rapport au réseau commuté en comparant le trafic automobile à l'intérieur d'une ville à celui d'un convoi officiel sur un itinéraire bloqué : le convoi officiel ferme des autoroutes pour quelques limousines alors que le réseau urbain fait circuler des millions de voitures qui adaptent leur route au gré des encombrements.

On voit resurgir ici le caractère fondamental du numérique. Il brise la continuité du signal analogique qui mobilisait des ressources spécifiques, pour lui substituer des paquets de code — des mots — qu'une grammaire se chargera d'étiqueter au départ, d'orienter dans le transport, et de remettre en ordre à l'arrivée. La grammaire est le Protocole Internet (IP) qui fixe les règles d'empaquetage et de circulation des morceaux de code entre les points du réseau. Ainsi, le réseau analogique est-il comparable à un groupe d'hommes préhistoriques qui communiqueraient par gestes, obligeant chaque membre à guetter en permanence le signal d'un des autres pour pouvoir le relayer. Avec le numérique, le langage va progressivement se substituer au geste et circuler de proche en proche entre les membres du groupe qui seront libérés de leur fonction de guetteur. Néanmoins, dans la phase de déploiement, d'apprentissage du langage et de ses règles de circulation, les deux protocoles coexistent et identifient deux types d'individus : tandis que certains membres communiquent encore par gestes, d'autres les convertissent en mots et les transmettent oralement à leurs destinataires. Tout le problème est de disposer convenablement les traducteurs et les locuteurs pour libérer au plus tôt les individus communicant par gestes et leur apprendre le langage : passer de l'*homo erectus* au *sapiens*.

En offrant un service générateur d'effets de réseau tirant avec lui les infrastructures Internet, autrement dit les collecteurs et les routeurs capables d'orienter les paquets sur le réseau, les fournisseurs d'accès sont des acteurs vitaux de l'industrie des télécoms. D'une part, ils apportent au réseau fixe une nouvelle activité compensant la perte du trafic drainé par la téléphonie mobile et, d'autre part, ils déploient progressivement les infrastructures Internet qui, à terme, supplanteront définitivement les parties commutées. Autrement dit, grâce au service d'accès bas débit proposé au consommateur, les infrastructures Internet se substituent progressivement, du cœur vers les branches terminales, aux circuits commutés du réseau historique. L'étape ultérieure est la fourniture d'accès à haut débit où l'abonné se voit proposer un accès direct à Internet sans réservation de circuit jusqu'au serveur. Durant cette étape (actuellement en cours), les fournisseurs d'accès proposent à leurs clients des services numériques multiples utilisant les portions de réseau louées (dégroupées) à l'opérateur historique : accès Internet haut débit, télévision, vidéo à la demande, téléphonie sur Internet... Ces usages nouveaux intensifient le déploiement. Au terme du processus qui peut durer entre dix et quinze ans, même la téléphonie utilise le protocole Internet. Le réseau fixe est alors entièrement numérisé. Vu avec ce recul, la fourniture d'accès — en bas, puis en haut débit — est donc le processus concret de la numérisation du réseau téléphonique historique, processus par lequel un protocole d'acheminement un million de fois plus productif aura été mis en place.

L'industrie de l'accès bas débit

Mais bien entendu, si on se replace aux premières années de l'Internet, il faut admettre que cette perspective est opaque à la grande masse des clients. Seuls comptent alors l'usage et le prix du service. L'usage, effet de réseau oblige, devient de plus en plus attrayant au fur et à mesure qu'il se généralise. Quant aux prix, ils sont difficiles à décrypter. Contrairement à la poste ou aux premiers réseaux téléphoniques dans lesquels le postier, la standardiste personnifiaient un protocole d'acheminement, l'accès à Internet n'engage que des machines. Pas de personnel, que des ordinateurs, donc pas de coûts visibles. Pas d'interprétation du tarif par les coûts.

Néanmoins, ces coûts existent et, comme souvent en économie, sont sujets à des économies d'échelle induisant des choix stratégiques. Ils sont liés à l'activité de collecte de trafic sur le réseau commuté et à sa bascule sur le réseau Internet. Ils recouvrent d'abord les coûts de production du service, lequel requiert des infrastructures, une connexion au réseau Internet (appelée aussi *streaming*) et le service personnalisé au client. À quoi s'ajoutent les frais de commercialisation, autrement dit l'acquisition d'abonnés.

Ils s'appuient en outre sur des principes tarifaires associés à l'acheminement du signal sur les deux types de réseaux. Le réseau téléphonique commuté (RTC) facture les appels à la distance et au temps, ce qui correspond à la taille des circuits et à leur durée d'immobilisation. Internet facture au volume ou, plus précisément, au débit, c'est-à-dire à la capacité des routes à absorber les pics de trafic. À cela se joint le fait que la tarification sur le réseau téléphonique fixe — détenu et géré par un monopole historique — fait l'objet d'une réglementation complexe, bien souvent conflictuelle, car destinée à inciter de nouveaux entrants à déployer leurs propres infrastructures. Inversement, on va le voir, le réseau Internet est le lieu d'expérimentation de tous les types d'accords. L'existence de ces deux tarifs va inciter le fournisseur d'accès à minimiser la route de la collecte du signal sur le réseau commuté pour le faire basculer, au plus près de l'abonné, sur le réseau Internet. Cela, bien sûr, au prix d'une multiplication des passerelles.

Les composants de l'offre d'accès

Pour fournir l'accès bas débit, le prestataire doit disposer d'infrastructures et d'accords de connexion au réseau Internet qui constituent son investissement et ses achats en gros. Il doit également disposer de plates-formes de services aux clients pour son métier de détail.

Les infrastructures sont les serveurs, modems, routeurs et liaisons télécoms spécialisées que le fournisseur d'accès doit mettre en place pour collecter le signal et organiser son passage du réseau commuté au réseau Internet. Les dépenses sont fonction du nombre de points de présence du fournisseur d'accès sur le réseau téléphonique et du trafic de ses abonnés sur chacun des points de présence. En gros, plus les points de présence sont nombreux, plus court, et donc moins cher, est l'acheminement des appels vers les serveurs via le réseau téléphonique. Une décision réglementaire importante est donc la création d'un marché des appels vers les serveurs

Internet, matérialisée par la dotation d'un préfixe commun (en France, 0860, 0868). Les fournisseurs d'accès détenteurs de ces numéros peuvent acheminer les appels vers les serveurs positionnés au plus près de l'appelant. Ce marché est totalement autonome du marché de la voix. La concurrence sur ce marché va rendre indifférente pour l'usager la localisation des serveurs : seul lui importera le prix offert par le fournisseur d'accès par minute de connexion téléphonique. Autrement dit, grâce à ce marché, c'est le fournisseur d'accès qui fait son affaire de la tarification de la communication sur le réseau commuté. Cette situation va l'obliger, d'une part, à déployer ses points de présence et, d'autre part, à demander à son fournisseur de liens télécoms (l'opérateur de télécoms qui héberge son serveur) d'abaisser ses coûts de transport. Celui-ci le fera en convertissant au plus près possible de l'abonné le signal analogique en signal IP (numérique) afin de réduire au minimum la distance parcourue sur le réseau commuté. Multiplier les points de présence des fournisseurs d'accès équivaut à déployer l'infrastructure d'Internet : le prestataire doit équiper en infrastructures tous ses points de présence, autrement dit toutes les zones géographiques où il entend s'implanter.

Les fournisseurs d'accès supportent également les coûts de connexion (*streaming*) de leurs serveurs au réseau Internet. Cela suppose soit l'achat d'un transit à un fournisseur d'accès plus important ayant des accords d'interconnexion dans les principaux points d'échanges de données de la planète, soit sa participation à un ou plusieurs nœuds de connexion, dits de *peering*. Les arrangements de *peering* sont fondés, en majorité, sur des accords de partage de coûts : chaque fournisseur d'accès paie son coût de raccordement, le coût du routeur — commutateur de paquets — est partagé, et chaque participant au nœud de *peering* accepte tout le trafic Internet destiné à son réseau sans transfert financier. En revanche, pour l'achat du transit à un fournisseur d'accès plus important, le fournisseur d'accès client paie la bande passante Internet (la capacité) soit en fonction du trafic, soit forfaitairement. Les avantages du *peering* se mesurent en épargne des coûts de bande passante (remplacés par un investissement en équipement), mais aussi en qualité de service, car la connexion directe permet des temps de réponse plus courts. La gratuité des échanges entre opérateurs évite les coûts de facturation et stimule le déploiement des infrastructures.

Néanmoins, l'économie des réseaux incite les très gros fournisseurs d'accès à refuser des accords de *peering* avec les fournisseurs d'accès de moindre taille car, sans entrer dans les détails, les bénéfices issus de ces accords sont jugés insuffisants. L'accès à Internet des prestataires de taille modeste se fait en général par l'achat de transit. En conséquence, pour assurer une meilleure qualité de services, un petit prestataire doit acheter du transit à plusieurs gros, de sorte que son trafic puisse être orienté sur la meilleure route. Au prix toutefois d'une multiplication de ses points de présence.

Cette observation montre qu'il existe des effets d'échelle dans l'économie des fournisseurs d'accès, mais aussi que ces effets ne peuvent être obtenus qu'après l'atteinte d'une taille critique dans la collecte du signal. Cette logique induit un déploiement de l'industrie en plusieurs phases. La première est une phase d'implantation disséminée de fournisseurs d'accès proches des marchés locaux, profitant des effets de réseau — d'accroissement de la demande locale par élévation de l'utilité — et des économies d'échelle déjà réalisées sur les serveurs et les liaisons louées. La seconde phase est une concentration permettant d'étendre et de renforcer les accords de *peering* porteurs de nouvelles économies d'échelle, et de créer d'éventuelles rentes de monopole. Ce jeu en deux périodes est caractéristique des dynamiques de déploiement des innovations numériques.

Enfin, le fournisseur d'accès doit servir chaque client. Il doit notamment lui délivrer des codes de connexion et une assistance technique permettant à l'abonné de faire fonctionner le service. Pour se conformer à la réglementation sur l'hébergement des données, il doit aussi s'assurer de l'identité et de l'adresse physique des abonnés. L'assistance technique est d'autant plus lourde que le client résidentiel n'achète parfois un ordinateur que pour se connecter à Internet et n'est pas familier du maniement de sa machine. Les fournisseurs d'accès doivent donc mettre en place des plates-formes d'appels capables de traiter les difficultés d'usage de l'ensemble de leurs clients. Et puisqu'il n'existe pas, à cette époque, assez de main-d'œuvre capable de répondre à cette demande, ils doivent aussi former du personnel technico-commercial. Au modèle payant, initié en France par Wanadoo en 1996, s'adjoignent également des coûts de facturation et de suivi du compte client. Ces coûts représentent environ 10 à 15 % des charges d'exploitation de Wanadoo, contre 20 à 25 % pour les dépenses d'assistance technique. Le modèle gratuit va permettre de supprimer une partie de ces coûts (la facturation lorsque le FAI n'offre pas de forfait téléphonique), voire de les remplacer par des recettes : c'est le cas de l'assistance technique, facturée à l'abonné par des appels surtarifés.

La course aux abonnés

En janvier 2000, la Bourse valorise à 60 euros l'abonné d'un fournisseur d'accès. Ce chiffre traduit des anticipations de recettes, notamment de publicité ou de commissions sur d'éventuelles ventes en ligne. Il intègre également une composante d'effets de réseau : chaque abonné en amène d'autres. Il est alors logique de dépenser le triple en marketing pour l'acquérir. L'époque est encore très marquée par le succès américain de l'opérateur téléphonique Worldcom et l'annonce par AOL, fort de ses 35 millions d'abonnés dans le monde, de sa fusion avec Time-Warner[2]. Cela dit, les dépenses de marketing sont d'autant plus élevées que le marché est concurrentiel. C'est le cas en 1999. Lors de l'introduction en Bourse de Wanadoo en juillet 2000, la société annonce 5,3 milliards de francs (800 millions d'euros) de chiffre d'affaires et 2,5 milliards (400 millions d'euros) de frais commerciaux et administratifs (hors « coûts de production ») pour l'exercice écoulé. Ces dépenses sont en progression de 123 % sur l'année précédente alors que le chiffre d'affaires n'augmente que de 40 %. Si l'on considère que les frais administratifs restent proportionnels au nombre d'abonnés, on peut estimer que Wanadoo dépense en 1999 près de 400 euros par abonné en frais d'acquisition. Ces frais sont relayés par les 700 points de vente de France Télécom qui engendrent 80 millions de contacts annuels et permettent à Wanadoo, contrairement à ses concurrents payants (AOL, Club Internet), de maintenir sa part de marché. Les nouveaux entrants, malgré leurs offres gratuites sont alors obligés d'amplifier leurs efforts pour contrer cette concurrence. Durant la seule année 1999, Liberty Surf, soutenu par Bernard Arnault, investit — on dit alors brûler — plusieurs dizaines de millions d'euros pour attirer 500 000 abonnés, soit 16 % du marché. En avril 2000, Free annonce avoir « acquis » 450 000 abonnés actifs.

Ces premiers éléments montrent qu'il existe une dynamique propre au déploiement des fournisseurs d'accès. Cette dynamique est caractérisée par le fait que les économies d'échelle associées à la fourniture du service (accès au *peering*) ne peuvent s'obtenir qu'une fois atteinte la masse critique d'abonnés. Or cette masse critique est importante car il faut peser lourd face aux opérateurs mondiaux, gestionnaires des nœuds du réseau Internet. L'ampleur des enjeux de ce déploiement — la numérisation des réseaux télécoms — crée des occasions pour accélérer l'acquisition d'abonnés susceptibles, dans un second temps, d'être revendus à des opérateurs de télécoms. Ceux-ci ont la confiance du marché pour rétablir, dans la phase suivante du jeu, des rentes de monopole sur des services liés. Les perspectives de revente dopent l'acquisition d'abonnés auxquels on peut transférer une partie de la marge en proposant du gratuit. Bien entendu, seuls ceux qui vendent à temps engrangeront des plus-values car les autres seront laminés par la concurrence des opérateurs concentrés. Les marchés financiers sont faits pour prendre ce risque. Le point intéressant de cette affaire, comme nous allons le voir maintenant, est qu'en situation de concurrence horizontale violente sur le marché de détail les acteurs de la chaîne verticale du déploiement rivalisent pour financer le gratuit.

Le mécanisme de la concurrence verticale

On l'a vu, les fournisseurs d'accès participent à la première vague de numérisation des réseaux télécoms fixes. Dans les faits, cette numérisation avait déjà commencé au début des années 1990 par l'introduction de fibres optiques dans les grands collecteurs du réseau, imposant l'échantillonnage et le multiplexage des signaux analogiques transportant la voix[3]. Autrement dit, on avait déjà commencé à compresser, en le numérisant, le signal de la voix sur les grandes artères téléphoniques. En outre, des réseaux numériques spécialisés desservant les entreprises avaient déjà été déployés. Néanmoins, le réseau téléphonique fonctionnait encore, dans son immense masse et sous le contrôle d'un opérateur unique, en commutation de circuit.

L'apparition en 1998 des fournisseurs d'accès gratuits coïncide avec l'entrée en vigueur de la Directive européenne sur la libéralisation des télécoms[4] dont le but est d'introduire de la concurrence dans les services de télécommunications. Cette directive dont l'élaboration a suscité la structuration de France Télécom en entreprise commerciale et la création de l'Autorité de régulation des télécommunications (aujourd'hui l'ARCEP) autorise de nouveaux opérateurs de réseau à déployer leur propre infrastructure, ainsi que des opérateurs de services à proposer de la revente de téléphonie fixe. Cette disposition, engagée quinze ans plus tôt aux États-Unis, oblige le régulateur à fixer des règles pour que les appels puissent circuler sur plusieurs réseaux. Ces règles dites d'interconnexion sont rendues nécessaires par le fait qu'un nouvel entrant ne peut instantanément dupliquer toute l'infrastructure de l'opérateur historique et doit donc obtenir de lui l'acheminement ou le transit des appels sur un tronçon de son réseau. Le tarif pratiqué conditionne bien entendu la rentabilité du reste du transport. Pour cette raison, il est fixé par le régulateur.

Les nouveaux opérateurs comprennent vite que la domination du monopole historique sur les branches terminales du réseau, la « boucle locale », là où s'initient et se terminent les appels, leur laisse peu de marge pour capturer des abonnés. En effet, la duplication des infrastructures permettant de profiter des gains de productivité des fibres optiques n'a de sens que là où le trafic est le plus dense, c'est-à-dire sur les grands axes formant le cœur des réseaux (*backbones*). La collecte et la terminaison des appels téléphoniques résidentiels ne justifient pas la couverture du « dernier kilomètre », la plus chère en travaux de génie civil, par de nouveaux fils téléphoniques. Autrement dit, les nouveaux entrants sur le fixe ne peuvent être compétitifs qu'en facturant moins cher les communications longue distance et internationales, car sur les communications locales ils achètent le service au prix du monopole historique. Pour occuper leurs infrastructures, ces nouveaux opérateurs doivent donc rechercher des abonnés, soit sur le marché de la téléphonie fixe en leur proposant de meilleurs tarifs, soit sur le marché de l'accès Internet en domiciliant les serveurs des fournisseurs d'accès sur leurs portions de réseau.

Cette situation va permettre aux fournisseurs

d'accès de toucher une commission pour chaque appel reçu sur leurs serveurs. Le mécanisme consiste pour le fournisseur d'accès à proposer des abonnements intégrant le coût des communications téléphoniques et à faire son affaire du reversement des frais d'acheminement aux opérateurs télécoms. Ce mécanisme, on va le voir, explique la profusion des abonnements gratuits, avec la possibilité d'intégrer des heures de communication ou des tarifs forfaitaires. Une représentation commode est de considérer que le service intègre la prestation de trois intervenants : un opérateur de boucle locale (OBL), un opérateur tiers (OT) hébergeant le serveur, et le fournisseur d'accès (FAI). L'abonné est client du fournisseur d'accès, de l'opérateur de boucle locale (France Télécom dont il paie l'abonnement) et, le cas échéant, s'il en a fait le choix, d'un opérateur tiers. Chacun de ces acteurs peut offrir de l'accès en sous-traitant aux autres une prestation de service. En particulier, dès lors que le régulateur octroie au fournisseur d'accès la possibilité de facturer à son client les appels téléphoniques vers certains numéros (0860 ou 0868), celui-ci va pouvoir choisir les composants de son offre. Néanmoins, sur la boucle locale, il n'y a pas de choix possible car l'opérateur historique est en monopole et son tarif réglementé. Le marché de la terminaison, en revanche, est concurrentiel. Le fournisseur d'accès va pouvoir y acheter des minutes au prix de gros à des opérateurs tiers.

On peut schématiser la situation de cette façon :

FIGURE 13

Chaîne verticale de la fourniture d'accès

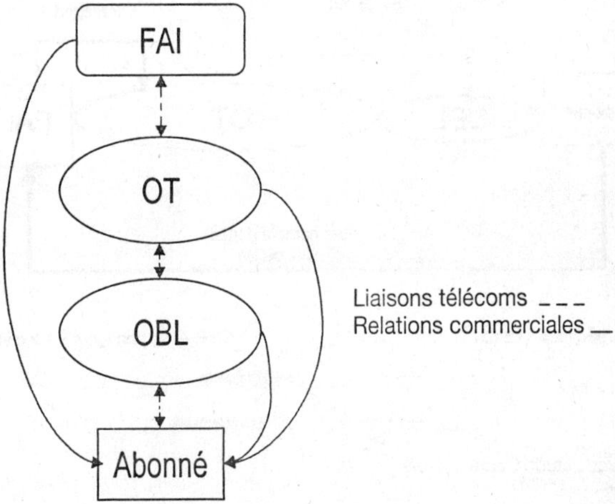

Cette situation va donner lieu à divers cas de figures dans lesquels c'est tantôt le fournisseur d'accès, tantôt l'opérateur tiers, et tantôt l'opérateur de boucle locale qui facturera au client l'ensemble de la prestation. Les fournisseurs d'accès « gratuits » proposent au client de lui facturer au forfait les communications téléphoniques correspondant à l'accès. Comme le montre la figure 14, le fournisseur d'accès encaisse le forfait payé par l'abonné. Il paie au transporteur OT tous les liens télécoms et celui-ci rétrocède à l'opérateur de boucle locale (OBL) le montant réglementé de la collecte sur la boucle locale.

FIGURE 14

Modèle d'interconnexion « indirecte »

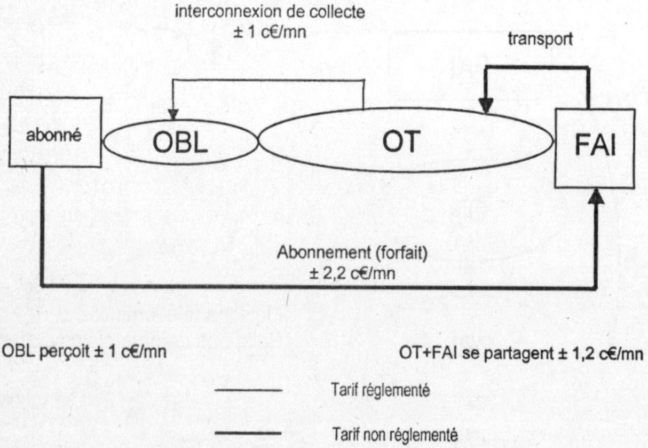

Source : étude Cerna, *op. cit.*

Ce schéma, dit d'interconnexion indirecte, met le fournisseur d'accès en position de distributeur. Celui-ci facture, en effet, le consommateur final en fonction de ses coûts de liaison payés à l'opérateur tiers. En 1999, ce partage était estimé à environ deux tiers pour l'opérateur tiers, un tiers pour le fournisseur d'accès. En tablant sur un prix moyen de la minute facturée à l'internaute de 2,2 c€, le fournisseur d'accès gagne environ 0,3 c€ par minute de connexion après paiement du *streaming*. Mis en concurrence par les fournisseurs d'accès, les opérateurs tiers sont incités à abaisser leurs coûts de transport, donc à capillariser leur réseaux afin de convertir le signal en IP (Protocole Internet) au plus près de la boucle locale. Tant que les opérateurs tiers demeurent loin des commutateurs d'abonnés (où s'arrête la desserte locale), une part supplémentaire de leurs revenus est transférée en coût de collecte à l'opérateur de boucle locale (OBL).

Dans cette chaîne, l'opérateur tiers qui perçoit les coûts de connexion abandonne une commission au fournisseur d'accès, laquelle, si elle est reversée au consommateur, revient à subventionner l'accès. Contrairement aux usages tarifaires de l'interconnexion, la logique qui prévaut n'est pas seulement celle du coût du transport, mais aussi celle de l'apport de trafic par le fournisseur d'accès. La commission n'est prélevée que sur le prix de terminaison de l'appel, car la collecte sur la boucle locale est en situation de monopole. L'opérateur historique bénéficie sans contrepartie de l'accroissement de trafic sur ce segment[5].

D'autres schémas existent dans lesquels la tarification ou la facturation des communications est laissée à l'opérateur historique ou à l'opérateur tiers. En particulier, s'inquiétant de voir les fournisseurs d'accès soutenir le déploiement de ses concurrents, France Télécom a voulu imposer une interconnexion « directe » lui laissant le monopole de la facturation et des reversements. Dans ce schéma, la part laissée au couple OT-FAI n'était plus que de 0,5 c€ par minute contre 1,2 c€ en interconnexion indirecte. Interpellé, le régulateur a fait droit aux concurrents en rétablissant l'interconnexion indirecte. Cette décision a incité France Télécom, malgré son intégration dans Wanadoo, à surenchérir sur les opérateurs tiers. En mai 2000, l'opérateur historique va proposer jusqu'à 0,5 c€/mn de reversement net aux fournisseurs d'accès hébergés sur son réseau, lequel prend en charge la totalité du prix de l'appel ainsi que le *peering*. Cette offre, visant à limiter la pénétration des réseaux tiers, va provoquer l'effet inverse : en réduisant les marges des opérateurs tiers, France Télécom les incite à déployer plus vite leurs points de présence pour abaisser leurs coûts de transport. Au final, les fournisseurs d'accès, qui desservent directement l'abonné et se trouvent au plus près des effets de réseau d'Internet, utilisent cette dynamique génératrice de consommation croissante pour exacerber la concurrence entre déployeurs d'infrastructures et faire monter les enchères pour le transport du trafic ainsi créé.

Enfin, la concurrence entre fournisseurs d'accès sur le marché final oblige ceux-ci à transférer au consommateur une part importante de leurs marges sous forme d'offres gratuites ou largement subventionnées. Sur un marché en forte croissance, un fournisseur d'accès assuré de gagner 0,5 c€ par minute peut décider de les réinvestir en marketing ou en offre spéciale à ses abonnés gros consommateurs.

Qui distribue qui ?

Derrière cette dimension relativement technique, on retrouve ici un trait économique caractéristique du déploiement numérique : l'existence de biens et services complémentaires également soumis aux effets de réseau et à l'obtention d'une masse critique, déclenchant une dynamique vertueuse de la demande. L'accès Internet en bas débit est complémentaire de l'offre télécoms et vice versa. Cette complémentarité va donner lieu à une offre groupée et faire de l'un des produits le distributeur de l'autre, lequel va devenir un composant. La question est alors de savoir, notamment dans la phase de recherche de la masse critique, quel acteur propose l'offre groupée, autrement dit *qui* est distributeur et comment se répartit la subvention attirant les abonnés. Dans le cas des fournisseurs d'accès, les opérateurs tiers ont vendu les liaisons télécoms en dessous de leur prix de revient. Ce point est attesté par l'effondrement des valeurs télécoms à partir de mars 2000 et la mise en sommeil des investissements de déploiement pendant plusieurs années. Mais, en retour, les opérateurs télécoms ont largement profité des dépenses de marketing des fournisseurs d'accès. Chacun dans cette affaire visait la masse critique dans l'espoir d'une consolidation ultérieure. Plus généralement, la chasse aux abonnés sur les marchés de détail concourt à la profusion du gratuit. Celui qui lance le gratuit gère la subvention au consommateur et s'institue, de fait, distributeur des autres composants de la chaîne verticale. Dans le cas particulier, ce sont les fournisseurs d'accès qui ont eu l'initiative. Ils ont été contestés par le monopole historique qui détenait un accès exclusif au client. Soutenus par le régulateur, ils ont pu le contourner et imposer le gratuit.

On aurait pu imaginer une situation dans laquelle l'initiative serait venue des opérateurs tiers proposant, indépendamment du fournisseur d'accès, des communications gratuites vers Internet[6]. S'ils ne l'ont pas fait, ou peu efficacement, et ce malgré l'accroissement plus rapide des minutes de connexion que des abonnés Internet, c'est que leurs investissements matériels et les recettes escomptées ne leur permettaient pas les investissements marketing d'acquisition de clients. Le prix des minutes de transit et de terminaison a, en effet, baissé presque aussi vite que le trafic s'est accru. En outre, et c'est le dernier point de ce chapitre, les fournisseurs d'accès ont joué un rôle d'intermédiaires commerciaux avec les acteurs de l'Internet, eux aussi en quête de souscripteurs.

Internet : l'autre versant de l'accès

Nous n'avons jusqu'à présent évoqué que le versant télécoms de l'activité des fournisseurs d'accès. Leur fonction de passerelle leur donne également une présence sur Internet et un rôle actif dans son économie. Vue de la Toile, cette fonction de passerelle prend la forme d'une page d'accueil, d'un portail. Or, dans les années 1998-2000, les représentations de la fonction économique d'Internet sont dominées par le commerce électronique. Internet est considéré comme un grand centre commercial dont les sites marchands vont engendrer des recettes comparables, voire supérieures, à celles du commerce physique. Internet est donc à la fois un espace marchand et un espace publicitaire dans lequel le public est guidé vers l'achat. Ce guidage est la fonction des portails et des moteurs de recherche.

Le modèle général des acteurs de l'Internet repose alors sur l'idée de faire payer par un marché solvable, celui des annonceurs, une partie du service offert au grand public. Ce dispositif, couramment appelé marché à deux versants (*two-sided market*), consiste en une plate-forme de services intéressant plusieurs catégories de bénéficiaires. Cette plateforme joue généralement un rôle d'intermédiation, c'est-à-dire de mise en relation d'acteurs économiques. La plate-forme peut notamment vendre au versant le mieux enclin à payer, le contact, « le temps de cerveau humain disponible », des clients les moins riches ou les plus élastiques au prix. Comme le soulignait Patrick Le Lay, alors président de la chaîne TF1, ce mécanisme est typique de l'économie des médias, car c'est dans ce secteur, par essence informationnel, que des informations de nature commerciale s'insèrent le plus aisément, quoique au prix d'efforts réels, dans le flux d'autres contenus intéressant le public[7]. On le retrouve néanmoins dans toutes les activités d'intermédiation visant plusieurs types de bénéficiaires : les sites d'enchères en ligne, les moteurs de recherche, les services bancaires ou les cartes de crédit. La littérature économique sur ce sujet met en évidence les formes de concurrence entre plates-formes multiservices et le rôle fondamental de la tarification des différents marchés dans l'obtention des effets de réseau[8].

Le portail Internet opère donc sur deux marchés en donnant à ses abonnés accès au commerce en ligne et aux annonceurs accès à ses abonnés. Divers moyens d'accès sont proposés aux annonceurs : les bannières qui peuvent être facturées à la page vue ou au « clic », ce dernier envoyant directement l'internaute sur un site de promotion, de vente ou de services, des offres promotionnelles sur le site du portail, mais aussi, et c'est une ressource substantielle, les fichiers d'adresses électroniques triées selon le profil des internautes permettant leur sollicitation individuelle par e-mail. Ces services sont facturés en proportion du trafic et assurent au portail des recettes complémentaires, pour autant que celui-ci est capable d'attirer ses abonnés sur une page d'accueil, souvent enrichie d'autres contenus.

Les fournisseurs d'accès ont donc intérêt, pour mieux les valoriser auprès des annonceurs, à offrir à leurs abonnés une gamme large de services gratuits accessibles depuis leur page d'accueil — moteur de recherche, météo, actualités, etc. —, où ceux-ci peuvent, en outre, obtenir des services de gestion de l'accès.

Tant qu'a couru l'anticipation d'un déploiement rapide du commerce électronique, la fonction médiatique d'Internet a contribué à financer les fournisseurs d'accès et, avec eux, le service d'accès gratuit. Les dépenses publicitaires en ligne étaient d'autant plus importantes que chaque site de commerce voulait devenir rapidement dominant sur son marché. Les opérateurs tiers de télécoms fixes, contraints d'investir massivement dans les infrastructures, ont dû s'en remettre aux fournisseurs d'accès pour recruter du trafic. Ils n'ont pas pu profiter de la manne publicitaire du Web pour financer leur marketing et subventionner les appels vers Internet. Néanmoins, les fournisseurs d'accès ont bientôt compris qu'il leur serait difficile de fidéliser les internautes à leur page d'accueil et ont dû rechercher, à leur tour, des contenus générateurs de trafic. Les détenteurs de contenus à forte valeur d'usage (les annuaires téléphoniques par exemple) ont ainsi pu bénéficier de recettes publicitaires bien plus élevées que leurs concurrents. En 1999, les annuaires — *Pages jaunes, Pages blanches, Kompass, Mediatel* — ont représenté, malgré les abonnements payants, plus de 85 % des recettes de Wanadoo.

L'ensemble de ces recettes sera bien entendu affecté par l'effondrement des valeurs Internet au cours de l'année 2000. En particulier, beaucoup des sites de commerce électronique qui constituaient le gros des annonceurs vont rapidement disparaître de la scène économique. Le retournement du marché publicitaire va faire chuter les anticipations bâties sur ce poste de recettes et précipiter la consolidation des fournisseurs d'accès. Cette consolidation se fera principalement au sein des opérateurs télécoms qui rachèteront alors les abonnés du bas débit. Dans la phase qui suivra, les fournisseurs d'accès seront naturellement incités à déployer le haut débit pour rétablir des recettes d'abonnement et trouver dans d'autres services, notamment le *peer-to-peer,* mais aussi la télévision sur ADSL, de nouvelles utilités gratuites à offrir. Ainsi se poursuivra le processus technico-économique de numérisation du réseau historique. Les fonctions de portail, quant à elles, seront largement sophistiquées et organisées autour d'applications de communication (messagerie instantanée, MSN) et de recherche (Google) adaptées au haut débit.

Les mécanismes du gratuit

Cet exemple des fournisseurs d'accès, concentré sur la seule année 1999 en France, illustre l'éventail des options dont disposent les firmes numériques pour établir leurs tarifs et bâtir leur stratégie. Le point critique, on l'a vu, est la prime accordée à l'acquisition d'un abonné. Celle-ci va dépendre, d'une part, du chiffre d'affaires direct et indirect (*multiversants*) que l'abonné doit engendrer et, d'autre part, ce point est crucial, des effets de réseau attendus de sa participation.

Les effets de réseau font de chaque abonné un contributeur à l'utilité sociale du service. Le client et sa capture deviennent un pôle essentiel de l'activité économique. Ils participent directement à l'amplification d'autres mécanismes illustrés dans cet exemple : l'obtention d'économies d'échelle, la concurrence au sein des relations verticales, la vente groupée, l'extension de marchés à deux versants... Toutefois, les économies d'échelle sont subordonnées à la croissance de la demande, laquelle s'appuie sur les effets de réseau. Ce sont donc les trois autres facteurs qui vont se combiner. En effet, ce que nous avons appelé la concurrence verticale diffère peu d'un marché à deux versants dès lors qu'un des participants à une chaîne de biens et services complémentaires est capable de proposer une offre regroupant celle des autres. La concurrence verticale incite la firme ayant les plus forts effets de réseau à grouper des produits en vue de revendre, y compris à ses fournisseurs, l'accès à ses clients. La plate-forme ainsi constituée permet à la firme de structurer un marché à deux versants, autrement dit d'offrir, d'un côté, des utilités groupées à des consommateurs et, de l'autre, à d'autres firmes, un accès à ces consommateurs. La plate-forme peut alors organiser la tarification des biens groupés afin de maximiser les effets de réseau et d'exclure ses concurrents du marché.

Grâce à leur formule d'abonnement gratuit — en fait d'offre groupée mêlant l'accès et les communications — les fournisseurs d'accès perçoivent des recettes de connexion de leurs abonnés, de surtarification de la *hotline*, et des commissions des opérateurs de télécoms hébergeant leurs serveurs. À quoi s'ajoutent les recettes des annonceurs de leurs pages d'accueil et celles de l'exploitation de leurs fichiers de clients. Les clients du gratuit sont ici revendus trois fois. Les opérateurs de mobile, quant à eux, perçoivent des recettes de leurs abonnés, mais aussi des opérateurs du fixe et du mobile souhaitant accéder à leurs clients. En permettant la vente groupée de services dématérialisés, le numérique étend à de nombreuses industries les mécanismes de la diffusion gratuite financée par des marchés tiers qui étaient jusqu'alors l'apanage des marchés purement informationnels, c'est-à-dire des médias. Le numérique étend sans cesse le champ de l'information. Il étend également le champ des firmes capables de bâtir, grâce aux effets de réseau, de petits monopoles sur leurs clients individuels et de revendre à des tiers cet accès exclusif.

La nouveauté vient de ce que les innovations numériques, plus que d'autres car elles touchent à la circulation symbolique, sont génératrices d'effets de réseau. Ces effets fidélisent le client grâce au mécanisme d'utilité croissante, souvent renforcé par la vente groupée d'autres services. La diffusion très rapide de ces innovations, à la fois complémentaires et concurrentes, anticipe sur les effets de réseau et amplifie les mécanismes de transfert, de subventions croisées faisant converger vers les consommateurs des offres apparemment gratuites. Ce point, on le voit, contribue à masquer les coûts et bouleverse les représentations économiques.

Car les règles tarifaires et les transferts qui les accompagnent ne sont jamais neutres, tant pour les firmes qui les décident, pour les consommateurs qui les acquittent, que pour la puissance publique qui les encadre, les ignore ou les tolère. On a montré, dans le cas des fournisseurs d'accès, l'importance du régulateur dans la fixation des règles de tarification et de facturation des appels : la création du marché des appels vers les serveurs (numéros 0860) et la règle de l'interconnexion indirecte ont conditionné la dynamique concurrentielle de déploiement. Ce type d'arbitrage est fréquent, nécessaire, lourd de conséquences et, le plus souvent, entièrement opaque au grand public. Il conditionne les étapes du déploiement des innovations en jeu. La combinaison d'effets de réseau et d'économies d'échelle conduit à l'émergence de monopoles dont l'utilité sociale n'est pas démontrée *a priori*. Sous une apparence bienfaisante, le gratuit annonce toujours le prélèvement d'une rente et son réinvestissement dans une dynamique industrielle ou clientéliste. Comment, dans quel processus, au prix de quels effets, au bénéfice de qui? Telles sont les questions sur lesquelles doit porter le débat public.

CHAPITRE VI

PROPRIÉTÉ ET NUMÉRIQUE

La numérisation fait apparaître des incitations à déployer des effets de réseau dans toutes les chaînes de biens complémentaires. Ce faisant, elle crée une forme nouvelle de concurrence dans les relations verticales. Cette concurrence ne porte pas sur les coûts, mais sur le regroupement et la tarification des biens et services à offrir au consommateur. Elle est d'autant plus violente que la puissance combinée des effets de réseau et des économies d'échelle engendre des dominations durables et des bénéfices colossaux. Cette concurrence, on l'a vu pour le mobile et l'accès à Internet, exploite les failles de la réglementation ou de l'application du droit. On conçoit qu'elle puisse aller jusqu'au vol, notamment si les institutions de propriété sont précaires ou fragilisées. C'est le cas de la propriété intellectuelle dont la numérisation change les modalités d'application. Le contournement massif des droits de propriété intellectuelle et, notamment, le piratage des biens informationnels soumis au copyright sont un effet de cette concurrence. Pour décrire les mécanismes en jeu, il faut d'abord revenir au fondement économique de la propriété intellectuelle et aux failles que la numérisation crée dans cette institution. On montrera par la suite comment la course aux effets de réseau dans les relations verticales exploite les failles de la propriété pour offrir du gratuit.

Le débat très vif qu'a suscité, en France, l'adaptation du droit d'auteur à l'environnement numérique[1] témoigne de la faiblesse des représentations françaises de l'économie sur ce point. Alors que les Américains ont, dès 1998, adapté la loi sur le copyright aux problèmes d'application engendrés par le numérique, que la Commission européenne a promulgué en 2001 une directive dans le même sens, les Français ont attendu décembre 2005 et l'extension massive des pratiques de *peer-to-peer* contournant le droit de propriété pour engager le débat parlementaire sur la transcription de cette directive. Ce retard a permis, notamment au cours des années 2002 à 2004 où s'est amplifiée la pratique du piratage de la musique et la polémique associée, la constitution des bénéficiaires du contournement en groupes d'intérêt. Ceux-ci ont fait pression sur les politiques pour remettre en cause, lors du débat parlementaire, la propriété intellectuelle et ses modalités d'application. Confiée à la Commission des lois de l'Assemblée nationale, puis à celle des Affaires culturelles du Sénat, cette affaire, traitant pourtant de la propriété, c'est-à-dire d'une institution centrale de l'économie, n'a fait l'objet d'aucune instruction économique rigoureuse. Pis, son intitulé portant sur le « droit d'auteur » et non sur la propriété intellectuelle a privilégié l'exposition des individus soi-disant bénéficiaires du droit, les auteurs, plutôt que celle de l'institution économique fondant le développement des industries créatives. Lesdits auteurs n'ont pas manqué d'être instrumentalisés, tantôt par les groupes d'intérêt favorables au piratage qui ont dénoncé leurs privilèges, tantôt par des relais idéologiques qui les ont présentés comme les forçats des industries culturelles. Les propos du député Bloche présentant l'auteur en travailleur intellectuel opposé au propriétaire exploiteur de son œuvre ont ainsi défendu l'amendement d'une licence obligatoire, autrement dit d'une large mutualisation de la propriété intellectuelle. Un tel choix, finalement évité, aurait conduit à l'expropriation massive des producteurs, éditeurs et distributeurs français et étrangers et mis la France au ban des organisations du commerce international. Pour mieux cadrer les enjeux de ce débat et rétablir des représentations économiques adaptées au déploiement de l'économie numérique, il nous paraît utile de consacrer ce chapitre aux fondements économiques de la propriété, en montrant comment la numérisation suscite un regard nouveau sur cette institution.

La propriété fonctionnelle

La propriété intellectuelle est une catégorie relativement récente. Jusque dans les années 1960, on parlait couramment de brevets, de marques et de droits d'auteur sans pour autant relier entre eux ces différents sujets. Chacun de ces thèmes identifiait des secteurs aux caractéristiques économiques très différentes : peu de traits communs, jusqu'alors, entre des secteurs technologiques comme l'électronique ou les télécoms, la consommation de masse et des industries telles que l'édition ou le cinéma. Schumpeter qui fut, avant les années 1950, le grand théoricien de l'innovation dans la dynamique du capitalisme ne parle jamais de propriété intellectuelle[2]. Deux phénomènes expliquent l'apparition dans les années 1960 de cette catégorie.

Le premier est le développement de la science économique autour de l'internalisation des externalités, autrement dit de la création d'incitations individuelles ajustées aux effets économiques collectifs. Il s'agit de traiter le problème dit de la « tragédie des communs » dans lequel l'absence de propriété individuelle entraîne la surexploitation des ressources collectives. Ce thème, récurrent depuis les années 1920, va connaître dans les années 1960, notamment grâce aux travaux de Ronald Coase, un formidable développement[3]. Coase, considéré par ailleurs comme le fondateur de l'économie industrielle grâce à ses travaux sur la nature de la firme, recevra, en 1991, le prix Nobel pour l'ensemble de son œuvre. Le problème qui se pose aux économistes est que les outils d'internalisation traditionnels, notamment les règlements ou les taxes centralisées, sont rigides, coûteux à appliquer et peu efficaces en termes de résultats. Le dispositif coasien va leur substituer la négociation directe entre groupes d'intérêt. Le théorème de Coase montre ainsi que la négociation entre, par exemple, des pollueurs et des pollués peut trouver un équilibre maximisant les utilités respectives des deux parties, s'il existe des droits de propriété non ambigus (des droits à polluer ou, indifféremment, des droits à ne pas être pollué) et si les deux parties peuvent négocier sans entraves. Pour Coase, dont le terrain d'expérience est précisément l'allocation du spectre des fréquences aux États-Unis[4], la propriété est un outil, un instrument économique qui doit permettre à la société d'internaliser des effets externes en ne mobilisant que les acteurs concernés. Elle se réfère au droit qui norme depuis longtemps le fonctionnement des firmes, et qui apparaît alors comme un complément indispensable de l'économie.

Le second est la numérisation, au sens que nous lui donnons, à savoir l'extension permanente du champ informationnel. Dans un article paru en 1962[5], Kenneth Arrow, un autre Nobel, rebaptise « production d'information » les « œuvres de l'esprit » soumises à brevet et à copyright. L'information devient dès lors la catégorie de référence des productions immatérielles. Arrow remarque alors que la caractéristique de l'information est d'être non *rivale* et non *excluable*. Non *excluable* car il est *a priori* impossible d'exclure des consommateurs n'ayant pas participé au financement du bien. Non *rivale* car la consommation du bien par un individu (un bulletin météo, par exemple) n'altère pas la quantité disponible pour les autres. La non-rivalité et la non-excluabilité garantissent *a priori* une diffusion parfaite des informations. Ce faisant, elles découragent la production d'information « utile », les producteurs étant dans l'impossibilité de tirer un revenu des informations créées. La solution est donc de créer artificiellement de l'exclusion bien que cela limite l'extension de la diffusion. De là une réflexion sur des règles visant à créer des incitations pour produire de l'information « utile », en minimisant, autant que possible, le rationnement de la diffusion. Les droits exclusifs d'exploitation pour une période limitée, autrement dit les règles de propriété intellectuelle, émergent comme une solution paramétrable à ce problème. La propriété intellectuelle consiste donc à octroyer au « producteur d'information » un monopole temporaire d'exploitation de sa création. Ce monopole vise, d'une part, à créer des incitations à produire des biens informationnels et, d'autre part, à structurer la chaîne des transactions permettant l'exploitation du bien, autrement dit sa diffusion vers le public. Les incitations doivent tenir compte du taux de risque dans la création en sorte que les investissements puissent, en moyenne, être rentabilisés durant la période des droits. La limitation temporelle des droits incite à une diffusion rapide. Le monopole exclusif permet à son détenteur de concéder des licences d'exploitation à des acteurs spécialisés formant une chaîne verticale. Ces acteurs sont alors incités à investir dans les moyens spécifiques à une forme particulière de diffusion. Le raisonnement s'applique aussi bien aux brevets qu'aux marques et au copyright.

La démarche d'Arrow converge vers celle de Coase en assignant à la propriété non pas une légitimité naturelle ou historique, mais une fonction économique d'incitation et d'échange appuyée sur le droit. S'appliquant à la production d'information, elle va, avec le numérique, s'étendre à tous les champs informationnels et abolir les différences sectorielles qui séparaient, dans l'appréhension des phénomènes, les brevets, les marques et le copyright. Elle va aussi permettre de repenser la propriété au sens large comme un processus d'internalisation.

Ces travaux des années 1960 marquent l'économie contemporaine car ils font de la propriété une institution de la rationalité économique au service de l'intérêt général. Au lieu de considérer la propriété comme un fait historique, une condition initiale à laquelle l'économie devrait s'adapter, ils font, au contraire, du manque de propriété caractéristique des biens publics un problème à résoudre. La propriété devient alors symbolique et se trouve validée, non pas par la possession physique, mais par le droit. Le droit de propriété résulte du choix politique d'assigner à des entités individuelles ou collectives, des personnes physiques ou morales, les coûts et les bénéfices de leurs actions économiques et, partant, le processus de décision y conduisant. Sans propriété, l'arbitrage entre effets positifs et négatifs d'une action économique est d'ordre discrétionnaire, car c'est l'État qui va imposer — arrêter et faire appliquer centralement — sa règle d'internalisation. Pour Harold Demsetz, la révision du concept de propriété au cours du XXe siècle s'explique par l'accroissement des effets externes associés aux activités productives, la sophistication des mécanismes de marché et l'évolution des aspirations de la société[6]. Cette nouvelle approche du concept permet de réinterpréter des phénomènes anciens. Ainsi, reprenant une étude sociologique sur des communautés d'Indiens chasseurs de fourrures, Demsetz prouve qu'il existe, y compris dans les sociétés primitives, une relation entre propriété et contention des externalités. De nombreux travaux économiques vont alors se consacrer aux mécanismes de mesure et d'application des protocoles d'internalisation.

Dans les faits, la thématique de la place respective assignée à la politique et à l'économie dans l'internalisation des effets sociaux est une question récurrente du XXe siècle. On peut ainsi considérer que le socialisme soviétique a été une tentative de traitement de cette question par la seule politique. En abolissant la propriété, l'État-Parti soviétique — dont l'hypothèse léniniste était qu'il incarnerait la vraie démocratie — s'est imposé comme le décisionnaire exclusif de l'orientation de l'action économique[7]. Son dépassement historique, lié précisément à son incapacité à arbitrer « politiquement » les choix économiques, a rétabli la propriété et le droit comme institutions économiques de référence. Ainsi, la fin du socialisme dans toute l'Europe de l'Est a-t-elle conduit à réaffecter massivement des biens à des propriétaires afin d'internaliser les effets de leurs actions. Ces processus, souvent obscurs, ont obéi à des règles fonctionnelles : créer de fortes incitations immédiates pour éviter l'effondrement industriel, quitte à revoir, par la suite, les critères d'efficacité de l'internalisation. En Allemagne de l'Est où, dans la foulée de l'unification monétaire, l'ensemble des institutions juridiques ouest-allemandes a été immédiatement étendu, le processus a été confié à une instance *ad hoc*, la Treuhandanstalt. Sa mission a consisté à extraire des structures industrielles socialistes les éléments capitalisables par des entreprises allemandes ou étrangères prêtes à y investir en échange de la propriété. Le chômage massif résultant a été pris en charge par la collectivité nationale réunifiée. La réunification allemande peut donc se lire comme un processus extensif d'internalisation soutenu par des entreprises déjà existantes, et régulé par les institutions politiques fédérales. Ailleurs en Europe de l'Est, et singulièrement en Russie où les institutions du capitalisme se sont mises en place à tâtons, le processus a été plus chaotique[8]. La privatisation de masse a donné lieu à une concentration des titres par les équipes locales les mieux à même d'assurer la survie des employés et d'autofinancer la structuration d'entreprises[9]. Mais, très vite, se sont mises en place des relations verticales structurant les marchés de gros et de détail. En l'absence de régulation, le contrôle des systèmes de distribution par quelques groupes industriels et financiers leur a permis d'affaiblir des opérations situées en amont des filières et de les racheter en Bourse à bas prix. La puissance incontrôlée de ces groupes combinée aux luttes d'influence politiques suscite depuis lors, de manière tout aussi fonctionnelle et sans plus de débat démocratique, la réaffectation par l'État des biens issus de cette privatisation.

Autre exemple, la croissance exponentielle des besoins de matières premières a conduit, au XIXe siècle, les firmes verticalement intégrées des pays consommateurs à rechercher et à exploiter des ressources naturelles partout dans le monde. Après la Seconde Guerre mondiale, les États-nations du tiers-monde ont commencé à dénoncer le *pillage* de leurs ressources, désignant ainsi des conflits d'intérêts entre pays hôtes et compagnies exploitantes. En réalité, les rentes minières issues d'un territoire étaient réinvesties soit en aval, dans la transformation, soit dans l'exploration internationale, afin de servir la croissance des besoins des pays consommateurs. L'internalisation profitait ainsi aux filières de transformation et aux marchés finaux des pays du Nord. Ces conflits ont débouché dans les années 1950-1970 sur une vague massive d'expropriations des compagnies étrangères et de nationalisations, par les pays hôtes, des ressources pétrolières, minières et forestières. Les règles de propriété du sol et du sous-sol ont été revues partout dans le monde suivant des principes fonctionnels prescrivant une internalisation accrue des effets économiques de l'exploitation des ressources naturelles dans les pays dont elles étaient issues. Cette logique s'est d'ailleurs étendue aux pays industrialisés où les compagnies minières ont été tenues de limiter leur pollution et de réhabiliter les sites de leurs mines épuisées. L'organisation industrielle de ces secteurs et de leurs marchés en a été très profondément et durablement bouleversée[10].

Dès lors, il faut réinterroger la catégorie de propriété et la soulager de son héritage historique. C'est ce que tente Rifkin pour qui l'accès — catégorie imposée par la dématérialisation numérique — périme un rapport millénaire à la possession. La démarche de Rifkin fait largement référence à Locke qui fut le premier, dans la tradition anglo-saxonne, à voir dans la propriété non pas un privilège, mais un *droit naturel*, justifié par une rationalité économique : « Autant de terre qu'un homme peut labourer, ensemencer, améliorer et cultiver et dont il puisse consommer le fruit, telle est la quantité de propriété qu'il peut réclamer[11]. » On retrouve ici les prémisses d'une vision fonctionnelle, transitive à l'âge de l'accès dans lequel on ne possède plus, on loue : c'est la tertiarisation qui, pour les Américains, oppose, au sein de cette logique fonctionnelle, la nouvelle et l'ancienne économie. Le débat européen, tel qu'on l'a évoqué à propos du piratage, est d'une autre nature. Il oppose non pas l'ancien et le nouveau, mais l'économie et l'Histoire. Car, si les philosophes des Lumières s'interrogent sur les origines de la propriété, les économistes classiques penchent pour une explication sociale. Smith, Marx, et jusqu'à Schumpeter, sont en compte avec l'Histoire dont ils font de la propriété un décodeur. Pour Adam Smith, le moins classique des classiques, la propriété apparaît avec la main invisible des forces du marché : l'héritage va la rendre aliénable et transmissible en sorte qu'elle contribue au développement harmonieux des échanges. Elle acquiert alors un statut fonctionnel. Schumpeter, dernier économiste à proposer une lecture économique de l'Histoire, la considère depuis la Grèce antique comme un invariant des sociétés où se développe ce qu'il nomme « la science économique ». La propriété apparaît selon lui avec Aristote lorsque celui-ci met en cause l'esclavage, mais, contrairement à la monnaie, ne connaît pas de bouleversement profond avant l'opposition du capitalisme au socialisme. Jamais, on l'a dit, et bien que son œuvre fasse une large part à l'innovation et à la thématique du monopole, il ne parlera de propriété intellectuelle. Dans la tradition marxiste enfin, la propriété est un pur outil de domination dans ce que Marx appelle les « rapports sociaux de production ». Ce dispositif participe d'une vision de l'Histoire dans laquelle la contestation de la dimension naturelle ou héritable de la propriété est le fondement du progrès historique et social. La propriété est le moteur d'un antagonisme politique au service d'une vision téléologique de l'organisation sociale centrée sur la production. Cette conception, comme en témoigne l'article provocateur de Daniel Cohen[12], circule encore très largement en France, dans les représentations de l'économie politique. Si la fin du socialisme a périmé les visions téléologiques de l'Histoire, la propriété est encore perçue avant tout comme un outil de domination sociale.

Au XXIe siècle, la propriété opère toujours en France comme un moyen d'identification des classes et, à travers elles, du système de représentation politique. Son maniement est donc essentiellement symbolique. La gauche nationalise, la droite privatise. Dans les deux cas, la propriété est le fait du prince qui, au gré des signes qu'il convient d'afficher, tantôt prend et tantôt redonne. Dans les années 1980 et 1990, alors même que l'URSS s'effondre, l'État nationalise et redistribue à sa guise, au gré des jeux institutionnels, des pans entiers de l'activité économique. Sous la même présidence, les actifs nationalisés, mais aussi les fréquences de télévision hertzienne, celles du radiotéléphone, sont confiés à des obligés, sans argumentation ni débat public sur les effets attendus de l'internalisation. La propriété qui, en des circonstances analogues, suscite, chez les Anglo-Saxons, des raffinements de la pensée économique versés au débat sur l'intérêt général est ici dessaisie de sa fonction économique et devient l'attribut régalien du pouvoir. Pis, la prégnance des représentations classiques fait de l'économie politique un instrument démagogique à l'adresse des groupes qu'elle identifie. Au nom de cette économie qui, de fait, ne l'est plus, sont annoncées des décisions publiques ciblant des clientèles. Le célèbre « ni, ni », ni nationalisations, ni privatisations, proféré par François Mitterrand à l'aube de son second mandat souligne cette étrange désinvolture du discours politique français. Alors même que le progrès technique, la numérisation et la concurrence internationale occasionnent en permanence la création de nouveaux marchés, au nom de quel principe l'État peut-t-il s'engager à figer le périmètre de ses actifs industriels sans affaiblir aussitôt l'économie nationale ? Cette erreur, pratiquée aussi bien par la gauche que par la droite, a été répétée en 2004, lors de la privatisation partielle de Gaz de France : elle a conduit, en 2006, à un imbroglio politico-boursier dans lequel un gouvernement a dû, dans l'urgence et les contradictions d'une fin de mandature, revoir des promesses excessives pour contrer une OPA. En outre, cette carence dans la pratique politique a un effet cumulatif désastreux : au lieu de raffiner la culture économique au fur et à mesure des décisions publiques, elle renforce l'autoritarisme politique et épaissit son opacité. Alors même que les autres démocraties progressent dans la compréhension des phénomènes économiques, la France s'enfonce dans son obscurantisme. Le vieux réflexe colbertiste exclut toujours davantage l'économie du débat démocratique. On lui substitue des adresses sur le patriotisme économique dans lesquelles la fibre prétendument nationale change l'ignorance économique en guérison miraculeuse. Comment s'étonner alors que chacun ne réclame, pour sa part, son lot de gratuité...

Propriété et relations verticales

La propriété est, avec la monnaie, la seule institution économique fondamentale : la combinaison de ces deux institutions suffit à faire émerger une rationalité. L'argent est, en effet, le principe de réalité du discours économique : il solde la vie et la mort des entités économiques, il gouverne les logiques y conduisant, il fait signifier les actions. Avec sa fonction d'équivalent universel, la monnaie est la forme circulante de l'argent. Sa constitution en signe pur — sa numérisation — résulte, on l'a dit, d'un très long processus. La propriété, quant à elle, remplit une double fonction d'internalisation et de marché. D'internalisation, en ce qu'elle permet à un individu ou à un groupe d'isoler les effets de son action économique, lesquels, autrement, seraient des externalités, des effets sociaux indistincts. Elle crée ainsi, en s'appuyant sur la monnaie, des mécanismes d'incitation et de contrôle. De marché, en ceci qu'elle permet les transactions entre propriétaires et, par conséquent, une spécialisation des investissements dans des activités économiquement cohérentes. La propriété est le fondement des accords qui font circuler un bien du producteur vers le consommateur. Elle structure l'organisation et le périmètre des entreprises. Elle est au cœur des relations verticales où s'établissent les incitations et les marges associées à la circulation des produits. En cela, son contournement — autrement dit le vol ou la contrefaçon — ne constitue pas seulement un acte d'opportunisme, une exception au seul bénéfice du voleur. Il induit aussi, plus fondamentalement, une distorsion de l'ensemble des activités économiques adossées à l'institution.

Les relations verticales entre producteurs et distributeurs forment un champ important de l'économie industrielle. Ces relations, c'est là leur aspect clé, confrontent deux logiques industrielles distinctes : celle des producteurs visant à établir une marque aussi attractive que possible, celle des distributeurs fondée sur la logistique de diffusion de ces marques vers le consommateur. Les premiers détiennent un monopole sur leur marque — ils en sont propriétaires exclusifs —, tandis que les seconds peuvent détenir un monopole (naturel ou construit) sur l'accès au marché.

La question centrale des relations entre producteurs et distributeurs est de déterminer le partage des investissements et des coûts d'exploitation susceptible de maximiser leur profit joint. Ce partage est particulièrement disputé car si les deux parties contribuent au résultat final, l'information dont chacune dispose sur la contribution de l'autre est structurellement asymétrique. Cette asymétrie se matérialise dans le dispositif du contrat, lequel ne peut, par essence, transcrire l'exhaustivité des aléas. L'économie industrielle distingue deux types majeurs d'asymétries liées au protocole d'établissement du contrat, l'anti-sélection et l'aléa moral. L'anti-sélection désigne la situation d'information imparfaite précédant la signature : les deux parties ont alors intérêt à surévaluer leurs apports. Les producteurs peuvent masquer certains vices de leurs produits et les distributeurs exagérer les coûts de la vente. En conséquence, les offres sont tarifées à la moyenne, la qualité n'est pas encouragée et la taille du marché diminue d'autant. Le bien-être social se réduit. L'aléa moral désigne la situation d'asymétrie suivant la signature du contrat. Une fois l'accord conclu, chaque partie a intérêt à réduire ses efforts à l'insu du partenaire. L'exécution du contrat est alors défavorable à la partie — généralement le producteur, appelé aussi principal — ayant déjà engagé ses coûts. Là encore, les partenaires loyaux et les consommateurs sont lésés.

Anti-sélection et aléa moral : deux variables informationnelles de la relation verticale

L'anti-sélection désigne une asymétrie d'information précédant la signature du contrat. À ce stade, les parties peuvent être imparfaitement informées du niveau de qualité des services ou des produits offerts par leur futur partenaire. Du fait de cette information imparfaite, toutes les offres seront valorisées (ou tarifées) à la moyenne. En conséquence, la qualité moyenne des offres et la taille du marché diminuent conjointement : le bien-être social se réduit. Le marché de l'assurance illustre classiquement le phénomène d'anti-sélection. Lorsque les assureurs ne peuvent pas identifier *a priori* le profil de risque de leurs clients (par exemple si ce sont des conducteurs prudents ou non), la prime d'assurance est fixée par la moyenne. Ce prix repousse les demandeurs d'assurance à bas risque et les profils de risque élevé sont plus nombreux parmi les assurés.

L'aléa moral intervient après la conclusion du contrat. Bien souvent, l'une des parties (le principal) ne peut pas parfaitement observer si son partenaire (l'agent) déploie réellement les efforts prévus par le contrat. Un exemple d'aléa moral souvent cité (et vécu) est la situation du client qui ne peut pas vérifier le travail réellement effectué par le garagiste sur sa voiture. La partie non informée, le principal intéressé, est réputée être dans une situation d'aléa moral. Les situations d'aléa moral sont sources d'inefficacité car la partie informée peut poursuivre ses propres intérêts aux dépens de l'autre. Par exemple, les automobilistes peuvent avoir des comportements plus risqués sur la route lorsqu'ils sont assurés. L'aléa moral peut ainsi dissuader les acteurs de s'engager dans des transactions mutuellement avantageuses. Le bien-être social est là aussi diminué car des transactions efficaces sont bloquées.

L'intégration verticale peut résoudre ces problèmes informationnels. C'est le cas, par exemple, des réseaux de vente exclusifs dédiés à une seule marque : essence, voitures, produits de luxe, etc. Si les détaillants ne sont pas intégrés verticalement, ils vont, au contraire, vendre de nombreuses marques et mettre leurs producteurs en concurrence. Cette concurrence inter-marques est soumise à l'aléa moral : un détaillant *immoral* peut capturer l'investissement publicitaire d'une marque pour attirer le client et lui vendre une marque concurrente lui assurant une meilleure marge. Le comportement des producteurs et des distributeurs est par conséquent encadré par des dispositions contractuelles appelées « restrictions verticales ».

Comme l'indique l'exemple des marques, la composante informationnelle de certains biens complique encore ces problèmes d'asymétrie et de partage, notamment s'ils sont la source d'effets de réseau. D'abord, parce que les effets de réseau ajoutent aux investissements classiques de signalisation et de distribution des investissements d'anticipation d'effets externes, que nous avons appelés ici « de création de marché ». En d'autres termes, à la difficulté classique d'évaluation des apports respectifs des deux parties et du partage négocié des risques et des profits, la présence d'effets de réseau adjoint une composante supplémentaire portant sur la dynamique d'utilité croissante du produit et la taille du marché à conquérir. Comme le montrent les exemples de concurrence verticale du mobile et de la fourniture d'accès à Internet, la rivalité traditionnelle entre les parties se complique ici de la maîtrise des effets de réseau. Car, dans une chaîne de biens et services complémentaires, le générateur des effets de réseau les plus forts va chercher à distribuer tous les autres, autrement dit à revendre ses clients à ses distributeurs. Par ailleurs, et c'est un autre point d'importance, la propriété intellectuelle est plus aisément contournable que la propriété matérielle et peut donc échapper au contrôle de ses ayants droit. Il y a là une source additionnelle d'aléa moral dont peuvent bénéficier tous les intervenants de la distribution : non seulement ceux-ci peuvent ménager leurs efforts pour vendre, mais encore ils peuvent se faire complices du contournement. Les relations verticales découlant de la propriété intellectuelle sont donc particulièrement complexes. La combinaison des effets de réseau et de la vulnérabilité des droits soulève systématiquement les questions suivantes : qui, du producteur ou du distributeur, va créer les effets de réseau, qui va en tirer bénéfice et selon quel schéma, qui va financer le gratuit ?

Remarquons d'abord que les brevets restent assez extérieurs à cette problématique. Émanant d'une expérience technique ou d'une recherche à caractère scientifique, ils interviennent dans la conception et la fabrication de produits. Ils sont expressément décrits et vérifiés *ex ante* lors de l'enregistrement, ce qui limite l'anti-sélection. Ils sont, par ailleurs, périssables, car dépassés sitôt qu'une invention nouvelle permet leur substitution, et visent des marchés intermédiaires d'entreprises qui les intègrent dans leurs produits. Les brevets ne sont donc pas directement confrontés aux effets de réseau massifs sur les marchés finaux. Dès lors, même si l'imitation ou la dissimulation de revenus sont des pratiques industrielles courantes, les propriétaires peuvent poursuivre individuellement des entreprises contrevenantes. En d'autres termes, les relations verticales associées aux brevets sont, avant tout, interindustrielles et modérément sujettes à l'anti-sélection ou l'aléa moral.

Le problème des marques et, plus encore, des contenus protégés par le copyright est plus délicat car ces produits s'adressent aux marchés finaux et les effets du non-respect de la propriété se diffusent rapidement auprès d'un très grand nombre de consommateurs. La poursuite individuelle *ex post* s'avère donc très coûteuse. Ces produits sont, en outre, moins périssables que les brevets, et bénéficient souvent d'effets de réseau financés par les producteurs. La distribution des marques et des contenus sous copyright pose depuis toujours des problèmes d'aléa moral, dont l'un des plus redoutés est la contrefaçon, autrement dit le contournement de la propriété intellectuelle.

En effet, les marques et les contenus sont traditionnellement distribués au sein de canaux spécialisés, plus ou moins coordonnés entre eux, et structurés par les droits d'exploitation exclusifs : chaînes de magasins ou licences pour les marques, édition, presse, cinéma, télévision, vidéo pour les contenus. Le consentement préalable de l'ayant droit sert ici à imposer des conditions restreignant l'aléa moral. Néanmoins, les conflits d'intérêts au sein de ces canaux existent depuis longtemps et ont donné lieu à de nombreux contournements de droits ou *piratages*. Le plus fameux est certainement celui des auteurs anglais par l'industrie américaine de l'édition au XIXe siècle. Alors que le copyright anglais remonte au XVIIe siècle, la guerre d'Indépendance (1776) fait apparaître aux États-Unis les besoins d'une loi pour protéger, dans chaque État de l'Union, la presse et les auteurs locaux. Le Congrès américain vote en 1790 une loi sur le copyright protégeant exclusivement les auteurs américains. Conséquence : durant tout le XIXe siècle les éditeurs américains publient les best-sellers anglais sans payer aucun droit. Avantage : peu de risques car ne sont réédités que les livres à succès, création d'un lectorat américain friand de romans bon marché, compétitivité de l'édition américaine face à ses concurrents britanniques payant les droits... Les démarches répétées des diplomates et des auteurs anglais, Dickens en tête, ne parviennent pas à infléchir le Congrès pour une protection de leurs œuvres. Ce n'est qu'en 1891, lorsque le lobby des auteurs américains conduit par Beecher-Stowe, Twain, Poe et Hawthorne devient assez puissant pour dénoncer la concurrence de leurs collègues anglais, que le Congrès étend enfin la loi du copyright à la protection des auteurs étrangers[13]. Au bout d'un siècle de *piratage*, l'industrie de l'édition américaine dispose alors d'un marché et d'un réseau de distribution capables de valoriser ses propres auteurs. En d'autres termes, les éditeurs et les auteurs anglais ont financé la création du marché américain. Leurs successeurs en profitent encore aujourd'hui, mais sans doute moins que s'ils avaient possédé les firmes éditrices américaines. Des phénomènes comparables s'observent à l'heure actuelle dans la plupart des régions où se créent des marchés. La Chine, par exemple, est couramment identifiée comme l'un des principaux lieux de contrefaçon des marques et des contenus audiovisuels. Ce sont d'ailleurs les problèmes de la création d'un droit de la propriété intellectuelle en Chine qui ont conduit les économistes américains à rechercher des exemples au sein de leur propre histoire. Et à recommander, en la matière, une tolérance anticipant l'émergence d'une création intellectuelle locale qui imposera, à son tour, des règles de propriété.

Propriété et numérique

La numérisation étend et amplifie les conflits verticaux en insérant les biens culturels dans des chaînes d'innovations numériques complémentaires. Ils vont y apparaître comme des utilités additionnelles à celles suscitées par les infrastructures, les équipements et logiciels permettant d'y avoir accès. Le contournement des droits de propriété intellectuelle va pouvoir, y compris dans les pays où ils sont solidement établis, suivre des routes nouvelles ouvertes par la concurrence entre effets de réseau au sein des chaînes verticales.

En effet, les règles de propriété intellectuelle sont destinées à créer des incitations et à structurer la chaîne verticale de distribution. L'apparition de nouveaux systèmes numériques de distribution et de communication — dont Internet — fait surgir une concurrence nouvelle entre distributeurs à laquelle s'ajoute, au sein des canaux numériques, une concurrence verticale pour offrir au consommateur final les utilités gratuites qui doperont les effets de réseau.

L'ensemble de ces forces, convergentes avec des objectifs publics de diffusion de l'information, crée, comme dans l'exemple de l'édition américaine, de fortes incitations au contournement de la propriété intellectuelle. C'est le cas du déploiement des réseaux de *peer-to-peer* qui élèvent, par l'accès aux contenus piratés, l'utilité d'Internet et de ses terminaux : ordinateurs personnels, lecteurs MP3 et, plus généralement, tous les systèmes de stockage, de lecture et de partage des contenus audiovisuels qui relèvent l'utilité des réseaux numériques. Nous y reviendrons au chapitre suivant.

Mais ce n'est pas tout. Le numérique modifie profondément les outils d'application des règles de propriété. Dans le monde analogique, il existe une association naturelle entre l'information (les œuvres) et des supports matériels résolvant les problèmes d'exclusion et de rivalité. C'est pourquoi, d'ailleurs, ces catégories n'y étaient pas perçues. En gros, du temps des moines copistes, les manuscrits étaient certes rares et d'accès très restreint, mais leur utilité était symbolique et personne ne se souciait de l'efficacité de la diffusion écrite. La transmission était principalement orale. En mécanisant le procédé, l'imprimerie a créé un problème économique : celui du financement des machines servant à abaisser les coûts de copie. Le droit de copie a eu pour fonction première de financer les équipements de reproduction, tout en donnant au politique des moyens de contrôle sur la diffusion. En France, l'ordonnance de Moulins de 1556, première législation faisant obligation aux libraires imprimeurs de demander des « lettres de privilège » et d'indiquer leur nom et leur lieu de demeure, ne mentionne nullement les auteurs[14]. Autrement dit, l'économie du copyright s'est d'abord mise en place pour supporter les coûts inhérents à la diffusion des supports et non des œuvres. La question des auteurs et de la propriété des œuvres vient dans un second temps, c'est-à-dire au XVIIIe siècle. Sa justification idéologique et son inscription dans le droit visent à relâcher le contrôle de la censure d'État et suivent, en France, des trajectoires spécifiques à l'évolution des régimes politiques[15].

Le propre du numérique est de faire surgir l'information, autrement dit le signifié, comme la catégorie centrale du problème économique de création et de diffusion des œuvres. C'est l'apport d'Arrow, contemporain de la télédiffusion dématérialisée et des balbutiements du numérique. Il faut alors, une fois de plus, s'affranchir de l'Histoire. Car, jusqu'alors, c'est le support, le signifiant, qui est au cœur du dispositif. Ses conditions technico-économiques de production et de diffusion sous-tendent les règles de propriété. Ainsi parle-t-on, s'agissant des œuvres, d'abord de droit de copie, autrement dit de reproduction de supports et, accessoirement, de droit d'auteur, c'est-à-dire d'un droit de regard et de refus sur les modes et supports de diffusion. Car le droit d'auteur, même s'il ajoute un acteur en tête de la chaîne verticale, ne change pas fondamentalement l'organisation économique de cette chaîne. L'information étant couplée au support, lui-même exclusif et rival, on règle par le droit de copie le problème économique de sa diffusion. L'application de ce droit ne pose pas de problème majeur car le support fait barrière à la diffusion incontrôlée des œuvres. La copie d'une copie, d'une part, a un coût (*a minima* celui du support) et, d'autre part, dégrade la qualité. La barrière du support a d'ailleurs permis au législateur d'assouplir les conditions de diffusion en autorisant le consommateur — grâce aux innovations numériques — à confectionner des copies pour son usage privé. Le droit anglo-saxon parle ainsi de *fair use*, autrement dit d'usage régulier. Le droit français, d'exception à la copie privée. Dans les pays européens, des taxes *ad hoc* ont été appliquées au support pour dédommager les ayants droit du manque à gagner induit par cet usage. Ce dispositif introduit, de fait, un système de licence automatique géré par des organismes de collecte.

Le numérique abolit la barrière naturelle du support et fait apparaître un problème d'application tant du copyright que de la copie privée. Chacun peut d'ailleurs, grâce aux équipements numériques, diffuser à coût nul des versions non dégradées de l'œuvre originale. Le droit issu de l'économie du support doit alors, pour s'appliquer, prévoir la mise en place de moyens techniques — en fait d'applications logicielles — de restriction et de contrôle d'usage.

La conséquence est l'introduction d'un maillon supplémentaire dans la chaîne verticale : celui des moyens de protection technique (comme la technologie d'encryptage des DVD) ou, pour les produits entièrement dématérialisés, de systèmes numériques de gestion de droits (en anglais *Digital Rights Management Systems*, DRMs). Ces moyens privés d'application du principe d'exclusion qui fonde la propriété intellectuelle bénéficient dans les lois américaines et européennes sur le copyright d'un degré de protection élevé. Le contournement individuel et, plus encore, la mise à disposition d'outils de contournement y sont sévèrement réprimés.

Néanmoins, le problème central est celui de l'adoption de ces systèmes. Car la question est de savoir qui va contrôler ce maillon et quel rôle il va jouer dans les effets de réseau de la chaîne verticale. Si ce sont les industries de contenus qui décident des moyens de protection techniques ou des DRMs, elles vont pouvoir se coordonner entre elles pour établir des standards de protection jugés fiables tout en permettant au consommateur d'accéder au plus grand nombre possible de produits. C'est ainsi qu'ont été établis les systèmes d'encodage des DVD ou de la télévision payante. Si ce sont les équipementiers qui décident, l'aléa moral est maximal. Ceux-ci ont, en effet, intérêt à ce que le consommateur puisse accéder à des contenus non cryptés ou contournés élevant la valeur de leur produit. Ainsi donc, dans les systèmes de distribution numérique dans lesquels les équipements n'ont pas de valeur d'autarcie hors des contenus, les ayants droit sont en position d'établir les standards d'encryptage. Dans les systèmes de communication dont les équipements servent à l'échange de données privées, l'accès aux contenus est une utilité additionnelle. Les équipementiers ont intérêt à promouvoir la lecture des formats non cryptés pour stimuler leur déploiement et à concevoir, pour une phase ultérieure, des systèmes de protection propriétaires.

Ce mécanisme est exploité par les acteurs de la chaîne des équipements informatiques qui tirent avantage du contournement pour subventionner leurs effets de réseau. Les enjeux de cette affaire sont d'autant plus importants que, la numérisation étendant sans cesse le champ informationnel, c'est l'ensemble des œuvres sous copyright qui s'en trouve concerné. Le développement des réseaux de *peer-to-peer* et leur application massive à l'échange de fichiers musicaux peuvent être considérés comme la première manifestation de ce phénomène. Nous allons l'étudier dans le détail avant de caractériser les problèmes plus généraux de la distribution des contenus dans des chaînes verticales à effets de réseau.

[illegible]

CHAPITRE VII

L'AFFAIRE DU *PEER-TO-PEER*

L'échange de fichiers sur Internet par des logiciels dits de *peer-to-peer*, en français de *pair-à-pair*, a pris, à partir de 2002, une ampleur considérable. En 2003, on considère que, dans le monde, se sont échangés plus de 150 milliards de fichiers musicaux[1]. Ces chiffres sont depuis en augmentation exponentielle. Les échanges concernent principalement des fichiers audiovisuels correspondant à des œuvres sous copyright et constituent, de la sorte, un contournement systématique et massif des règles de propriété intellectuelle. Le phénomène a d'abord concerné les fichiers musicaux avant de s'étendre, grâce à de nouveaux logiciels, à l'échange de films et de programmes de télévision. Les protestations vigoureuses des ayants droit, notamment des majors de l'industrie du disque poursuivant pénalement les internautes suspects de contrefaçon, ont lancé, partout dans le monde, des débats sur la légitimité de ces systèmes d'échange.

Cette affaire est très révélatrice des mécanismes de l'économie numérique et de la manière dont ceux-ci rencontrent les représentations sociales. Aux États-Unis où la propriété, qu'elle soit intellectuelle ou non, ne fait aucunement débat, et où le Congrès avait

FIGURE 15

Décroissance du marché mondial du disque
et nombre d'utilisateurs du P2P

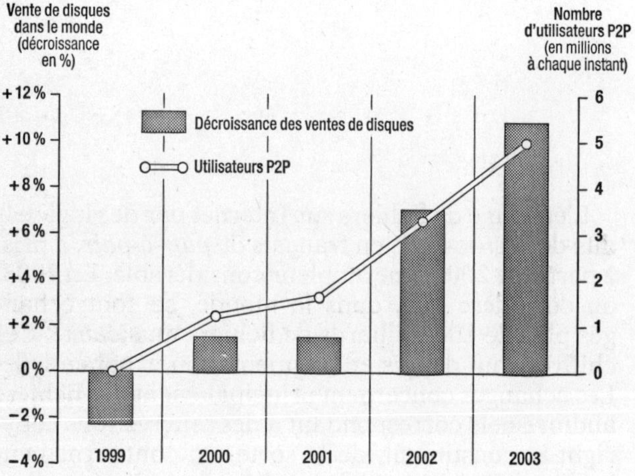

Sources : IFPI / RedShift / IDATE.

voté, dès 1998, une loi sur l'application du copyright dans l'environnement numérique, le débat s'est concentré sur la légalité des logiciels de *peer-to-peer*. Un arrêt définitif a été rendu sur ce point par la Cour suprême en juillet 2005. Nous y reviendrons. En France — où pourtant les marques sont recherchées et bénéficient des lois les plus répressives pour écarter la contrefaçon —, le débat s'est focalisé sur la légitimité de la propriété intellectuelle et l'extension de la gratuité à l'ensemble des produits culturels. Il a abouti, en juin 2006, au vote d'une loi contestée sur l'adaptation du droit d'auteur à l'environnement numérique, limitant à des peines symboliques les actes de contrefaçon commis par les consommateurs finaux. Saisi par des parlementaires désireux de l'assouplir, le Conseil constitutionnel a finalement censuré le volet trop laxiste de la loi, l'inégalité de traitement donné au viol de la propriété intellectuelle constituant, à ses yeux, une dangereuse incongruité.

Comme on va le voir, les mécanismes économiques sous-jacents au déploiement du *peer-to-peer* mettent en cause des effets de réseau et des subventions croisées au sein de relations verticales. L'affaire engage, d'une part, des industries de biens culturels soumises à des problèmes de distribution spécifiques et, d'autre part, les industries de l'informatique et des télécommunications cherchant à déployer l'Internet à haut débit. Le *peer-to-peer* va permettre à Internet de distribuer des utilités gratuites engageant des effets de réseau. On verra aussi que, selon les régions, les effets produits sur les groupes d'intérêt bénéficiaires de ces utilités divergent en fonction de la structure des industries de contenus et de leurs systèmes de distribution. Nous verrons qu'en France cette structure et les représentations économiques qui la sous-tendent privilégient la demande de gratuité au détriment de la qualité, de la diversité et de la compétitivité internationale des contenus.

Les industries de contenus

En étendant sans cesse le champ de l'information et en facilitant sa diffusion, la numérisation dissocie deux classes d'investissements complémentaires : les contenus et les réseaux de communication ou de distribution. Les chapitres sur le mobile et l'accès à Internet nous ont familiarisé avec les caractéristiques des investissements de réseau. Cette catégorie qui s'adosse à des équipements et à des infrastructures matérielles ne pose pas à l'économie classique de problème méthodologique fondamental. Bien au contraire, les problématiques industrielles et réglementaires de l'interconnexion ou de la tarification ont largement recours à des modèles de coûts. Tel n'est pas le cas de l'industrie des contenus.

Il nous faut donc revenir sur cette catégorie. La numérisation justifie la fédération de l'ensemble des biens informationnels, traditionnellement associés à des industries de support, autour d'une catégorie unique : celle du signifié, ou encore des contenus. On appellera contenus les biens informationnels identifiés par des droits d'auteur et de copie, et destinés à une large diffusion publique. Les contenus sont le produit d'une activité de création non scientifique — donc non fonctionnelle et non substituable — et se distinguent des inventions brevetées notamment en ceci qu'ils s'adressent directement au consommateur final[2]. Ce sont par ailleurs des biens dits « d'expérience », autrement dit des biens qu'on ne connaît véritablement qu'après les avoir consommés. Cette expérience est elle-même un processus cumulatif, générateur de trajectoires d'apprentissage qui influent sur la perception des œuvres, leur signification et, partant, l'utilité qu'en retire le consommateur. C'est, en effet, de l'expérience que résulte la dimension culturelle — au sens de l'expérience accumulée — des contenus.

Le raisonnement économique sur les contenus suppose qu'on reconnaisse à ceux-ci une fonction d'utilité individuelle et sociale. C'est là que les problèmes se posent. D'abord parce que l'utilité est une catégorie peu maniée par l'économie classique, surtout quand elle n'est pas rattachée à un critère objectif de performance ou de fonctionnalité matérielle. Ensuite parce que les modes d'identification des contenus ont des trajectoires fort différentes en Amérique et en Europe. Les États-Unis sont un pays récent et de langue importée. L'économie y existe depuis toujours. À tel point que la circulation des œuvres écrites y est traitée, dès l'Indépendance, comme une question économique. Après que l'industrie de l'édition et le marché du roman s'y sont déployés grâce au piratage des auteurs et des éditeurs anglais, la dynamique industrielle et institutionnelle de Hollywood, initiée au début du XXe siècle, fédère les industries culturelles autour du cinéma et de la télévision. La division marquée du travail, le rôle central des scénaristes et des auteurs dans la fabrication des films, la possibilité, grâce au copyright, de concentrer les droits dans les mains des studios contribuent à faire de Hollywood l'institution référentielle de l'industrie des contenus. La spécialisation des studios dans la production, mais surtout dans la distribution des contenus audiovisuels sur tout le continent américain et au-delà, leur a permis d'être très actifs dans le déploiement de la télévision et de constituer un puissant lobby de l'industrie du copyright. La capacité de cette industrie à produire et à diffuser mondialement des images en fait, par ailleurs, une institution majeure de la puissance américaine. Néanmoins, même lorsqu'il s'agit de films ou de créations d'avant-garde, Hollywood produit de l'*entertainment*, de la distraction, en assumant pleinement sa dimension utilitaire : il s'agit de loisirs que chacun peut, à sa guise, apprécier en tant que consommateur. Cette dimension industrielle et utilitariste des activités créatives aux États-Unis résulte de la conjonction de facteurs déjà identifiés ici : un vaste marché de langue unique, une approche utilitaire des produits, pas de fonds culturel antérieur à intégrer et donc pas ou peu d'idéologie de l'Histoire[3].

En Europe continentale, les catégories fédératrices des œuvres sont les arts et la culture. On est, là encore, ramené à une opposition entre Histoire et économie. Car les œuvres, les trajectoires culturelles ont existé en Europe bien avant le capitalisme, reflétant, elles aussi, la diversité des communautés et des langages. Et, bien entendu, l'adaptation de cet héritage à la production et à la consommation de masse requiert un processus spécifique. Chaque pays dispose le sien, conscient, en outre, du handicap historique et linguistique qui, dans ce domaine, le sépare du monde anglo-saxon. La culture est, singulièrement en France, la catégorie de cette transition. Elle désigne l'ensemble des expériences artistiques dont il faut que le public soit largement instruit, et recouvre un protocole étendu, cautionné par l'État, de création et de circulation des œuvres. Le dispositif culturel français résulte d'un rapprochement des institutions littéraires et audiovisuelles opéré dans les années 1960 sous le patronage d'André Malraux. Celui-ci, bien avant Internet et avant même que la télévision ne soit complètement déployée, perçoit que la diffusion des images est la grande révolution de l'accès à la connaissance[4]. *Le Musée imaginaire*, qui décrit comment les œuvres et leur patrimoine de significations historiques circulent en images dans la société moderne, est l'un des piliers de l'institution culturelle française. Publié en 1947, réédité en 1965, le texte de Malraux véhicule les objectifs de diffusion des connaissances, de structuration de la société des loisirs et de contrôle public de l'information qui accompagneront le déploiement de la télévision. Or autant l'*imaginaire* est source de modernité circulante, autant le *musée*, par sa relation sacrée à l'Histoire et à la « beauté », récuse la dimension utilitaire des contenus individués et n'assigne de valeur qu'à leur réunion et à leur diversité au sein de l'institution. Le secteur culturel est en France, plus qu'ailleurs en Europe, un « musée imaginaire » largement adossé aux institutions centrales que sont les chaînes de télévision publiques, investies de missions éducatives. L'existence d'un secteur privé, même fortement réglementé, de l'édition et des médias montre que ce discours est plus idéologique qu'opérationnel et que, dans les faits, chacun reconnaît aux contenus une fonction d'utilité et de loisir. Elle montre aussi que la notion de culture est une catégorie de transition destinée à opérer le passage des œuvres d'un statut de patrimoine historique, largement démocratisé, à celui d'une création industrielle destinée aux marchés mondialisés de loisirs.

Quoi qu'il en soit, nous considérerons dans la suite que la transition est accomplie et que, par conséquent, les contenus sont utiles et justiciables de raisonnements économiques. L'originalité du secteur vient de ce que cette fonction d'utilité est difficilement représentable tant sont fortes les variations entre produits et entre individus. À quoi s'ajoute une composante temporelle faisant que l'utilité immédiate d'une œuvre « commerciale » n'est pas nécessairement le gage d'une valeur patrimoniale de long terme. C'est, en vérité, l'expérience de la consommation de l'œuvre et, le cas échéant, de celles qui lui font suite qui bâtissent sa réputation et son utilité de long terme.

Les droits d'auteur et de copie donnent lieu à des activités industrielles de création, d'agrégation et d'exploitation. La création est un investissement dont la valorisation est, par essence, risquée, car la valeur d'usage d'un bien culturel est aléatoire, ou, pour reprendre la formule de Richard Caves, « personne ne sait » par avance ce que sera son succès commercial[5]. Les droits structurent donc une activité de recherche et de développement dans laquelle le succès d'un produit est supposé compenser les échecs de plusieurs autres. Une des caractéristiques des industries de contenus est qu'en règle générale les coûts échoués dans la production et la distribution ne peuvent s'amortir que sur l'exploitation durable d'un portefeuille réunissant plusieurs produits.

Car non seulement la demande pour un contenu est globalement très incertaine, mais la grande dispersion des préférences individuelles crée des profils de demande très spécifiques. La distribution des contenus doit viser à atteindre d'abord les consentements-à-payer les plus élevés pour toucher ensuite des consommateurs moins-disants. Cet impératif induit ce qu'on appelle un *versionnage*, c'est-à-dire une mise en marché progressive d'éditions aux utilités décroissantes permettant de discriminer différentes clientèles. Le livre évolue de la couverture cartonnée en édition originale au livre de poche, en passant par une ou deux éditions intermédiaires. Le film migre de la salle de cinéma à la télévision gratuite en passant par le DVD et la télévision payante.

La mise en marché des contenus engendre de forts

investissements de communication en vue de susciter le désir d'expérience. La mise en œuvre de ces investissements engage des modèles économiques très divers, adaptés aux différents médias. La règle couramment admise est que les versions les plus chères accompagnent les investissements de mise en marché les plus lourds. Un *blockbuster* sera ainsi mondialement annoncé avant sa sortie en salles, en sorte de lui créer une image qui attirera les premiers consommateurs. La notoriété acquise par le lancement en salles soutiendra la diffusion des versions ultérieures qui donneront lieu à des relances ciblées. Le budget de lancement d'un film peut représenter jusqu'à la moitié des coûts de fabrication du négatif. Celui d'un album de musique peut aller jusqu'à cent fois les coûts d'enregistrement.

En fait, dès lors que l'utilité d'un bien est associée à une circulation symbolique, on voit surgir des effets de réseau. Ces effets sont multiples et dépendent fortement des formats (texte, musique, images) et des marchés visés par les produits. Plus une œuvre est consommée, plus son expérience est évaluée et, le cas échéant, prescrite ou déconseillée. S'appuyant sur la critique institutionnelle, puis sur une masse critique de consommateurs, le bouche à oreille accroît l'espérance d'utilité : il limite le risque expérimental du consommateur. Certains *blockbusters* au succès douteux — les *ten ton turkeys* [6] de Hollywood — sont même commercialisés avec d'énormes investissements publicitaires afin de pouvoir épuiser le marché avant la circulation du bouche à oreille. Les contenus sont également générateurs d'effets de mode, d'identifications communautaires. C'est le cas des hymnes politiques dont les États, à commencer par les princes de Hanovre gouvernant l'Angleterre, se sont largement servis pour structurer le sentiment national[7]. Mais aussi de la musique de variétés, celle qu'on joue dans les clubs, dont les succès se *standardisent* et contribuent à l'identification des générations. Et bien entendu des films, des programmes de télévision, des romans, de spectacles, d'expositions, largement discutés au sein de groupes de spectateurs, lecteurs ou regardeurs. La mise en marché de ces produits vise à réunir le plus vite possible les masses critiques nécessaires pour lancer le bouche à oreille et/ou l'effet de mode. Qu'il s'agisse d'envois de presse, d'avant-premières publiques, de présentations événementielles, le gratuit permet d'initier la circulation du produit avant son *versionnage* payant. C'est ainsi que, depuis ses débuts, la radio — du moins dans ses stations à vocation commerciale — a constitué le mode idéal de mise en marché de la musique. À tel point que les maisons de disques américaines ont longtemps soudoyé les programmateurs pour qu'ils diffusent intensivement leurs dernières productions. Cette pratique, connue sous le nom de *Payola*, a donné lieu à divers commentaires et analyses économiques car elle a parfois été assimilée à un mode de distribution de la musique[8], alors qu'elle n'est en fait que le catalyseur de ses effets de réseau. Elle rappelle que les contenus sont une source permanente d'apparitions de marques d'auteur, d'acteurs, d'interprètes qui complètent le dispositif d'identification des produits et qui, elles aussi, engendrent des effets de réseau. Ces marques sont ensuite négociées comme des actifs, des apports en capital, dans le processus de production. Se crée ainsi une chaîne verticale de produits générateurs d'effets de réseau. Pour maîtriser cette chaîne, les maisons de disques, ayant à investir bien davantage dans la marque d'un interprète que dans la production de sa musique, ne s'engagent à le faire que si elle peuvent fidéliser son bénéficiaire par contrat. Les studios de Hollywood, quant à eux, ont longtemps maintenu les acteurs et les auteurs sous contrat avant que ceux-ci ne s'autonomisent et ne négocient leur marque — leur public captif — pour leur propre compte. Les studios s'échangeaient alors couramment, dans une pratique qui n'est pas sans rappeler l'interconnexion, leurs acteurs sous contrat pour des films isolés. La désintégration du système des studios que décrit Peter Biskind dans un essai intitulé en français *Le Nouvel Hollywood*[9] est comparable à celle du démantèlement des monopoles de télécoms de la nouvelle économie. À partir des années 1970, les auteurs et les acteurs deviennent concurrents des studios dans la chaîne de relations verticales qui agrège les composants informationnels des films.

La tarification des contenus reflète donc ces dynamiques d'utilité très singulières en sorte de mutualiser les risques de chaque contenu individuel et limiter le risque du consommateur. Les ventes groupées, qu'il s'agisse des *output deals* des studios — vente exclusive à un distributeur de toute une classe de produits —, des abonnements aux chaînes payantes ou aux salles de cinéma, ou du regroupement de titres musicaux sur un album, visent à lisser l'utilité moyenne des produits et à partager les effets de réseau des succès éventuels. Ces pratiques s'ajoutent à celle du *versionnage* où, comme nous l'avons vu, les formats successivement mis en marché suivent les consentements-à-payer décroissants du public. Ce *versionnage* est particulièrement sophistiqué pour les contenus audiovisuels qui, contrairement à la musique, ne suscitent pas de forte propension au stockage car ils ne se visionnent qu'un très petit nombre de fois. Ainsi, bien souvent, après les versions payantes, apparaissent les versions dites *en clair*. Celles-ci utilisent les mécanismes de marchés à deux versants, lesquels éliminent grâce à la gratuité financée par la publicité le risque encouru par le consommateur. Les marchés à deux versants peuvent néanmoins aussi se combiner aux modèles payants, étendant encore les combinaisons de versions possibles. La sophistication de ces mécanismes, à laquelle la numérisation contribue par la création permanente de nouvelles versions (sonneries musicales, vidéo à la demande, télévision en haute définition...), permet d'accroître les recettes moyennes de chaque contenu et de financer le développement de créations nouvelles. Ce qui frappe ici, c'est que, dans l'établissement des recettes, autrement dit dans la structuration des marchés de contenus, les logiques d'utilité l'emportent entièrement sur les logiques de coût : il n'a jamais été d'usage de vendre au consommateur un produit d'utilité aléatoire en fonction de ses coûts de fabrication[10]. Car les inévitables déceptions auraient pour effet de faire plonger la demande globale et réduiraient les moyens disponibles pour renouveler et diversifier la création. On comprend alors à quel point ces biens, à la fois expérimentaux et informationnels, choquent la doctrine productiviste française puisque, au fond, nul marché n'est plus éloigné de la tarification par les coûts. Cet argument a d'ailleurs fleuri dans le débat sur le piratage. À moins d'être remise en cause, la doctrine des coûts doit exclure ces biens du champ de l'économie et, semblablement aux écrouelles, les présenter au toucher miraculeux de l'État.

Parallèlement, la distribution des contenus s'appuie sur des investissements d'équipements et d'infrastructures. Il faut, bien entendu, compléter ces infrastructures par leurs systèmes d'exploitation techniques et commerciaux, lesquels engendrent des économies d'échelle et d'envergure. Ces investissements de distribution ont pour fonction de livrer aux consommateurs des utilités spécifiques qui se combinent à celles des contenus distribués. Les systèmes de distribution sont donc associés aux supports et aux versions des différents types de contenus : salles de cinéma, librairies, enseignes multimédias, diffuseurs hertziens et satellitaires, câblo-opérateurs, et désormais opérateurs télécoms. Bien entendu, ces supports d'utilité, et singulièrement ceux des infrastructures télécoms, sont eux aussi générateurs d'effets de réseau. C'est, on va le voir, la concurrence verticale autour de ces effets qui favorise le déploiement du *peer-to-peer*.

Le déploiement des débits

La numérisation fait apparaître de nouvelles capacités de transport dans chaque domaine où un système technique permettait l'acheminement d'un signal. Cela vaut pour le téléphone fixe et mobile, mais aussi pour toutes les infrastructures de distribution dématérialisée des contenus audiovisuels : le satellite, le câble, le spectre hertzien et les fréquences radio dont, on l'a vu pour le mobile, la capacité de transport, notamment en mode local, peut compléter des infrastructures filaires. La numérisation et les techniques de compression de l'information qui l'accompagnent engendrent une concurrence acharnée des moyens de transport et, par là même, des systèmes de communication et de distribution dématérialisée. Chaque système technique ayant ses propres règles de compatibilité interne et sa spécialisation en termes d'utilité, on peut parler ici d'une concurrence multisystèmes généralisée. Cette concurrence, désormais classique dans l'économie numérique, vise à offrir au consommateur l'ensemble des services d'accès à la communication et aux contenus à travers un point d'entrée unique.

Aux États-Unis, où le marché de la télévision payante est cinq fois plus développé qu'en Europe, la course au déploiement commence, dans les années 1990, par une guerre commerciale entre le câble et le satellite[11]. Ce dernier a pu très simplement être numérisé en faisant modifier l'encodage du signal et ses algorithmes de compression, sans autre investissement d'infrastructure, si ce n'est, bien sûr, les antennes et les décodeurs positionnés chez le consommateur. Le satellite a pu alors offrir dix fois plus de chaînes que le câble analogique. Pour s'adapter, les câblo-opérateurs ont dû numériser peu à peu leur réseau, renouveler leurs infrastructures de longue distance ou louer celles des télécoms, et convaincre leurs consommateurs d'acheter des décodeurs numériques. Venant après le satellite — de technologie plus récente et mieux placé pour cibler, où qu'ils se trouvent, les clients amateurs de contenus —, cette offre n'était pas très compétitive. Pour se différencier, les câblo-opérateurs ont donc choisi de déployer des passerelles vers Internet et de dédier des fréquences à la voie remontant depuis le consommateur. Ils ont pu ainsi proposer à leurs dizaines de millions d'abonnés à la télévision analogique des services d'accès à Internet en haut débit, ce que ne pouvaient faire les opérateurs de satellite, ni à court terme, les compagnies de téléphone régionales — les *Baby Bells* — trop occupées à déployer les services de téléphonie mobile. Au début de l'année 2000, les perspectives du câble numérique pressent AOL, fort de la valorisation boursière exceptionnelle de ses 35 millions d'abonnés au bas débit (dont 20 millions aux États-Unis), à fusionner avec Time-Warner, groupe audiovisuel intégré dans la distribution par câble. Le retournement de la Bourse va inciter alors les câblo-opérateurs indépendants à passer à l'attaque. L'année suivante, c'est AT&T, cantonné depuis 1983 aux services de télécommunications longue distance, qui, après avoir absorbé les câblo-opérateurs TCI en 1998 et MediaOne en 1999, est, à son tour, racheté par Comcast, devenu numéro 1 du câble. La logique de ces fusions dont les montants cumulés se comptent en centaines de milliards de dollars est la numérisation du câble adossée à la fourniture d'accès à Internet. Les câblo-opérateurs occupent actuellement plus de 60 % de ce marché.

En comparaison, la situation européenne apparaît beaucoup plus contrastée. Dans certains pays décentralisés comme la Belgique, les Pays-Bas, l'Allemagne, l'Autriche ou la Suède, le câble, qui permet notamment la diversité des chaînes locales ou linguistiques, est fortement implanté[12]. Ailleurs, la centralisation a eu tendance à privilégier la télédiffusion hertzienne, faisant du réseau téléphonique historique la principale infrastructure filaire à numériser. Cette numérisation est d'autant plus critique que le mobile ponctionne et concurrence la téléphonie fixe dont les infrastructures, encore largement propriété d'État, risquent la déshérence. Dans ces pays dont la France, l'Angleterre, l'Italie et l'Espagne où le réseau de téléphone fixe est la principale infrastructure filaire, sa numérisation vise, comme ailleurs, une suprématie dans la distribution de services par un accès unique. Ainsi, compte tenu du poids relatif de la valeur des contenus et de son formidable potentiel d'accroissement, il faut considérer que le but ultime du déploiement des débits, où qu'on soit dans le monde, n'est pas tant le déploiement d'Internet — dont l'accès est payant mais l'usage généralement gratuit — que la mise en place de systèmes toujours plus attractifs de distribution de contenus numériques, notamment audiovisuels. Nous reviendrons, dans la suite, sur la démonstration de ce point.

Dans toutes les régions du monde, la concurrence multisystèmes va conduire les opérateurs d'infrastructures à proposer aux consommateurs des services numériques fortement générateurs d'effets de réseau. L'enjeu est, d'une part, d'inciter les abonnés au bas débit à utiliser le haut débit et, d'autre part, à mettre en œuvre des offres valorisant chacun des systèmes d'accès. Car, au bout du compte, seul l'accroissement du panier moyen, autrement dit le relèvement effectif de l'utilité offerte au consommateur et la vente groupée de services via un accès exclusif, peut permettre de financer la numérisation des équipements.

Aux États-Unis, la gratuité des communications locales subventionnée par la téléphonie longue distance permet de forfaitiser, dès leur apparition, les services d'accès Internet en bas débit[13]. Autrement dit, les consommateurs n'ont qu'à se connecter au serveur pour bénéficier sans surcoût de l'utilité de la connexion permanente. Seul l'usage du téléphone oblige, pour récupérer la ligne, à se déconnecter. Cette tarification engendre une diffusion très rapide de l'usage d'Internet pour les applications de courrier, de navigation et de commerce électronique. En revanche, elle crée peu d'incitations pour le passage au haut débit. C'est dans ce contexte que vont être lancés, à partir de 1999, les premiers formats MP3 de compression de la musique et qu'apparaît Napster, le premier système d'échanges de fichiers musicaux. Échanger des fichiers musicaux va, immanquablement, créer une demande de débits. Grâce à cette demande, les câblo-opérateurs vont pouvoir numériser leurs réseaux.

Dans les pays à infrastructure télécoms dominante, et notamment en France, les fournisseurs d'accès à Internet en bas débit initient également le déploiement de la numérisation des réseaux de téléphonie. Grâce à eux, les ordinateurs personnels deviennent des machines communicantes génératrices de nouveaux effets de réseau. Mais, en l'absence de forte concurrence du câble, c'est le réseau téléphonique qui va fournir le haut débit. Or la numérisation du réseau téléphonique est techniquement plus complexe que celle des réseaux satellitaires ou câblés de distribution de contenus. Il s'agit, en effet, de transformer progressivement un réseau bidirectionnel à commutation de circuits en réseau de paquets numériques circulant sous Protocole Internet. C'est ici toute la grammaire d'adressage des signaux et de mobilisation de la ressource du réseau qu'il faut peu à peu changer. La fourniture d'accès en bas débit consiste, rappelons-le, à achcminer le signal par le réseau téléphonique commuté jusqu'à des passerelles disposées sur les grandes artères. Le passage par le réseau téléphonique oblige à réserver des circuits jusqu'aux passerelles, ce qui limite le débit à celui de la ligne analogique, soit une cinquantaine de kilobits par seconde. Mais en Europe, où les communications locales ne sont pas gratuites, il oblige aussi à payer à la durée l'appel vers le serveur. Ce point, qui différencie l'Europe des États-Unis, va créer un appétit spécifique pour le haut débit. Le déploiement du haut débit consiste à acheminer le signal en codage numérique IP depuis le terminal de l'utilisateur : c'est le principe de la ligne ADSL[14]. Il faut pour cela équiper la prise téléphonique d'un modem et disposer un collecteur de signaux IP — un DSLAM[15] — au niveau de chaque commutateur d'abonnés. Cette technique permet d'élever considérablement le débit à l'abonné sans pour autant bloquer de voie d'accès : le consommateur bénéficie d'un accès permanent qui mobilise une ressource marginale du réseau. L'opérateur de télécoms peut, en outre, élever progressivement la capacité du réseau au fur et à mesure de l'accroissement du trafic. Pour accélérer le déploiement des DSLAM, les régulateurs publics ont voulu instiller une concurrence dans le déploiement des infrastructures, en particulier sur la boucle téléphonique locale. Partout dans le monde, ils ont fait obligation aux opérateurs historiques d'accueillir l'installation d'opérateurs tiers dans leurs commutateurs d'abonnés et de leur louer leurs lignes de desserte pour accéder aux abonnés du téléphone fixe. Cette disposition, appelée dégroupage, vise à multiplier les offres sur le marché de détail de la fourniture d'accès. Ainsi, même lorsque la concurrence multisystèmes tarde à s'établir en raison de la position dominante d'une infrastructure filaire, la multiplication des fournisseurs d'accès et l'effectivité du dégroupage suscitent une concurrence sur l'offre d'accès haut débit. Ce facteur, on l'a vu dans l'exemple du mobile, intensifie la recherche d'effets de réseau et accélère le déploiement. Comme aux États-Unis, les opérateurs de réseaux vont alors chercher à stimuler une demande croissante de débits.

L'émergence du peer-to-peer

Les applications initiales d'Internet que sont le transfert de fichiers de point à point (FTP), la navigation sur des bases de données (Web, html), l'échange de données privées (e-mail), le partage d'applications et la vente de services s'appuient sur des protocoles et des chaînes de valeur fondées sur la communication, autrement dit sur l'échange d'informations utiles pour le destinataire, mais sans valeur de marché. Il est alors logique de tarifer ces utilités par l'accès. Néanmoins, ces utilités sont peu consommatrices de débit : un e-mail, même avec un texte attaché, n'occupe que quelques milliers d'octets, une page Web également. À la fin des années 1990, lorsque Internet atteint sa masse critique, les appareils photo numériques n'ont pas encore gagné le grand public, lequel ne dispose pas de fichiers numériques denses à faire transiter par le réseau. Il y a donc, singulièrement aux États-Unis où la connexion est gratuite, un risque à ce que le public se contente d'un accès bas débit. En effet, si le commerce en ligne des contenus se développe grâce à Amazon et d'autres portails de vente ou de location par correspondance, on voit mal le public accepter de payer plus cher l'accès pour acheter sur Internet des contenus dématérialisés. Le haut débit risque alors de ne jamais décoller.

En juin 1999, l'apparition de Napster et l'énorme trafic engendré par ce site vont offrir aux opérateurs d'Internet de sortir de l'impasse. Napster propose aux internautes de mettre en accès sur son site leurs bibliothèques musicales et d'y télécharger le catalogue des titres ainsi réunis. Internet offre alors au consommateur, comme l'avait fait avant lui la radio ou la télévision, d'accéder à des contenus gratuits. La différence est néanmoins substantielle : alors que la radio ou la télévision gratuite résultent de marchés à deux versants respectant le copyright, Napster s'appuie sur des échanges sans accord préalable des ayants droit. Cette situation constitue une aubaine pour les industriels de l'Internet : l'ensemble de la chaîne, des fabricants d'ordinateurs aux câblo-opérateurs, va trouver une dynamique d'effets de réseau tirant le déploiement des débits. Même si Napster, utilisant une technique trop visiblement illégale, doit fermer rapidement son serveur, le *peer-to-peer* est né. Il ouvre la voie à de nouvelles générations techniques de systèmes d'échanges et à une dynamique de déploiement d'Internet fondée sur le contournement des droits de propriété intellectuelle[16].

Dans le choix des contenus, tout désigne la musique. Génératrice d'émotion, la musique transcende l'illettrisme et la multiplicité des langues. Avec le numérique, les titres musicaux deviennent des fichiers courts, consommés par la jeunesse, générateurs d'effets de mode, requérant un terminal de lecture, et surtout sans antécédent dans la distribution dématérialisée. En effet, la diffusion radiophonique en clair a toujours servi de signal, d'incitation à l'achat du titre, mais n'a jamais constitué, en soi, un mode de distribution. La musique a donc toujours été distribuée par des réseaux physiques sous forme de disques agrégeant plusieurs titres aux fortes variations d'utilité. Contenu le plus consommé, le moins dense, simple à compresser, exigeant un terminal et distribué exclusivement en lots physiques hétérogènes, la musique est la proie idéale pour le déploiement d'Internet[17]. Néanmoins, on va le voir, l'accroissement régulier des débits et des techniques de distribution en *peer-to-peer* étend rapidement son usage au partage de fichiers audiovisuels denses.

Principes techniques du peer-to-peer

Le terme *peer-to-peer* — en français échange de pair-à-pair, en abrégé P2P — désigne une classe d'applications informatiques dédiées à la mutualisation de ressources. Ces applications visent à partager de la capacité de calcul, de la mémoire, de la bande passante, des programmes logiciels et, bien sûr, des données entre groupes d'utilisateurs : les pairs. La notion de « pair » s'appuie sur la symétrie des échanges et se distingue de la vision asymétrique du client, couramment utilisée en informatique dans l'architecture hiérarchisée des réseaux clients-serveur. Tandis que ce type d'architecture s'appuie sur les économies d'échelle des équipements informatiques, la mutualisation propre aux systèmes de *pair-à-pair* repose avant tout sur la spécificité du numérique, à savoir l'existence d'effets de réseau. Le principe du *peer-to-peer* est d'abord d'élever l'utilité de chaque utilisateur par la circulation symbolique, dans le respect de certaines règles, au sein d'une communauté, et secondairement de bénéficier d'économies d'échelle. On peut ainsi considérer que les forums ou les encyclopédies enrichies par leurs utilisateurs, sur le modèle de Wikipédia, constituent, au même titre que les communautés de chercheurs pratiquant le calcul en réseau, des systèmes de *peer-to-peer*.

Les applications de *peer-to-peer* se sont d'abord développées dans les réseaux informatiques d'entreprises en offrant une gestion décentralisée des échanges au sein de groupes d'individus (Microsoft Windows for Workgroups). Elles permettaient, par la circulation des connaissances, le partage des données et des applications, d'optimiser les ressources des serveurs centraux autour desquels s'étaient structurés les premiers parcs informatiques d'entreprises.

Le *peer-to-peer* actuel est l'extension à l'environnement d'Internet de ces applications. Bien évidemment, de nombreux usages spécialisés vont concerner la mise en commun de moyens de calcul, de connaissances scientifiques ou d'expériences diverses. Chacun de ces usages obéit à une rationalité propre fondée sur la dynamique d'utilité et les règles du partage des ressources mutualisées. Dans la plupart des applications scientifiques, le partage est orienté par une tâche, un objectif déterminé dont l'utilité est internalisée par les membres autorisés de la communauté : de là, bien souvent, une polarisation du réseau selon une structure hiérarchisée d'allocation et de contrôle des tâches. C'est le cas, par exemple, du calcul en réseau des données SETI obtenues par les interféromètres d'astronomie radio [18].

Le caractère fermé ou administré du cercle des utilisateurs, au sein d'une entreprise, par exemple, permet de circonscrire les comportements opportunistes. C'est le cas des forums utilisés par les entreprises informatiques, en complément de leurs centres d'appels pour l'assistance technique. Un utilisateur pose une question technique sur le forum et reçoit les réponses d'autres utilisateurs, ainsi d'ailleurs que des équipes techniques de l'entreprise fournisseur. Il accède également à des archives des échanges passés ainsi qu'à des outils de recherche et de navigation interne. Ces fonctions sont assurées par des serveurs centralisés. Le contenu informationnel qui n'est pas commercialisé hors du forum est entièrement fourni et internalisé par les participants du réseau.

Néanmoins, le *peer-to-peer* qui nous intéresse ici concerne avant tout la mise en partage des contenus culturels, autrement dit de fichiers sous copyright ayant une valeur de marché. Sa caractéristique est d'adosser les effets de réseau du *peer-to-peer* à l'utilité de l'échange de fichiers propriétaires hors du consentement de leurs ayants droit. Donc au vol. Le premier réseau de *peer-to-peer* à grande échelle sur Internet est Napster dont l'architecture s'apparente à un système classique client-serveur. L'effet de réseau provient essentiellement des contenus, c'est-à-dire du partage des fichiers musicaux sur un serveur central par des groupes d'utilisateurs : plus les utilisateurs sont nombreux, plus le nombre de fichiers accessibles est élevé. Cet effet de réseau va contribuer à propager le format de compression MP3 qui devient alors le standard d'encodage, le langage binaire universel, de la musique. Néanmoins, la distribution de fichiers propriétaires à partir d'un serveur spécialisé sort du cadre de la copie privée et constitue une infraction patente à la loi. Cette situation conduit à la fermeture du site un an seulement après sa mise en service.

La popularité immédiate et les flux considérables de trafic engendrés par Napster vont inciter ingénieurs et financiers à développer de nouveaux systèmes de plus en plus décentralisés. Le déploiement du *peer-to-peer* s'inscrit alors dans une logique industrielle. Un recensement mené par O'Reilly Publishing estime, fin 2001, à 560 millions de dollars — dont 160 pour l'année 2001 — les fonds de capital-risque investis dans les technologies de *peer-to-peer*[19]. Ce rythme s'est probablement ralenti après le retournement de 2001 et il n'existe pas, à notre connaissance, d'évaluation récente de l'investissement. Mais avec un taux de croissance de 13 % par mois[20], les réseaux d'utilisateurs se développent alors très rapidement et, avec eux, le nombre et la valeur des contenus téléchargeables.

Rapidement, de nouveaux logiciels apparaissent sous de nombreux labels : KaZaa, Grokster, iMesh, Morpheus, e-Donkey, e-mule, BitTorrent, Azureus, etc. Ces noms aux consonances de héros de bandes dessinées ou de jeux vidéo désignent les applicatifs utilisés par l'internaute pour sélectionner et télécharger des contenus. Derrière ces applicatifs, opèrent deux types de protocoles aux logiques techniques et économiques distinctes.

Le premier protocole s'appelle FastTrack. Il équipe les logiciels de KaZaa, iMesh ou Grokster. FastTrack est un logiciel propriétaire distribué par Sharman Networks, une société enregistrée aux îles Vanuatu. KaZaa en détient une licence[21] qu'il exploite selon des modèles d'audience en tenant à jour, sur son portail, l'information sur les contenus et les dernières versions du logiciel. KaZaa et ses homologues sont, en quelque sorte, des distributeurs de FastTrack adossés à un modèle économique fondé sur la publicité.

L'autre protocole est fondé sur des logiciels libres dont la première version fut Gnutella, et dont le modèle dominant est désormais BitTorrent. Ces programmes sont développés par des communautés de chercheurs, et indirectement financés par des industriels ayant intérêt au déploiement des réseaux[22]. Ils apparaissent dans des logiciels libres tels que LimeWire, Morpheus ou e-Donkey qui leur ajoutent des fonctions supplémentaires de gestion du téléchargement. Le fait que même les logiciels de gestion du réseau soient mutualisés étend encore la logique du *peer-to-peer* : il n'y a plus en apparence ni firmes ni clients, seulement des pairs utilisateurs d'Internet...

Alors que le marché américain est resté longtemps couvert par FastTrack — Kazaa, iMesh et Grokster totalisaient plus de 75 % en 2003 —, le marché européen est, quant à lui, dominé par les logiciels libres fonctionnant sous BitTorrent[23].

Le principe de l'architecture des protocoles de type KaZaa, autrement dit de FastTrack, est proche de celui de la téléphonie cellulaire. Il consiste à créer des groupes de machines[24] dont l'activation met à jour des fichiers d'index localisés sur des serveurs dédiés à chaque groupe. Chaque index réside sur un ordinateur privé, lequel est en relation avec d'autres serveurs du réseau. Ainsi, les fichiers échangés restent-ils stockés sur les ordinateurs personnels, tandis que sont mises à jour, sur des ordinateurs dédiés (nœuds), les bases de données des contenus accessibles et de leurs adresses physiques. Des nœuds de degré supérieur supervisent l'activité des serveurs d'index (coordination, mise à jour des logiciels de gestion de réseau). Un logiciel utilisateur, téléchargeable sur un site public, permet d'accéder aux listes de contenus disponibles, d'effectuer des requêtes et de charger des contenus. Dans le cas de KaZaa, il contient également un logiciel de ciblage des mes-

FIGURE 16

Organisation juridique de KaZaa[25]

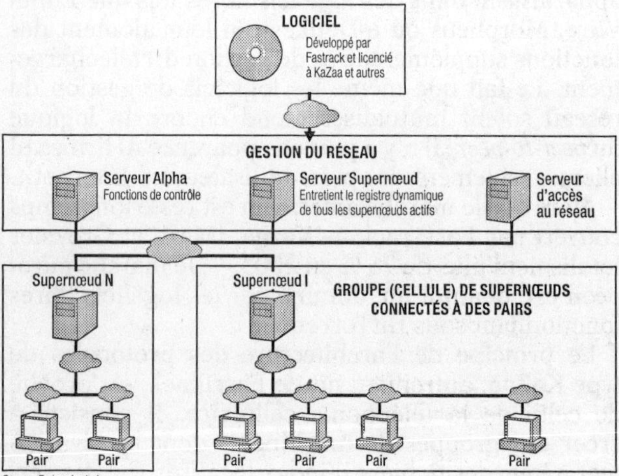

Source : Enders Analysis

Le logiciel FastTrack permet de gérer l'ensemble du réseau d'échanges des applications de type KaZaa. Celui-ci est composé de groupes de pairs dont les répertoires de fichiers sont gérés par des serveurs constituant les nœuds du réseau. Les marques opérant sous FastTrack paient des droits de licence grâce aux recettes publicitaires.

sages publicitaires adressés à l'internaute (*adware*). Rien, dans un tel dispositif permettant l'échange non commercial de copies privées, ne contrevient formellement aux règles publiques du copyright. L'ambiguïté juridique tourne autour de l'application à ce cadre de la règle de *fair use* ou de l'exception pour

FIGURE 17

Recherche d'un fichier sur KaZaa

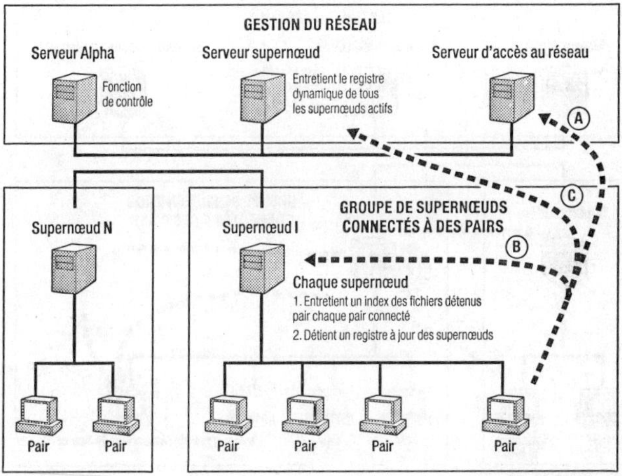

Source : Enders Analysis

Un pair émet une requête Ⓐ. Le fichier n'est pas disponible dans son groupe Ⓑ. La requête est adressée à un nœud supérieur du réseau Ⓒ. Celui-ci identifie le nœud de rang inférieur susceptible de satisfaire la requête.

copie privée. Un groupe peut néanmoins rassembler plusieurs centaines, voire un millier de machines.

Par ailleurs, dès lors que l'échange de fichiers se fait de *pair-à-pair*, les infrastructures de distribution — machines, bande passante — qui étaient centralisées dans le protocole Napster sont désormais intégrées dans la mutualisation. Cependant, pour que le réseau opère, il faut éviter l'opportunisme d'éven-

FIGURE 18

Transfert de fichiers sur KaZaa

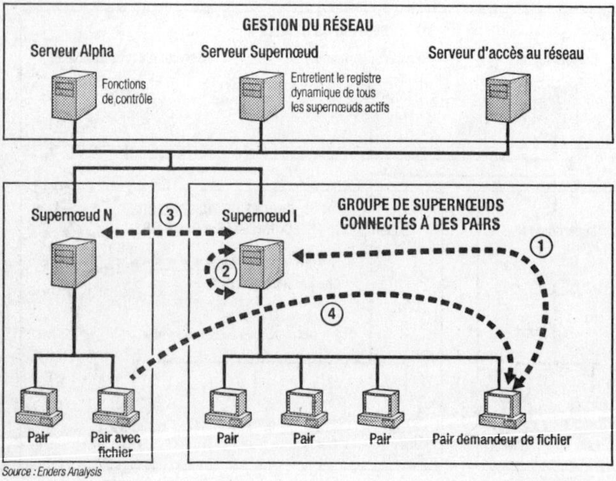

Source : Enders Analysis

Les deux pairs issus de groupes différents sont mis en relation. Le fichier demandé peut être transmis. Les fichiers transitent de pair à pair à travers le réseau point à point.

tuels passagers clandestins — en anglais *free riders* — qui seraient tentés de prendre sans jamais rien donner. Les participants sont donc priés de laisser leurs bibliothèques en accès ouvert de sorte que leurs titres puissent alimenter le réseau. À défaut, ils peuvent être décotés ou relégués, et n'accéder qu'à un nombre limité de références. Ainsi, chaque membre du réseau est-il, en règle générale, simultanément receveur et pourvoyeur de contenus. C'est là précisément que le cadre institutionnel de la copie privée se trouve débordé.

Le déploiement rapide du haut débit en Europe s'accompagne, à partir de 2003, d'une montée en puissance de nouveaux applicatifs utilisant le protocole BitTorrent. Ce protocole, dû à l'informaticien Bram Cohen, propose des solutions plus efficaces pour les deux fonctions centrales du *peer-to-peer*: l'indexation et le téléchargement. Alors que FastTrack crée des réseaux de machines partageant des bibliothèques, BitTorrent crée des réseaux spécifiques — des essaims — associés à chaque fichier. Pour chaque fichier en partage, BitTorrent émet un index dynamique appelé *tracker*, positionné sur le Web et chargé de la gestion des requêtes de ce fichier : le protocole met ainsi en place une cellule, un sous-réseau spécifique pour chaque fichier. Chaque fois qu'un internaute souhaite obtenir un fichier, il consulte des annuaires sur des sites accessibles par n'importe quel moteur de recherche, lesquels le renvoient sur l'adresse du *tracker*. Il n'a plus alors qu'à se joindre à l'essaim des échangeurs, ce qu'il fait grâce à son logiciel de *peer-to-peer*. Ce système qui décentralise davantage l'indexation des contenus permet une plus grande efficacité des requêtes et de la distribution. Plus besoin de remonter au nœud pour savoir où est le fichier. Les *pairs* communiquent directement entre eux sous le contrôle du *tracker*.

L'autre innovation concerne la gestion des flux d'échanges. En fragmentant la distribution des fichiers lourds, il est possible de l'adapter aux débits disponibles : un fichier vidéo de 600 mégaoctets va être débité en séquence de 200 morceaux de 3 mégaoctets, taille moyenne d'un titre musical. BitTorrent peut alors satisfaire une nouvelle requête avant que le fichier source n'ait été intégralement téléchargé par l'utilisateur précédent : dès qu'un bout est téléchargé, il devient téléchargeable à son tour. Le protocole est conçu pour éviter les comportements de *free riding* en limitant le débit descendant des *leechers* (littéralement des sangsues) qui refuseraient de faire suivre les morceaux reçus[26]. En conséquence, plus un fichier est demandé, plus sa distribution se mutualise, et plus son téléchargement est rapide. Inversement, pour qu'un fichier diffuse, il faut amorcer le « torrent », la pompe de sa circulation. C'est le rôle des *seeds* (inséminateurs) qui, au moyen de leur logiciel, peuvent initialiser le torrent en créant le *tracker* et le premier sous-réseau de circulation des morceaux. Dans la plupart des logiciels utilisant BitTorrent[27], des applications permettent de suivre les essaims de *leechers* (de pairs) dont le nombre est une indication de la vitesse d'accès à chaque fichier. Il existe ainsi une incitation permanente à télécharger les fichiers les plus demandés.

Le corollaire est qu'avec ces logiciels chaque ordinateur personnel acquiert une utilité nouvelle : il devient un nœud de réseau de diffusion de contenus. Cette évolution intervient dans une concurrence entre réseaux de *peer-to-peer* où l'architecture hiérarchisée de KaZaa, conçue pour le téléchargement de fichiers musicaux de 3 à 7 mégaoctets, concourt avec le modèle décentralisé de BitTorrent, mieux adapté au chargement de fichiers de 600 mégaoctets et plus. De là l'intensification du téléchargement en *peer-to-peer* des films et des vidéos, laquelle engendre des demandes de débits supplémentaires et des solutions logicielles de gestion de réseau.

FIGURE 19

Le *peer-to-peer* décentralisé
— architecture de BitTorrent

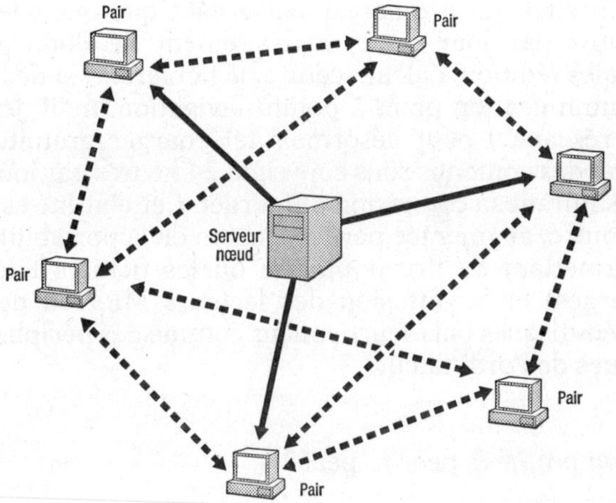

L'index ou *tracker* localisé sur un ordinateur serveur gère la circulation du fichier par morceaux dans un essaim de pairs. Les nouveaux demandeurs rejoignent l'essaim et font circuler les morceaux. Au fur et à mesure que les pairs complètent leur fichier, ils quittent l'essaim. À chaque fichier correspond un essaim. L'effet de réseau est ici directement associé aux fichiers mis en partage.

Au plan économique, la technologie de BitTorrent étend encore les effets de réseau associés au *peer-to-peer*: non seulement l'accroissement du nombre de membres élargit le choix des contenus disponibles, mais encore il facilite la distribution physique des fichiers les plus demandés. Plus nombreux sont les pairs téléchargeant un fichier et plus le téléchargement est rapide. En outre, la possibilité d'engager simultanément plusieurs téléchargements augmente, pour le consommateur, le taux d'usage de son ordinateur et de la connexion à Internet.

En effet, un ordinateur ne servant que quelques heures par jour pour du traitement de données locales (édition, calcul, lecture de fichiers...) et de la communication point à point (navigation, mail, jeu en réseau...) peut désormais télécharger gratuitement des contenus sous copyright 24 heures par jour en saturant sa connexion à Internet. Cette utilité est, en outre, augmentée par l'extension de la portabilité (permettant de lire n'importe où les fichiers téléchargés) et la diffusion des lecteurs MP3 ou des vidéo-disques baladeurs conçus comme des périphériques de l'ordinateur.

À qui profite le peer-to-peer *?*

Le *peer-to-peer* est générateur d'effets de réseau à deux titres : il mutualise, grâce à la décentralisation et à la fragmentation des fichiers, les ressources du réseau que sont les serveurs et le débit ; il permet aux utilisateurs d'obtenir des contenus gratuits sans limitation d'usage en contournant les règles de propriété intellectuelle. Qui profite alors de ces externalités ?

La caractéristique de cette situation est qu'elle met en scène une innovation technique génératrice d'effets de réseau dans une chaîne de biens complémentaires regroupant des équipements terminaux, des infrastructures de transport et d'accès, et des biens informationnels propriétaires. Formellement, cette situation ne diffère nullement du déploiement de la radio ou de la télévision dans lequel les effets de réseau des contenus, financés grâce aux recettes publicitaires, incitaient les diffuseurs à déployer leurs infrastructures et les consommateurs à acheter des équipements terminaux : des postes de radio et des téléviseurs. La différence essentielle réside dans le mode de tarification et le respect de la propriété intellectuelle.

En effet, le *peer-to-peer* crée une demande d'élévation des débits, une demande additionnelle d'équipements associée au relèvement de leur utilité et, bien entendu, une demande fortement croissante de contenus. Si les deux premières sont aisément servies par le marché de la fourniture d'accès et de l'informatique grand public, la troisième échappe aux transactions commerciales. En d'autres termes l'utilité des contenus obtenus en *peer-to-peer* est entièrement transférée, sans contrepartie financière, à la chaîne amont de l'accès. Les contenus subventionnent ainsi en nature le déploiement des infrastructures et des équipements d'Internet. Ils jouent, auprès de ce réseau, une fonction analogue à celle des appels reçus gratuitement par les abonnés à la téléphonie mobile. À ceci près que ce ne sont plus les appelants du fixe qui paient, mais toute la chaîne de production et de distribution légale des contenus. Celle-ci subit une externalité négative, une pollution due à l'émission croissante de produits gratuits contournés.

Nous avons tenté, dans une étude publiée en janvier 2004[28], de mesurer la valeur du *transfert d'utilité,* autrement dit les montants de la subvention en nature reçue par les fournisseurs d'accès. Le raisonnement est le suivant : sachant que 1999 est, en

FIGURE 20

Évolution des abonnés et des prix bas et haut débit en France (demande et offres consolidées)

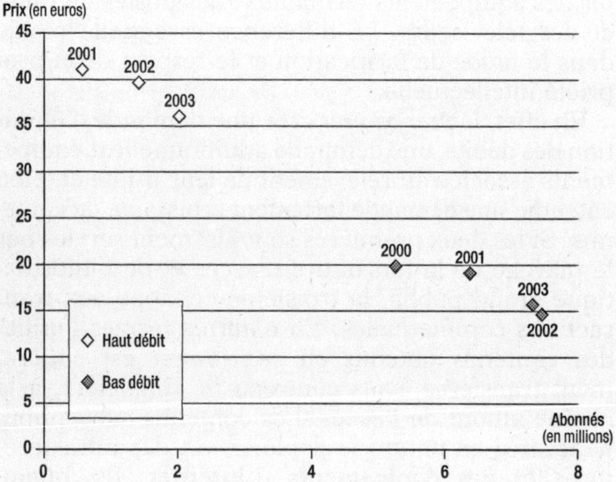

Sources : AFA, Wanadoo, Free, AOL, Tiscali et Club Internet.

France, l'année du décollage de l'accès à Internet en bas débit et que 2002 est l'année où les abonnements en haut débit se substituent massivement aux abonnements en bas débit, nous avons cherché à mesurer quelle était l'élasticité de la demande au prix des deux services au cours de cette période, autrement dit quel surplus les consommateurs étaient prêts à payer pour obtenir le haut débit. La figure 20 ci-dessus montre qu'il existe en moyenne, au cours de cette période où la substitution s'effectue massivement, un différentiel de prix de 20 euros entre le prix mensuel de l'accès bas débit et le prix de l'accès haut débit.

La question est ensuite de savoir à quelle utilité correspond ce différentiel de 20 euros par mois encaissé pour les deux services. Les études d'usages menées par les cabinets spécialisés montrent que les usages privilégiés par les consommateurs du haut débit concernent en priorité la consommation de contenus, même si, par ailleurs, ils profitent de la connexion permanente pour des applications de communication. Cette analyse est confirmée par le fait que, dans cette période, près de 90 % de la bande passante d'Internet est utilisée pour des échanges en *peer-to-peer*. On peut donc raisonnablement en déduire qu'au moins 50 % du différentiel de prix entre les deux services est imputable à l'usage du *peer-to-peer*. En d'autres termes, la subvention en nature des contenus équivaut au moins à 10 euros par mois, soit 120 euros par abonné et par an. Sachant qu'en 2006 le seuil des 10 millions d'abonnés à Internet en haut débit a été atteint en France et que les débits n'ont cessé de croître depuis 2004, ce transfert d'utilité au bénéfice de l'accès devrait dépasser le milliard d'euros. L'ordre de grandeur, pour la seule fourniture d'accès, est comparable aux transferts des appels du fixe vers la téléphonie mobile évoqués précédemment. Ici néanmoins, le transfert profite aussi à tous les fabricants d'équipements et de logiciels concourant à l'accès gratuit aux contenus. Les ordinateurs personnels, les lecteurs MP3, mais aussi l'ensemble de leurs fournisseurs, aux premiers rangs desquels Microsoft et Intel, profitent de la rente et des effets de réseau qui

FIGURE 21

Le *peer-to-peer* (P2P), une subvention discriminée

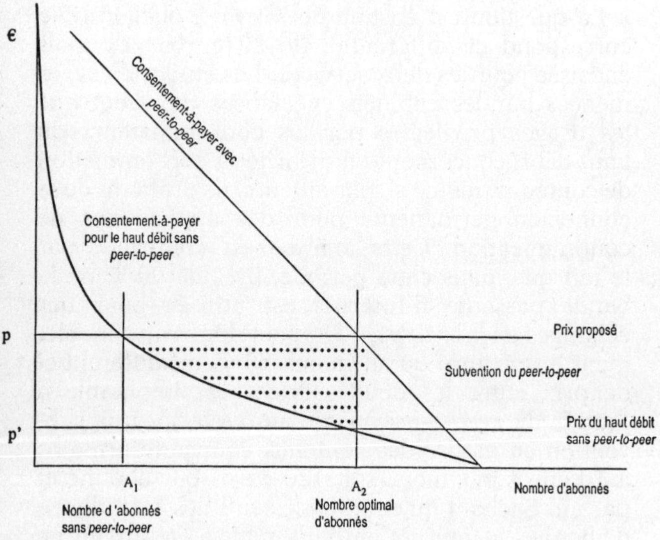

Le *peer-to-peer* est une subvention discriminée $S = (p-p')(A_2-A_1)$. Il aide les consommateurs $[A_1, A_2]$ à se joindre sans baisser le prix d'accès. La subvention s'applique à toute la chaîne des équipements et des services complémentaires de l'Internet haut débit.

l'accompagnent. Comme dans le cas de l'accès, le surcroît d'utilité permet à tous ces acteurs de vendre davantage et plus cher leurs produits.

L'originalité de cette subvention est qu'elle ne s'adresse qu'aux utilisateurs du *peer-to-peer*, autrement dit qu'elle permet d'offrir les ordinateurs et l'accès à un prix correspondant au consentement-à-payer du consommateur privilégiant les usages légaux, et d'atteindre sans baisse de prix d'autres utilisateurs primant le *peer-to-peer*. Il s'agit donc d'une subvention discriminée, bien moins coûteuse pour l'industrie de l'accès qu'une baisse de tarif générale accordée à tous les consommateurs.

L'autre versant de la subvention est évidemment l'externalité négative engendrée dans l'industrie des contenus. La difficulté, compte tenu du renouvellement permanent des contenus et de la nature éminemment volatile de leur demande, est d'établir la corrélation entre le piratage et une baisse éventuelle de revenus. L'interprétation contestable de telles corrélations a donné lieu, comme dans le cas de l'effet de serre, à de nombreuses controverses. Ainsi, si l'on observe une coïncidence statistique entre déploiement du haut débit et baisse des ventes de disques, les supporteurs du *peer-to-peer* l'assignent à une désaffection naturelle du support causée par le manque de renouvellement de la création musicale et la désutilité croissante du regroupement des titres. Il est, de même, difficile d'établir que, pour des contenus très demandés, la dissémination gratuite en *peer-to-peer* ne constitue pas une subvention d'effets de réseau. Certains tubes, dont le fameux « Coup de boule » de l'été 2006 en France, sont désormais lancés et popularisés par les réseaux de *peer-to-peer*.

Les économistes disposent cependant d'arguments échappant à la casuistique. Hal Varian, l'un des pionniers de l'économie numérique, a notamment proposé une évaluation du coût social du partage, c'est-à-dire une caractérisation des biens qui ne peuvent être produits en raison de l'existence de mécanismes de partage[29]. Dans un modèle à la fois simple et solide

FIGURE 22

Ventes de disques et déploiement du haut débit

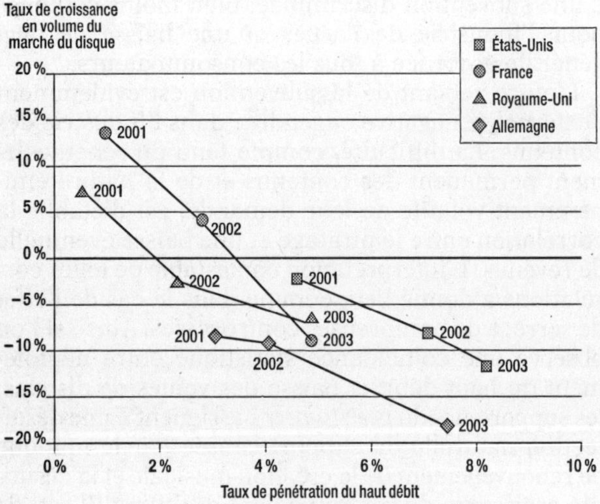

Sources : Idate/Ifpi. Valeurs de croissance 2003 : 1er semestre.

engageant un producteur monopoliste (hypothèse permettant d'examiner la question de la variété et de l'étendue de la gamme des biens produits), une population répartie entre participants aux réseaux de *peer-to-peer* et une fraction non intéressée ou n'ayant pas accès à cette solution, et des coûts de transaction proportionnels au nombre d'utilisateurs du réseau partagé, il met en évidence un résultat significatif. Les biens peu coûteux et peu valorisés sont naturellement protégés du partage car les coûts de transaction (la recherche et l'information sur le bien) excèdent les bénéfices. Ils seront donc produits qu'il y ait partage ou non. Les biens très coûteux à développer et disposant d'une faible base de clientèle, mais bien valorisés, seront aussi produits car il s'en vendra assez pour couvrir les frais fixes. À l'inverse, les biens de valorisation moyenne, à coûts de développement élevés et faible cible de clients, sont perdus. On retrouve ici une catégorie familière de la diversité des contenus : les œuvres répondant aux goûts spécifiques d'une population locale et ne bénéficiant pas de la valorisation des *hits* ou des *blockbusters*, ni du consentement-à-payer correspondant. Le *peer-to-peer* incite à l'exploitation intense et ultra-rapide de produits très commerciaux. Il pénalise prioritairement les produits moyennement coûteux à marché étroit, parmi lesquels se trouvent aussi les produits innovants à fort risque commercial.

Cette tendance s'observe sur tous les marchés de contenus contournés. Le piratage intensifie les conditions de concurrence entre industriels des contenus, favorisant les industries les plus concentrées disposant de marchés très vastes. Le déploiement du *peer-to-peer* renforce la concentration des maisons de disques et leur focalisation sur un petit nombre de produits à forte notoriété. Dans le cinéma et la télévision, il resserre les « fenêtres » d'exploitation des versions en réduisant notamment la prime donnée à l'exclusivité temporelle des premières diffusions. Les délais d'exploitation des films en salles s'en trouvent resserrés et les marchés ultérieurs réduits. Ces effets pénalisent davantage les industries moyennes opérant sur des marchés linguistiques limités. À plus long terme, comme le montre l'exemple du MP3, la circulation massive de fichiers en format ouvert favorise le déploiement d'équipements contournants et de bibliothèques numériques partageables qui risquent d'élever encore les coûts d'exclusion, c'est-à-dire ceux des moyens de protection technique de la propriété intellectuelle.

Néanmoins, pour le grand public, les effets négatifs sur les contenus ne sont pas clairement perceptibles à court terme, tandis qu'au contraire les primes du déploiement du haut débit sont à valeur immédiate. Dans ce contexte, aggravé par une incompréhension profonde de l'économie des contenus, les politiques en charge de défendre l'intérêt général ont eu du mal à prendre la mesure exacte du problème et, conséquemment, à rendre un arbitrage acceptable par leurs électeurs. C'est ainsi que, malgré certaines cassandres[30], l'influence croissante des bénéficiaires du *peer-to-peer* — ceux dont les marchés capturent les effets de réseau et les offrent en partage au consommateur — a occasionné le retard, l'hostilité démagogique et, pour finir, la maladresse fâcheuse des politiques dans l'adaptation du droit de propriété à l'environnement numérique. La France de l'exception culturelle s'est alors trouvée dans la situation humiliante — quoique, hélas, déjà vue — où les industriels de Hollywood, favorisés par ailleurs dans la concurrence internationale, sont venus quotidiennement supplier les politiques de bien vouloir défendre l'intérêt national[31].

Les buts de guerre

Mais, on l'a dit, le déploiement est un jeu à deux phases dont la première est celle du gratuit. Le *peer-to-peer* n'échappe pas à cette règle. De quelle guerre alors est-il le Cheval de Troie ? Qui sont, au bout du compte, les Hellènes embarqués dans ses flancs ? Que veulent-ils ?

L'idée a couru un temps que le *peer-to-peer* allait se déployer comme un service de diffusion en clair (*free-to-air*) engendrant, pour le consommateur, un certain nombre de nuisances : publicité, *spams*, risque de virus, incertitude sur la qualité des fichiers et, potentiellement, des risques de procès... Le cumul de ces *désutilités* est supposé susciter, à terme, un consentement-à-payer pour un service sécurisé, fiable et légal. Cette philosophie a sous-tendu, d'un côté, la revendication de certains opérateurs de *peer-to-peer* d'obtenir la licence légale[32] et, de l'autre, les modèles d'affaires de sociétés comme KaZaa qui annonce désormais son intention d'intégrer la distribution légale.

En fait, la *désutilité* du *peer-to-peer* gratuit dépend de la nature, de la taille des fichiers, du procédé de téléchargement et de la sévérité de la répression du piratage. La *désutilité* associée au téléchargement d'un fichier musical dégradé est moins grande que celle d'un film, téléchargé durant plusieurs heures. Elle est maximale pour un jeu vidéo dont les fonctionnalités sont liées à la transcription extensive de toutes les lignes de code. Cela explique que les éditeurs de jeux vidéo redoutent bien davantage la copie physique de leurs disques que le piratage sur le *peer-to-peer*. Certains jeux vidéo en réseau, dont le célèbre *World of Warcraft*, utilisent couramment le *peer-to-peer* pour délivrer des mises à jour de leurs programmes. Néanmoins, les jeux proprement dits sont aujourd'hui principalement vendus sur des supports physiques et donnent lieu à des systèmes de paiement séparés.

Le *peer-to-peer* est donc largement perçu comme un système de distribution adapté à l'environnement d'Internet, mais dont les usages illicites fragilisent la propriété et, plus grave, renchérissent le coût de son application. Or ce coût doit être supporté par l'industrie des contenus et leurs distributeurs loyaux. Et donc, au final, par le consommateur. En outre, le mode de déploiement associant débit et contenus gratuits structure un consentement-à-payer pour l'accès, le tuyau, plutôt que pour les services. En conséquence, le développement du *peer-to-peer* profite indéniablement au déploiement des infrastructures, mais défavorise Internet lorsque celui-ci concourt avec d'autres systèmes de distribution. C'est le cas, notamment pour les contenus audiovisuels : le déploiement de l'Internet à haut débit s'inscrit, on l'a dit, dans une compétition entre plusieurs systèmes de distribution.

Les ayants droit ont donc intérêt à freiner la pénétration du *peer-to-peer* dès lors qu'elle ne leur garantit pas l'accès à de nouveaux marchés. Leur volonté d'assigner les consommateurs plutôt que les fournisseurs d'accès qui, par ailleurs, peuvent les distribuer loyalement[33] vise ainsi à accroître la désutilité du piratage. Il est, en effet, illusoire de prétendre réprimer tous les utilisateurs de *peer-to-peer*. Néanmoins, le risque de procès abaisse l'utilité du gratuit et doit, idéalement, relever le consentement-à-payer du consommateur pour des offres payantes en ligne ou ailleurs. D'un point de vue économique, l'espérance mathématique de la sanction, autrement dit la probabilité d'une poursuite multipliée par le montant de l'amende, éventuellement augmentée d'autres ennuis encourus, s'ajoute aux autres facteurs de désutilité : plus celle-ci est élevée et plus les offres légales sont revalorisées. En revanche, l'accroissement de la désutilité du *peer-to-peer* réduit la subvention au déploiement des débits. Ce qui se joue alors dans l'encadrement judiciaire du *peer-to-peer* est le mode d'insertion d'Internet dans la compétition multisystème. Le droit, en la matière, reflète le rapport de force des acteurs dans cette compétition.

Aux États-Unis où le *peer-to-peer* sert avant tout les câblo-opérateurs distributeurs de contenus, ceux-ci n'ont nullement intérêt à ce qu'Internet pollue trop gravement leur activité principale. Le piratage, fût-il occasionnel, est sévèrement réprimé. Les détenteurs de droits ont, en outre, obtenu de la Cour suprême, en juillet 2005, un arrêt historique condamnant les logiciels de *peer-to-peer* incitant les consommateurs à contourner les droits de propriété intellectuelle. Cet arrêt, prononcé dans l'affaire de la plainte de la MGM contre Grokster, fait date en ceci qu'il brise une jurisprudence par laquelle des innovations portant potentiellement préjudice aux contenus étaient néanmoins encouragées. C'est ainsi qu'était interprété le fameux arrêt de 1983 opposant Sony aux studios Universal et Disney, ces derniers demandant l'interdiction du magnétoscope Betamax: la Cour suprême avait, au terme de huit ans de procédure, fait droit à Sony, au motif que le magnétoscope n'était pas exclusivement destiné à copier des contenus. La Cour entendait ainsi encourager les innovations techniques indépendamment d'effets externes sur la valeur des contenus. Les studios avaient alors réagi en privilégiant le standard VHS, concurrent de celui de Sony, mieux adapté à la vente des cassettes vidéo préenregistrées. De là s'est déployé le marché de la VHS, relayé depuis par celui du DVD, très profitable à l'industrie des contenus. L'arrêt Sony-Universal et ses conséquences économiques a été, jusqu'en 2005, régulièrement invoqué pour débouter les studios face aux promoteurs du *peer-to-peer*.

L'arrêt de 2005, prononcé à l'unanimité des neuf juges, a engendré la fermeture immédiate de Grokster et l'abandon de son logiciel d'échange. Même si ses règles d'application demeurent ambiguës, notamment dans le cas de logiciels libres, cette décision est significative à deux égards. D'un point de vue économique, elle revient sur le signal de 1983, indiquant, cette fois, que le contournement de la propriété intellectuelle, autrement dit le vol, ne peut être l'incitation principale de l'innovation technique. L'admettre reviendrait, en effet, à biaiser un processus essentiel de la dynamique du capitalisme, la fameuse *destruction créatrice* explicitée par Schumpeter[34]. Car, s'il est logique que l'innovation technique périme des innovations antérieures et détruise des actifs industriels obsolètes, il n'y a pas lieu qu'elle détruise de la propriété non scientifique ou utilise son contournement comme une incitation. Il revient alors au droit, c'est le sens du jugement, d'apprécier la nature économique du mécanisme.

L'autre conséquence de l'arrêt est de donner aux studios et aux câblo-opérateurs les moyens juridiques de fixer le moment et les modalités par lesquelles ils réduiront la subvention du *peer-to-peer* et articuleront la distribution par Internet à la distribution par le câble. Car le *peer-to-peer*, s'il permet, d'un côté, de déployer de nouvelles infrastructures et des équipements terminaux, introduit, par ailleurs, un aléa moral dans toute la chaîne de distribution des contenus : il incite alors les distributeurs numériques à s'abriter derrière cette pratique pour ne pas faire leurs meilleurs efforts de vente, ou pour détourner la valeur des contenus vers les équipements. La décision de donner aux ayants droit les moyens de restreindre l'aléa moral de leur distribution est un choix politique : elle réaffirme la primauté des règles de propriété intellectuelle sur les objectifs de diffusion massive, autrement dit le principe de l'internalisation des effets de la création intellectuelle par les industries de contenus. On observe, en 2006, que la bande passante d'Internet occupée par le *peer-to-peer* aux États-Unis est en recul, notamment pour le trafic descendant : les abonnements Internet y coûtent plus cher qu'en Europe pour des débits bien moindres et les échanges en *peer-to-peer* n'occupent que 48 % de la bande passante descendante[35]. Ces chiffres sont, en outre, très inférieurs à ceux observés en Europe[36].

La situation européenne est moins claire, notamment dans les pays où Internet est associé aux télécoms. La première raison se trouve dans l'asymétrie existant entre des industries de contenus éparpillées et dépendantes des États et le secteur des technologies de l'information emmené par l'industrie des télécoms. À cette inégalité structurelle s'ajoute l'inadéquation des représentations économiques aux enjeux de compétitivité des industries culturelles. La vision productiviste dominante profite entièrement aux industries d'équipement qui incarnent le progrès technique et social des innovations numériques. Ce rapport de force permet aux détenteurs d'infrastructures et à leur clientèle, bénéficiaire des contenus gratuits, de peser activement dans le débat politique. Que font, en effet, les jeunes internautes si ce n'est soutenir la marche du progrès ? Les associations de consommateurs ne sont d'ailleurs pas en reste qui se sont prononcées, en France, pour la licence légale. À défaut de l'obtenir, elles cautionnent de la sorte une tarification contestable de l'accès qui fait payer à tous le débit consommé par les contrefacteurs. Tous les consommateurs ne se trouvent pas ainsi également défendus.

En outre, même si le but ultime des fournisseurs d'accès est de distribuer des contenus sur le modèle du câble, les détenteurs d'infrastructures n'ont rien à perdre, à court terme, au contournement des droits. Au contraire, il doit leur permettre de renforcer leur pouvoir de marché dans la relation verticale qui les oppose déjà aux ayants droit. Plus il y aura d'abonnés à l'ADSL et plus les conditions de distribution des contenus seront favorables aux opérateurs télécoms. Cette situation a d'ailleurs contribué, en 2006, au rapprochement de Canal + et TPS, les deux plates-formes françaises de télévision payante. La fusion permet, notamment, la concentration des catalogues de films et l'accroissement du pouvoir de marché de la télévision sur l'achat des droits audiovisuels. Comme aux États-Unis, la question fondamentale associée au *peer-to-peer*, autrement dit au respect de la propriété intellectuelle, est de savoir comment et au bénéfice de qui se décide le passage à la seconde phase du jeu. L'application du droit donne, en cette matière, le contrôle de la subvention. La passe d'armes de l'été 2006 entre le ministre français de la Culture et le Conseil constitutionnel au sujet de la répression de la contrefaçon a porté très précisément sur ce point : la sévérité de la répression de la contrefaçon est le paramètre clé de la désutilité du *peer-to-peer*, et donc du rapport de force entre ayants droit et distributeurs. Appliquer la loi commune revient à laisser aux ayants droit le soin de réguler la subvention. Réclamer une exception transfère ce pouvoir aux réseaux.

Quelle que soit l'issue de ce bras de fer, il est clair qu'au bout du compte ce seront les contenus audiovisuels qui bénéficieront du déploiement de l'infrastructure filaire, car ce sont eux qui, sur le long terme, engendrent les effets de réseau les plus forts. Seule la musique, qui ne dispose pas de distribution dématérialisée alternative, n'aura pas cette latitude. Son contournement par Internet risque de se prolonger, d'autant plus que les équipementiers ont intérêt à faire durer la guerre des standards qui les oppose dans les DRMs.

Mis en concurrence avec des systèmes de distribution équivalents au câble, Internet devra alors faire la preuve de son efficacité commerciale. Au final, sa polarisation sur des fonctions d'échange handicape sa capacité à distribuer des contenus propriétaires et concentre ses effets de réseau sur le partage d'informations privées, à des coûts sans cesse décroissants. Grâce au système wi-fi, il est déjà le substitut du mobile dans l'échange de données sans fil. Le *peer-to-peer* appliqué à la voix — Skype — en fait un substitut du téléphone classique. Il deviendra bientôt un rival du téléphone mobile. De plus en plus utile et de moins en moins cher, Internet risque alors d'apparaître comme tous les vecteurs de gratuité : le Cheval de Troie de services payants sur un support groupé, dont le modèle économique est celui du câble. Ce processus concourt, aux États-Unis, à la numérisation du câble analogique. En France, c'est l'ADSL qui mène ainsi à son terme, grâce à la subvention du *peer-to-peer*, le déploiement avorté du « Plan Câble » des années 1980.

CHAPITRE VIII

À LA RECHERCHE DE L'UTILITÉ : GOOGLE

La fonction de matching

Avec le numérique, une part croissante de la richesse provient de l'information dont le champ ne cesse de s'étendre. L'information est intégrée à des produits dont elle participe à l'utilité : c'est le cas des marques et des contenus. Elle y procède comme une source de sens qui ajoute à l'utilité fonctionnelle — d'un objet, d'un vêtement, d'un loisir — l'agrément individuel et social d'une signification. À ce qui sert, elle associe ce qui plaît, joignant, en quelque sorte, de l'agréable à l'utile et entretient, par là même, l'inépuisable hédonisme de la consommation. Mais, en outre, l'information nourrit le processus transactionnel qui va rapprocher offreur et demandeur d'utilité. Or plus un produit est agréable, si l'on appelle ainsi son utilité subjective, plus il s'adresse à des préférences individuées dont la révélation et le repérage s'appuient sur l'information.

L'économie se rapproche ainsi de plus en plus d'un langage où chaque firme s'adresse, en sorte de le séduire, à un public qui entend son produit dans son propre référentiel. La firme cherche une audience, le consommateur traque le sens, tant pour lui-même que pour signifier au-dehors. Cette quête réciproque devient le cœur de l'activité économique.

Dans l'économie numérique où les coûts marginaux sont faibles, il y a souvent plus à gagner à trouver le client consentant à la dépense, voire à créer ce consentement de toutes pièces et à le capturer, qu'à fabriquer le produit que l'on pourra lui vendre. Surtout si les dynamiques d'utilité sont le siège d'effets de réseau donnant au fournisseur d'utilité un monopole de desserte stabilisé. La révélation des préférences ou encore la discrimination efficace des consentements-à-payer constitue une source d'accroissement de la valeur des biens et services, au même titre que les gains de productivité sont une source d'abaissement de leurs coûts. Et, paradoxalement, plus les économies d'échelle sont fortes et plus il est rentable, si les consentements sont amplement étagés, de bien discriminer. Ce phénomène n'avait pas sa place dans le fordisme où la quête des économies d'échelle poussait prioritairement à l'accroissement de la taille des marchés par l'abaissement des prix. Dans la société industrielle globalisée où ces marchés existent, il conduit naturellement à concentrer les activités de production là où les coûts sont les plus faibles et à déployer près des marchés les activités de distribution, autrement dit, de communication, de structuration des préférences, d'enclenchement des effets de réseau et de capture du consentement-à-payer. Cette dynamique, amplifiée par la baisse des coûts de transaction de la sous-traitance[1], est l'essence de la tertiarisation des économies industrielles et de l'avènement de l'âge des services prophétisé par Rifkin. Nous reviendrons, en conclusion, sur cet aspect des dynamiques industrielles et de leur impact sur les discours et les représentations.

Pour l'heure, il nous faut explorer le processus du rapprochement, de la confrontation, les anglais disent du *matching*, d'une offre toujours plus variée à une demande d'utilité (et d'agrément) de plus en plus individuée. L'efficacité de ce processus permet la diffusion des innovations, leur valorisation par le consommateur et, par là même, la création d'incitations à leur renouvellement. En théorie, la discrimination parfaite, c'est-à-dire la vente de chaque produit au prix maximal que chaque consommateur serait prêt à en donner, est impossible, car le coût de la révélation des préférences et de la distribution individuée des produits est quasi infini. Néanmoins, ce processus est intense en informations et les techniques numériques permettent sans cesse de s'en approcher.

Depuis trois siècles, la publicité est, avec la distribution, le vecteur économique du *matching*. Sa fonction de base est d'instruire la transaction, autrement dit d'informer sur la disponibilité, le prix, les performances, les avantages comparés des différents produits. Avec la grande industrie, elle est devenue un outil d'identification de la firme et de son savoir-faire. Avec la société de consommation, elle crée l'imaginaire des marques et le surcroît de sens appelant le désir des produits. C'est elle qui, au-delà de la simple réclame, va créer la communication, l'effet de mode générateur des dynamiques d'utilité croissante repérées par Leibenstein. Elle va également créer, par le moyen des petites annonces, la mise en relation d'offreurs et de demandeurs individuels de biens et de services identifiés. La publicité, synonyme de communication commerciale, autrement dit de langage *de* l'économie — à ne pas confondre avec les discours *sur* l'économie tels que celui-ci —, est l'outil indispensable de la création des marchés. C'est, notamment pour les produits s'adressant aux marchés finaux, un investissement de structuration de la demande et des prix qui se trouve être aussi fondamentalement nécessaire, voire probablement davantage, que les investissements de fabrication. La valeur d'actif des marques, engendrée par la publicité et la circulation des significations liées aux produits, occupe une place croissante dans les bilans des firmes : celle de Coca-Cola est estimée en 2006 à 67 milliards de dollars, celle de Louis Vuitton, en progression de 10 % par rapport à 2005, à 17,6 milliards de dollars[2]. Ces actifs s'entretiennent par la publicité. La dépense publicitaire mondiale est estimée à 600 milliards de dollars en 2006 et croît à un rythme de 5 % par an[3]. Elle contribue au financement de l'ensemble des médias, des événements sportifs et culturels et, par là même, à une part considérable de la création de contenus et de services informationnels.

La publicité prend généralement la forme d'une communication unidirectionnelle de la firme vers ses clients potentiels. Lorsqu'elle prend la forme d'une communication bidirectionnelle, entre offreurs et demandeurs sur des marchés étroits ou ciblés, on parle plutôt de *petites annonces*. Le principe est néanmoins le même car, quels qu'en soient la forme et le support, cette fonction détermine un marché à deux versants : celui de l'annonceur et celui de l'annoncé. La dimension informationnelle de la communication commerciale lui permet d'occuper des supports vierges, mais surtout de s'insérer dans tous les flux d'information textuelle et audiovisuelle. Elle donne alors à toute firme en situation de capter l'attention d'un public, l'occasion de revendre celle-ci, « le temps de cerveau disponible », à des annonceurs potentiels. Cela vaut aussi bien pour un loueur d'emplacements publicitaires fixes ou mobiles que pour un support de presse, de renseignements téléphoniques, de télévision ou de trafic sur Internet. On retrouve ici le paradigme du mobile où se combinent sur une plate-forme unique les utilités complémentaires d'appeler et d'être appelé, et auxquelles s'associent des mécanismes tarifaires générateurs d'effets de réseau. En s'insérant dans les flux d'information, la communication commerciale subventionne les services aux clients des supports. Les annonceurs tiennent alors le rôle que jouaient dans la téléphonie mobile les appelants du téléphone fixe. À ceci près que l'utilité, éventuellement négative, de la publicité est variable suivant les types de support, la densité des annonces et l'objet de la communication.

La publicité est donc, de très longue date, une source d'épanouissement du gratuit. Le cadeau Bonux des années 1950 anticipait déjà le rôle de l'enfant prescripteur qui fait aujourd'hui les beaux jours de la publicité télévisée. Néanmoins, l'accroissement des dépenses publicitaires et la multiplication des modes de circulation de l'information numérisée occasionnent des combinaisons toujours plus nombreuses d'insertion de la communication commerciale. En outre, elle suscite une dynamique concurrentielle entre les supports, assortie d'une émulation à l'innovation publicitaire. Au plus fort de la promotion de l'accès gratuit à Internet, certains opérateurs téléphoniques ont ainsi conçu de distribuer des formules d'abonnement entièrement financées par la publicité : le consommateur devait accepter l'intrusion dans son appel de messages publicitaires récurrents. L'offre n'a pas abouti car la désutilité pour le consommateur a été jugée trop grande en regard, notamment, des coûts de mise en œuvre de ces solutions. Internet, en revanche, favorisé par la grande ouverture de ses services, par l'importance du texte dans les protocoles d'adressage et la souplesse de la communication par paquets, a été perçu, dès ses premières applications grand public, comme un formidable outil de communication commerciale. De là, on va le voir, un usage très étendu du gratuit.

Des portails à Google

L'originalité d'Internet est son déploiement en tant que réseau ouvert, autrement dit en tant que système de communication dont les usages effectifs sont *a priori* inconnus. La conséquence est l'apparition successive de services générateurs d'effets de réseau dont le pouvoir de marché va, à la façon d'une chaîne alimentaire, se trouver préempté par un acteur plus puissant de la chaîne verticale. Comme on l'a dit, les premières fonctions du réseau ont été l'e-mail et la navigation sur la toile. Ces deux fonctions sont dispensées par des logiciels gratuits. Si le logiciel de mail est sans grande influence stratégique car l'information exploitable vient avant tout de l'hébergement de la correspondance privée, c'est-à-dire de la fourniture d'accès, le logiciel de navigation qui guide l'internaute sur la Toile est un outil potentiel de valorisation du trafic.

Or, précisément, la très forte croissance du trafic observée dès le déploiement de l'accès en bas débit fait immédiatement surgir des modèles de valorisation publicitaire. L'idée est alors, grâce aux liens *html*, de construire des trajectoires guidant le consommateur jusqu'au site de commerce où il fera des achats. Cette fonction est d'abord assignée au navigateur qui conserve une mémoire des pages visitées et permet à l'internaute de placer des signets marquant les pages sur lesquelles il souhaite revenir. C'est ainsi que Netscape va fournir un service gratuit de navigation, largement diffusé par ses effets de réseau, et intégrable par la suite dans une chaîne verticale financée par des services marchands. Son introduction en Bourse, en août 1995, alors que la société ne fait ni chiffre d'affaires ni, bien entendu, de bénéfices, reflète les formidables attentes du commerce électronique et des recettes publicitaires associées. L'événement donne ses lettres de créance au Nasdaq et le signal du rallye sur les valeurs de l'Internet.

Néanmoins, l'entrée en scène des fournisseurs d'accès va modifier ce schéma. L'idée s'impose bientôt que le consommateur sera guidé vers l'achat par un portail d'entrée. Le portail type doit fournir à l'internaute suffisamment de services et de contenus pour le fidéliser et, partant, pour vendre aux annonceurs de la signalisation et du routage de trafic. Fin 1998, ce modèle occasionne le rachat de Netscape par AOL, premier fournisseur d'accès. La stratégie d'AOL est alors de maîtriser, grâce à son service d'accès, sa page d'accueil et son propre logiciel de navigation, l'ensemble des informations comportementales de l'internaute. Le rachat pour 4,2 milliards de dollars du logiciel symbole des effets de réseau d'Internet, bien que son exploitation n'ait jamais fait de bénéfices, amplifie encore les anticipations et relance la frénésie du Nasdaq. Un an plus tard, AOL fusionnera avec Time-Warner dans une transaction estimée à 160 milliards de dollars.

La vision qui prévaut alors est celle du déploiement rapide du commerce électronique capturant une part significative de la dépense des ménages, laquelle rétribuera les intermédiaires informationnels, on dit alors les *infomédiaires*, guidant le consommateur jusqu'à l'achat. Les portails, comme leur nom l'indique, aspirent à devenir un passage obligé de ces trajectoires. Ils proposent aux commerçants d'apposer sur leurs pages des bannières interactives qui seront facturées tantôt à la page vue, tantôt au clic, c'est-à-dire à l'adressage direct du client sur le site marchand. La question se pose alors de savoir quelles utilités permettront d'orienter l'internaute dans ce parcours rémunéré. Cette situation crée une compétition intense pour l'offre d'utilités gratuites dont les produits, après les logiciels de navigation et de mail, sont la messagerie instantanée proposée par AOL et Microsoft, l'hébergement des pages personnelles qui évoluera vers les *blogs*, la presse et autres médias en ligne, les annuaires et plans de villes, les moteurs de recherche, les comparateurs de prix, les plates-formes de rencontres et d'échanges et, bien entendu, les logiciels de *peer-to-peer*. Le processus de déploiement se trouvera ainsi être beaucoup plus chaotique qu'il n'avait été imaginé, notamment parce qu'au lieu des utilités transactionnelles, comme par exemple les mécanismes d'enchères, ce sont, comme nous l'avons montré, les applications de *peer-to-peer* qui ont drainé le plus fort accroissement du trafic. Paradoxalement, ce n'est donc pas le commerce, au sens que lui donnait la nouvelle économie, qui engendre le déploiement d'Internet, mais le vol massif de biens informationnels, la consommation gratuite de contenus grâce, notamment, au contournement de la propriété. Le résultat est que le commerce en ligne va pouvoir bénéficier d'une infrastructure largement déployée, mais que la chaîne des utilités génératrices de revenus diffère sensiblement de ce qui avait été anticipé.

En effet, chaque utilité proposée par Internet ayant une fonction de communication, elle peut créer une dynamique d'effets de réseau spécialisant son fournisseur sur un nouveau marché. Il suffit alors à son promoteur de faire de cette utilité une plate-forme à deux versants, soit en revendant le trafic aux annonceurs, soit en tarifant les services de *matching*, soit en combinant les deux systèmes. La messagerie instantanée est ainsi devenue la spécialisation de MSN. Les mécanismes d'enchères appliqués aux transactions individuelles, celle d'e-Bay. Le *matching* amoureux, celle de Meetic. Le *matching* salarial, celle de Monster, premier site mondial d'annonces d'emplois. La recherche sur Internet, celle de Google.

Bien entendu, sur chaque plate-forme, d'autres utilités peuvent être groupées à l'utilité principale en sorte d'élever encore celle-ci. La messagerie instantanée, les moteurs de recherche, les systèmes d'enchères ou les forums de notation équipent, en effet, la plupart des plates-formes. Néanmoins, la spécialisation sur une utilité principale conditionne la maîtrise des effets réseau associés — plus il y a d'utilisateurs d'une application spécifique, plus la plateforme est utile pour cette application — et la constitution d'une position dominante sur les marchés ainsi créés.

Cette logique de spécialisation a conduit Google à être aujourd'hui l'offreur dominant de l'une des utilités principales, et néanmoins gratuite, d'Internet : la recherche d'informations. En 2006, la société pèse 125 milliards de dollars de capitalisation boursière et prévoit un chiffre d'affaires net annuel d'environ 6 milliards de dollars en croissance de plus de 70 % par rapport à 2005. Mais surtout, contrairement aux firmes de la nouvelle économie, Google réalise une marge opérationnelle de plus de 60 %. La marque Google est, à elle seule, estimée à plus de 12 milliards de dollars, en progression de 46 % sur l'année précédente. Classée au 24e rang mondial, elle précède Dell, Sony ou encore Nike.

Le principe de Google est de vendre à des annonceurs les mots clés des requêtes pour faire figurer des liens sur les pages de résultats. Ce procédé étend à l'ensemble du vocabulaire de toutes les langues, le modèle de la vente des rubriques des *Pages jaunes* permettant à des professionnels de se mettre en valeur dans une liste d'annuaire. C'est l'activité de recherche qui structure la plate-forme à deux versants. Le modèle table, on va le voir, sur l'accroissement des requêtes et des formes de valorisation de celles-ci.

Le modèle de Google[4]

Le modèle de la recherche payante est initié par Yahoo ! dès la seconde moitié des années 1990. Engagé dans une pure stratégie de portail, car il ne propose pas de services d'accès, Yahoo ! cherche avant tout à maximiser son trafic en multipliant ses pages et en y intégrant un très grand nombre de sites affiliés. L'enjeu est alors d'attirer le plus de visiteurs possible et de les monétiser en leur montrant des bannières sur lesquelles ils peuvent « cliquer ». Chaque internaute entrant sur le site est ainsi renvoyé sur des pages miroirs des sites affiliés tout en restant à l'intérieur du domaine Yahoo ! On lui propose, en outre, des services de messagerie, d'hébergement de pages personnelles, d'agenda, de nouvelles personnalisées, bref de tout ce qui peut étendre la durée de sa fréquentation — on parle de sa viscosité — et sa fidélisation au site. Le portail doit alors développer la fonction de recherche comme un protocole de guidage des clients sur la Toile : le sponsoring des mots clés utilisés dans les requêtes est intégré à l'algorithme de recherche en sorte d'influer sur le classement des annonceurs dans les résultats. Pris dans cette logique, Yahoo !, comme ses grands concurrents AOL ou MSN, choisit de sous-traiter son moteur de recherche[5]. Pour intégrer la publicité, le référencement des annonceurs dans le moteur est régulièrement mis à jour par des employés. Cette stratégie permet à Yahoo ! de devenir l'un des lieux les plus visités du Web, mais banalise la fonction de recherche parmi ses autres utilités. Elle contribue également à la rendre plus chère à opérer, et moins pertinente pour l'utilisateur.

De son côté, l'industrie des moteurs de recherche, initiée par AltaVista et Inktomi, est, elle aussi, tentée par le modèle des portails. C'est, à la fin des années 1990, le seul modèle connu de monétisation du trafic. Leur problème, comme pour Yahoo !, est alors d'adapter les algorithmes de recherche car il faut, pour valoriser la requête, placer l'annonceur en tête du classement. Peu différenciés, les moteurs ne parviennent pas à concurrencer les portails généralistes qui concentrent l'essentiel du trafic et le revendent à prix d'or. Ils doivent alors se spécialiser dans la sous-traitance. Cette relégation en amont de la filière va conduire, après l'explosion de la bulle, à leur concentration au sein du portail de recherche Go.To.com, lequel prend alors le nom d'Overture[6]. Cette concentration qui embarrasse les grands portails va profiter à Google, lequel devient alors le moteur de Yahoo !

Le développement de Google suit, en effet, une autre démarche. Ses deux fondateurs, Larry Page et Serguei Brin, doctorants en informatique à Stanford, s'engagent, en 1995, dans la recherche d'un algorithme de classement des pages du Web fondé sur la maximisation de critères de pertinence. L'objectif est alors académique — le moteur vise la communauté scientifique — et reçoit le soutien de la National Science Foundation (NSF). Comme tous les moteurs de recherche, il s'agit en fait d'étendre la numérisation au point d'établir une « distance » sémantique quantifiant la proximité du sens de différentes chaînes de code. Le classement doit, après avoir exploré le plus grand nombre possible de pages du Web, indiquer les documents les plus proches de la requête. Leur algorithme s'appelle PageRank. Son principe est d'exploiter les liens *html* qui établissent les trajectoires sémantiques sur la Toile. Dans la terminologie de Google, « tout lien pointant de la page A à la page B est considéré comme un vote de la page A en faveur de la page B. Toutefois, PageRank ne limite pas son évaluation au nombre de "votes" (liens) reçus par la page ; il procède également à une analyse de la page qui contient le lien. Les liens présents dans des pages jugées importantes par PageRank ont plus de "poids", et contribuent ainsi à "élire" d'autres pages[7] ». PageRank mesure donc, en quelque sorte, la popularité des pages du Web et devient rapidement le moteur préféré des chercheurs. À la fois auteurs et lecteurs, citateurs et cités, appelants et appelés, mais aussi largement prescripteurs d'outils de recherche, ce sont eux qui vont former sa masse critique[8].

L'enjeu va être alors de « monétiser » ce moteur. En 1998, Brin et Page réunissent des capitaux-risqueurs de la Silicon Valley et fondent l'entreprise Google Inc. Dans l'effervescence de la nouvelle économie, la plupart des moteurs concurrents doivent, on l'a dit, devenir des portails, ce qui les conduit à asservir leur algorithme à la demande des annonceurs. Google en profite pour vendre sa technologie et devient l'outil de recherche intégré de très grands portails, dont Yahoo! Son modèle économique se structure à partir de l'année 2000. Semblablement à ses concurrents, il va mettre aux enchères les mots clés figurant dans les requêtes mais, au lieu de biaiser le classement par l'enchère des annonceurs, il va faire en sorte qu'un encart publicitaire ou un simple lien à cliquer apparaissent en marge des pages de résultats. L'efficacité publicitaire est moindre, mais la pertinence est meilleure. Le pari implicite est donc que les requêtes vont augmenter plus rapidement que les pages vues. Un des problèmes du système, contrairement aux enchères d'objets d'art ou de biens immobiliers, est qu'il n'existe pas de mercuriale ni d'expertise externe capable de révéler *ex ante* la valeur des objets. De nombreux acheteurs risquent donc de ne pas enchérir de peur de payer trop cher un mot clé peu recherché. Après divers essais, Google arrête un système d'enchères inspiré de Vickrey[9], qui incite les acquéreurs potentiels à se découvrir : le plus offrant, quel que soit son prix, ne paie que le montant de la meilleure enchère en second.

Ce système d'enchères baptisé *AdWords* propose à l'annonceur de fixer le prix maximal qu'il est prêt à payer pour un contact visuel et un clic amenant l'internaute sur son site. L'intérêt du mécanisme est qu'il permet à l'annonceur de calculer le montant de la dépense publicitaire en fonction de la recette qu'il peut en escompter. En effet, si l'annonceur calcule « le taux de transformation » d'une visite sur son site en vente de services, il peut systématiquement en déduire le prix qu'il convient de payer pour acheter cette visite (un clic). Mieux, il permet à l'annonceur de mesurer l'efficacité des mots clés qu'il achète et de fixer, en fonction de celle-ci, son consentement-à-payer. Son annonce apparaîtra alors dans une colonne en vis-à-vis des résultats de recherche du mot clé selon un ordre correspondant au prix de l'enchère pondéré par le taux de clic : les annonces les plus « cliquées » qui sont souvent les plus efficaces et, partant, les plus rentables tant pour les annonceurs que pour la régie peuvent ainsi surclasser les annonces au prix d'enchère le plus élevé. Un annonceur ayant enchéri pour le prix le plus élevé peut voir son annonce disparaître du simple fait qu'elle est trop peu « cliquée ». Cette règle incite en permanence les annonceurs à rechercher les liens les plus pertinents, lesquels sont aussi les plus rémunérateurs pour Google. En outre, ce système est mondial car, bien évidemment, les mots clés s'achètent dans toutes les langues. Et, contrairement aux portails, il ne nécessite pas la traduction de toutes les pages du site dans toutes les langues.

Parallèlement, Google développe une régie d'espace nommée *AdSense* par laquelle il propose aux exploitants de sites Web d'accueillir sur leurs pages des encarts associés à des mots clés figurant dans leurs contenus. Ce dispositif de « publicité contextuelle » ouvre un nouveau marché de mots clés dans lequel les sites d'accueil valorisent leur espace en choisissant, eux aussi, les liens les plus rémunérateurs. Ainsi, par exemple, un site communautaire de joueurs vidéo en réseau peut choisir, dans chacune des langues de ses sous-sites, les mots clés correspondant aux annonceurs locaux les plus en phase avec les besoins des joueurs. Symétriquement, un particulier souhaitant louer sa maison pendant des vacances scolaires peut positionner son offre sur des sites de collèges, de parents d'élèves ou de joueurs en réseau. Là encore, grâce à des outils de facturation très précis, l'efficacité du processus pour les annonceurs et les sites d'accueil peut être suivie mondialement et ajustée en temps réel, ce qui fait d'*AdSense* la régie publicitaire la plus internationale et la plus interactive du marché.

En résumé, Google opère deux marchés à deux versants : *AdWords,* marché de la recherche sur Internet financée par les annonceurs, et *AdSense* régie des sites Web offreurs d'espace contextuel revendu aux annonceurs. Ces deux doubles marchés sont opérés par une plate-forme d'enchères unique portant sur des mots clés. En clair, cela veut dire qu'un annonceur peut choisir d'apparaître, pour un prix donné, sur des pages de recherche ou, pour un autre prix, sur des pages de contenus. Le marché de la recherche est gratuit pour les émetteurs de requêtes générateurs de pages, celui des sites de contenus partage avec Google les recettes des annonceurs. Grâce à la plate-forme de vente de mots clés et au suivi systématique des recettes engendrées, *AdSense* est la première régie publicitaire gérée en temps réel. Ce système lui permet, en se comparant régulièrement à la concurrence, d'optimiser, dans chaque pays — pour la régie et pour le site —, le montant reversé aux sites d'accueil. Quant à la plateforme d'enchères, elle bénéficie conjointement des effets de réseau des deux doubles marchés.

La spécialisation de Google sur l'activité de recherche, cautionnée par la communauté scientifique et reprise par les concepteurs de portails, en fait rapidement l'acteur dominant du marché. Cette domination, amplifiée par la circulation de sa marque, ne cesse, depuis lors, de s'accroître : en mars 2004, Google précédait Yahoo ! de 5 points avec 35 % contre 30 % des requêtes mondiales sur Internet ; deux ans plus tard, Google est à 43 % et Yahoo ! à 28 %[10]. Google peut alors réinvestir ses marges pour accroître son avance, tandis son concurrent doit le faire pour l'imiter : Yahoo ! a annoncé en janvier 2004 la mise au point de son propre moteur, mais, peine, semble-t-il, à le développer[11]. L'augmentation du nombre de requêtes, l'amélioration de leur valorisation grâce aux algorithmes d'enchères, le déploiement du marché contextuel sur lequel Google est pionnier devraient contribuer à parachever la domination de la firme sur son marché. De plus en plus d'internautes, de plus en plus de pages, de plus en plus de services à atteindre, de plus en plus de requêtes, de plus en plus de *matching*. Mais aussi de plus en plus de débit, donc de plus en plus d'informations publicitaires (apparition de la vidéo), de plus en plus de liens. Le marché de la publicité — du *matching* — sur Internet est crédité d'un chiffre d'affaires de 70 milliards de dollars en 2010, ce qui représentera alors 10 % du marché publicitaire total[12]. Avec de telles perspectives, la domination du marché de la recherche reste un atout majeur. Même si Google est tenté d'ajouter des services et des utilités à son activité de base — comme la numérisation des textes des grandes bibliothèques mondiales que nous allons évoquer —, il n'a nullement besoin de devenir un portail généraliste. Il lui suffit d'offrir, comme il le propose à eBay, sa régie publicitaire[13]. À moins d'une sévère plainte anticoncurrentielle, les marges exceptionnelles annoncées par la société devraient ainsi perdurer.

Effets de réseau, gratuité et concurrence

L'originalité de Google est d'établir une relation entre le texte et le sens afin d'ouvrir un accès bidirectionnel aux contenus et aux services. Quelles que soient les faiblesses de PageRank, l'algorithme s'est imposé au point d'être constamment raffiné, mais, effets de réseau obligent, rarement concurrencé. La fonction de recherche est devenue le mode le plus utile de navigation sur Internet et, au-delà, dans tous les textes numérisés. Dès lors, plus besoin de navigateur ou de signets, plus d'annuaires, de répertoires, d'encyclopédies, Google est le navigateur universel, l'opérateur borgésien qui transforme l'univers du texte en Bibliothèque de Babel. En combinant cette fonction à une ressource publicitaire par une plateforme à deux versants, Google est devenu, en à peine dix ans, le plus grand succès industriel de l'ère numérique.

Deux facteurs principaux expliquent ce succès. Le premier est technique : c'est l'algorithme de recherche, autrement dit, la création de PageRank, d'une « distance » sémantique — arbitraire et contestable — étendant la numérisation jusqu'aux liens sémantiques entre les pages éparpillées sur le réseau. Cette invention, car c'en est une, est une source majeure d'utilité. Néanmoins, cette utilité aurait pu rester anonyme, comme celle de la plupart des moteurs concurrents. L'autre facteur de succès est donc économique: c'est la mécanique des effets de réseau indispensable pour diffuser cet algorithme et en faire le standard industriel. À la différence de ses concurrents de la génération des portails, Google n'a pas souhaité s'engager dans un modèle économique avant d'avoir atteint la masse critique. Cela l'aurait obligé à grouper son invention avec d'autres services et l'aurait embarqué sur une autre trajectoire d'effets de réseau. Sans compter qu'il serait entré en concurrence avec ses principaux clients, et notamment Yahoo! La démarche de ses fondateurs s'est donc adossée au pari que, sur Internet, l'utilité de la recherche peut l'emporter sur toutes les autres dès lors que ses effets de réseau sont initiés[14].

Pour trouver sa masse critique, Google a bénéficié de l'usage dominant de l'anglais dans la communauté des scientifiques d'Internet. L'innovation aurait eu beaucoup de mal à s'imposer si, d'emblée, plusieurs langues de poids comparables avaient suscité des démarches concurrentes. Google est d'ailleurs moins puissant sur le marché chinois où le moteur national semble trouver sa masse critique. En outre, grâce au soutien de la NSF et des capitaux-risqueurs californiens, Google a pu attendre le déploiement effectif d'Internet pour étendre sa diffusion gratuite et expérimenter, sans contrainte financière excessive, son modèle de recettes. C'est là qu'intervient l'innovation économique. Car s'il est clair que les plates-formes publicitaires sont essentielles au déploiement de services gratuits sur Internet, la question est de savoir comment lier services et revenus publicitaires.

Autrement dit, comment structurer le rapport entre annonceurs et annoncés.

La création du marché des mots clés *AdWords* est l'innovation majeure qui étend au champ de l'économie la portée de l'innovation technique du moteur : elle associe l'annonce, non plus à un support informationnel, un médium, mais à une requête spécifique du consommateur. Certes, le moteur s'approche en cela du modèle économique des *Pages jaunes* qui propose aux annonceurs des espaces indexés sur les rubriques de recherche. Mais, en étendant ce principe à Internet, Google élargit à l'infini le spectre des rubriques et introduit, entre le consommateur et l'annonceur, un échange bidirectionnel dont l'efficacité commerciale peut être mesurée et ajustée en permanence. Néanmoins, pour se déployer, ce marché doit, lui aussi, créer des effets de réseau : les mots clés ne se valorisent que si suffisamment d'annonceurs acceptent d'enchérir. Le modèle de Vickrey et les tâtonnements qui ont accompagné son adaptation ont contribué à créer la masse critique d'annonceurs. Des outils de comparaison, de mesure de l'utilité relative d'*AdWords*, et des forums d'utilisateurs ont très vite alors enclenché les effets de réseau. La plate-forme combine désormais les effets de réseau de l'accroissement des services et des recettes publicitaires associées.

Le succès de ce déploiement a des conséquences sur toute la chaîne verticale d'Internet mais aussi sur les activités médiatiques concurrencées par celle-ci. La première conséquence est la banalisation des logiciels de navigation — Netscape qui valait plus de 4 milliards de dollars en 1999 a pratiquement disparu en 2006 — et la désaffection progressive des logiques de portail qui prétendaient offrir à l'internaute une palette étendue de services généraux. Les difficultés annoncées d'AOL et de Yahoo ! sont liées à la concurrence sur le trafic instituée par Google qui tend à s'imposer comme page d'accueil. On retrouve ici la règle selon laquelle l'utilité génératrice des plus forts effets de réseau domine la chaîne verticale des services numériques. Google a aussi annoncé son intention, en association avec le fournisseur d'accès Earthlink, de fournir gratuitement du Wi-Fi à toute la ville de San Francisco : son objectif est de mesurer l'impact d'un accès gratuit sur le nombre de requêtes et ses recettes publicitaires. Si le test était concluant, on pourrait imaginer le raccordement gratuit d'autres zones, finançant ainsi, par la publicité, certains marchés d'accès. Quelle qu'en soit l'issue, le déploiement de Google fondé sur l'accroissement du nombre des requêtes et la valorisation publicitaire de celles-ci profite à toute la chaîne verticale allant du microprocesseur au fournisseur d'accès. C'est l'utilité générale de la chaîne qui se trouve amplifiée entraînant avec elle le développement de nouvelles firmes créatrices de services et la poursuite du déploiement d'Internet.

Une autre conséquence, horizontale celle-là, est la crise de la presse écrite d'opinion. La fonction de moteur de recherche s'étend, en effet, à l'agrégation de contenus rédactionnels d'actualité. Ainsi, la plupart des journaux ayant développé une présence en ligne dans un logique de portail se trouvent concurrencés par les revues de presse des moteurs dont, en outre, le modèle publicitaire est bien plus efficace. Cette concurrence qui institue la gratuité dans l'accès à l'information écrite suscite l'apparition de quotidiens gratuits pour lesquels la subvention totale du contenu par la publicité est la seule réponse possible à la concurrence d'Internet. Les quotidiens d'opinion doivent donc faire face à une double concurrence, tant sur le lectorat que sur la publicité. Certains tombent déjà en deçà de la masse critique. Seuls pourront demeurer sur le modèle payant les quotidiens dont le contenu rédactionnel est suffisamment dense et différencié pour que le lecteur consente à soutenir leur richesse éditoriale. Laquelle pourra être relayée, comme on l'observe déjà, par la vente de contenus joints sur d'autres supports matériels : suppléments, livres, DVD. Néanmoins, la disparition de quotidiens payants, associés, dans le cas de la France, à un système de fabrication monopoliste — le Syndicat du livre — figé depuis soixante ans, ne peut s'apprécier comme une destruction nette. Elle correspond, de fait, au transfert vers Internet d'une activité informationnelle régulièrement concurrencée.

Une troisième conséquence concerne la réorganisation de l'accès à l'écrit. Car Google peut prétendre conduire n'importe quel lecteur vers les textes de son choix. Voire, le cas échéant, le guider vers des textes, ou des extraits d'autres contenus, poussés par des annonceurs. La question est alors de savoir comment cette fonction, financée par la publicité, s'insère dans la distribution des contenus marchands et non marchands. Le principe de base est de donner accès aux textes tombés dans le domaine public et d'« infomédier », autrement dit d'informer sur le contenu des livres, mais aussi des films ou des programmes audiovisuels couverts par le copyright. Ce dispositif d'aide à la sélection, fondamental dès lors qu'il s'agit de biens d'expérience, permet de se glisser dans la chaîne de distribution des contenus et d'y déployer ses propres effets de réseau. On conçoit alors que l'accès gratuit aux textes publics vienne stimuler le déploiement d'un système de distribution de contenus concurrent, par exemple, de celui d'Amazon. Google a donc lancé, dès 2004, une division Google Print visant à numériser 15 millions d'ouvrages en association avec les grandes bibliothèques publiques et universitaires anglo-saxonnes, dont la bibliothèque publique de New York, celle, bien sûr, de Stanford, mais aussi d'Harvard et d'Oxford. Il a rapidement été imité sur ce chemin par ses concurrents Yahoo! et Microsoft et a commencé d'étendre cette activité aux marchés non anglophones. Les Européens ont soudain pris conscience du pouvoir formidable de la langue dans la création des effets de réseau numériques et des incidences de ceux-ci sur la concurrence verticale et horizontale. Autant leur mobilisation sur le standard GSM a pu être fructueuse, autant leur impréparation à la concurrence linguistique peut leur être néfaste.

Certains universitaires français, dont le président de la Bibliothèque nationale de France, suivis par le Syndicat national de l'édition ont été les premiers à réagir. Les uns se sont inquiétés de la prédominance des Américains dans l'accès à la connaissance écrite ainsi que du biais introduit par l'algorithme PageRank car il amplifie probablement les effets de réseau de la popularité : plus un texte est lu, plus il est cité, plus il se trouve haut classé dans le moteur de recherche, plus il attire de lecteurs... Les autres, et notamment les éditeurs intégrés dans la distribution, ont compris que Google allait occuper une position stratégique sur ce segment. Pressé par les Français, le Conseil de l'Union européenne s'est alors engagé sur le principe de la création d'une bibliothèque européenne, laquelle avait, en mars

2006, obtenu l'accord de 23 bibliothèques nationales sur 25[15]. Le site correspondant devrait offrir 6 millions d'ouvrages d'ici 2010. Néanmoins, la question du moteur reste entière.

Or c'est bien évidemment lui qui organise l'accès aux textes et *infomédie* déjà les autres formes de contenus. En avril 2006, la France a donc, conformément à sa tradition des grands programmes technologiques, annoncé, par la voix du président de la République, l'octroi à ses champions, Thomson et France Télécom, d'une aide publique de 90 millions d'euros pour développer son propre moteur baptisé Quaero : *je demande*[16]. Jadis, une telle décision visant de grands projets — la bombe atomique, le lanceur spatial, Airbus, le TGV — avait évidemment du sens. Même si ces projets n'étaient pas les premiers du genre et suscitaient tantôt des dérives financières (le porte-avions nucléaire, le *Rafale*...), les commandes publiques sauvaient gaillardement la mise. Et permettaient de bâtir, sans risque de marché et donc sans entrepreneurs privés, des industries atteignant aux économies d'échelle. Le problème est ici que Google n'existerait pas sans *AdWords*, autrement dit que la technologie n'est rien sans la dynamique de la demande, laquelle, non seulement n'est pas publique, mais repose centralement sur des effets de réseau. Ceux-ci suscitent des subventions largement supérieures à ce que n'importe quel État serait capable de verser. Dès lors, traiter le retard technique d'un coup de pouce de l'État revient, *stricto sensu*, à toucher des écrouelles. D'abord parce que — comme Philippe Ier, probable initiateur du rite — celui qui l'exerce croit sincèrement en sa vertu. Ensuite, parce que, dans l'économie devenue numérique, la technologie ne suffit jamais à créer le marché. Enfin, parce que les barrières dynamiques résultant des effets de réseau — au premier rang desquelles, le gratuit — sont autrement plus étanches que celles des économies d'échelle. Le retard n'est, hélas, plus simplement technique. Il est économique et institutionnel.

CONCLUSIONS
EN FORME DE POST-IT

« Assurément, on peut espérer qu'avec le temps, l'influence du métier d'économiste sera telle qu'il sera plus difficile d'obtenir un bénéfice politique par la propagation de mauvais choix économiques. »

RONALD COASE, 1966[1].

Le gratuit n'est pas un miracle. Ni la grâce d'un prince soigneusement répandue sur des nécessiteux. Ni même le bienfait d'une science qui, effaçant le poids des coûts, ramènerait l'univers à sa bonne nature d'avant l'économie. Le gratuit est banal : c'est un outil, un instrument économique, un appât. Il sert à amorcer, à réunir des clients initiant les marchés des innovations numériques, lesquelles tiennent une place grandissante dans nos économies. Derrière lui se profilent des transferts, des subventions croisées, des marchandages en coulisse exploitant des rapports de force, laissant sur le carreau des gagnants et des perdants. Avec les outils de la micro-économie — et leur pesant d'explications techniques —, nous avons repéré ses acteurs, exploré ses mécanismes, discuté et éclairci les logiques qui le faisaient apparaître et, parfois, triompher. Il nous faut maintenant conclure. Qui profite du gratuit? Que change-t-il dans l'État? Ouvre-t-il, en Europe, des batailles singulières? Nous allons répondre sur ces points. D'abord sur l'économie du gratuit — puisque, au vrai, c'en est une — et ses effets pour le consommateur. Ensuite, sur les modes de l'intervention publique face au déploiement des innovations numériques. Enfin, sur la position de l'Europe multinationale et plurilingue dans la concurrence numérique internationale.

L'économie du gratuit

Le gratuit est le symptôme de l'importance des effets de réseau dans l'économie moderne. Si la société de consommation nous est familière, les mécanismes de son développement nous sont parfois obscurs. En effet, la production n'y correspond plus strictement aux besoins, autrement dit à une demande bornée par l'appétit et la satiété physiologique. De plus en plus de produits intègrent une dimension informationnelle et doivent, pour être vendus, promouvoir de nouvelles utilités. Il leur faut ainsi, par leur circulation et celle de leur image, établir les bases de leur fonction ou de leur agrément et, de proche en proche, conquérir de nouveaux utilisateurs. La création du désir, de la soif de produits qui sont avant tout des symboles ou des moyens, y compris monétaires, d'en échanger socialement est désormais le cœur de l'activité économique. Cette prolifération des symboles et les enjeux de leur circulation tirent l'innovation technologique vers plus de traitement d'informations, plus de codage numérique, plus de numérisation.

Le gratuit accompagne ce processus. La diffusion du numérique regroupe trois ingrédients : l'élaboration de standards, la promesse d'économies d'échelle, la création d'effets de réseau. Les standards s'appliquent à des règles de gestion du code numérique : le GSM pour les communications mobiles, le protocole Internet pour les communications fixes et désormais mobiles, le format MP3 pour les échanges de musique dématérialisée, l'algorithme PageRank (Google) pour le moteur de recherche, etc. Ces standards sont issus, soit d'une démarche publique, soit d'une recherche concertée entre groupes d'acteurs complémentaires, soit de la stratégie d'une seule firme visant la domination d'un marché. De tels standards ouvrent, grâce à la loi de Moore, autrement dit à la productivité croissante du traitement, du stockage et du transport de l'information codée, un formidable potentiel d'économies d'échelle. Ces économies peuvent soutenir le déploiement d'équipements favorisant la dématérialisation et les gains logistiques associés : terminaux mobiles, ordinateurs personnels, lecteurs MP3, terminaux de cartes bancaires... Mais tout ce potentiel n'est rien sans l'adoption, sans le cercle vertueux de la mise en circulation du code. C'est là qu'interviennent les effets de réseau, le « plus ça circule, plus c'est utile ». C'est là qu'intervient le gratuit.

Qu'il soit financé par la publicité, les transferts verticaux, les ventes groupées, les plates-formes à deux versants, le gratuit, parce qu'il est désirable, est avant tout un instrument de création de marchés[2]. Par des jeux de subventions habilement dosées, il crée les masses critiques qui enclenchent les effets de réseau de la circulation symbolique. Ces jeux sont subtils car leurs acteurs viennent puiser les moyens de financer le gratuit tantôt dans la chaîne technique et industrielle environnant le code, tantôt dans les rouages d'un système tarifaire, tantôt dans une faille de l'application du droit, tantôt dans la manne de la publicité. De là une vaste palette de mécanismes dont la description est souvent laborieuse, mais dont le principe reste néanmoins constant : *there is no free lunch*, on n'a rien sans rien.

Le principe des mécanismes de déploiement est d'identifier des dynamiques d'utilité croissante et de bâtir sur elles des systèmes de tarification. Ils s'opposent en cela à l'économie classique dans laquelle le prix — d'un kilowattheure, d'une voiture, d'un mètre carré de logement — se construit en référence à une structure de production et une demande anticipée. Les firmes du numérique doivent, au contraire, tâtonner pour faire surgir des usages. L'économie numérique, même si elle n'a rien de conceptuellement nouveau, contribue à propager des modèles d'investissement dans lesquels la création du marché est la principale inconnue. Cette démarche renverse la perspective antérieure et fait de l'amorçage des effets de réseau, et donc du gratuit, une composante essentielle de l'investissement. Pour l'obtenir, il faut organiser des transferts, des subventions croisées entre firmes, entre produits, entre consommateurs.

Ainsi les appelants du fixe paient-ils pour les abonnés du mobile auxquels on offre le service gratuit d'être appelé. Ainsi le *peer-to-peer* élève-t-il le consentement-à-payer pour l'accès à Internet, lequel subventionne l'offre de services joints tels que la téléphonie fixe ou l'accès à la télévision numérique. Les consommateurs primant le *peer-to-peer* ont alors l'illusion d'obtenir gratuitement les utilités conjointes. Si ces consommateurs sont nombreux, l'offre de débit donnant accès aux contenus gratuits stimule la concurrence entre les déployeurs d'infrastructures filaires, lesquels, une fois le marché atteint, finiront par se concentrer. Ce mécanisme, dit de ventes groupées, opère aussi dans l'industrie des contenus. Sur un bouquet de chaînes à péage, si les spectateurs du football sont assez nombreux et paient assez cher pour couvrir les droits de retransmission de ce sport, ils peuvent subventionner d'autres acquisitions du diffuseur, appréciées par des publics différents, lesquels, à leur tour, rejoindront le service. De là une concurrence farouche entre bouquets pour capturer le public dont la dynamique d'utilité permettra à son fournisseur de s'établir en monopole. Et profiter, le moment venu, des réseaux de distribution déployés. Au final, si les institutions de la propriété intellectuelle sont préservées, les contenus contournés par le *peer-to-peer* auront servi à vendre plus largement des contenus dématérialisés.

L'autre grand modèle du gratuit est le marché à deux versants. Sa forme la plus simple est le *free lunch* : quelqu'un paie pour faire déjeuner l'autre. L'appelant paie pour l'appelé. L'annonceur pour l'annoncé. Le principe s'appuie sur une plate-forme, un point de rencontre — un restaurant, une station de radio, un téléphone, une page Web — et deux tarifs. La plate-forme revend des clients à d'autres clients, qui peuvent aussi être des fournisseurs. L'originalité du numérique par rapport au *free lunch* vient de ce que le numérique suscite des dynamiques d'utilité croissante qui ne sont pas bornées par des seuils physiologiques, autrement dit qui excèdent largement le besoin de déjeuner. Celui qui les maîtrise peut alors profiter du déploiement mondialisé de tous les marchés complémentaires : ceux des équipements de la chaîne verticale, ceux des utilités liées à son service. Ainsi le pari de Google est-il que son moteur de recherche est à utilité croissante car plus les contenus sont nombreux, plus il faut les classer. Le moteur peut alors attirer de plus en plus d'annonceurs sur ses pages de résultats. Une fois conquis ce marché, il le revend aux sites Web générateurs d'espaces qui, à leur tour, vont attirer du public. Ce processus contribue à la monétisation du Web et, par là même, à l'extension de son trafic et de ses marchés d'équipements, générateurs d'économies d'échelle. Et ainsi de suite...

Le gratuit est un investissement dont profite la firme qui sait lui associer d'autres utilités, grâce aux effets de réseau. Les promesses de retour peuvent être considérables car, d'une part, les marchés numériques n'ont ni limites matérielles ni contraintes de capacité et, d'autre part, les effets de réseau confèrent à qui les crée un pouvoir de monopole élargi. S'agissant du consommateur, le gratuit est trompeur puisque, au final, ou bien d'autres paient pour lui, ou bien il paie autre chose trop cher. Ce type de compensation n'est pas neuf. Il existait déjà dans les services publics, mais l'État se faisait alors le garant de l'équité des transferts. Avec le numérique, ce sont désormais les firmes qui organisent les transferts sous-tendant les effets de réseau. S'il accepte le gratuit, le consommateur prend le risque que les utilités croissantes ainsi obtenues l'empêchent de mettre un terme à sa relation avec la firme et l'obligent à surpayer de plus en plus de services liés. Il apprendra bien vite, toujours à ses dépens, que le gratuit engendre des marchés qui deviennent des monopoles potentiellement abusifs.

Toutefois, les effets cumulés sont loin d'être négatifs : en créant des marchés, le gratuit permet à la fois l'enclenchement de dynamiques d'utilité croissante et la réalisation d'économies d'échelle dans les industries d'équipement. Il contribue ainsi au déploiement d'une économie numérique dont l'essence est d'élever l'utilité des produits et d'approcher davantage les préférences individuelles des consommateurs.

Dès lors, l'extension du gratuit annonce, bien plus qu'elle ne l'enterre, l'entrée en jeu de mécanismes économiques d'autant plus concurrentiels qu'ils visent la domination des nouveaux marchés créés. Et, par-delà ces marchés, la maîtrise de l'ensemble des utilités susceptibles d'y déboucher. Ce phénomène est nouveau. Il a des conséquences, tant au plan de l'économie elle-même qu'à celui des représentations qui souvent l'accompagnent et viennent, on l'a vu, influencer les décisions publiques.

La décentralisation des grâces

Au plan économique, il soulève, là où souvent l'économie a traité de l'émergence des nouvelles firmes, la question des conditions de la création de nouveaux marchés. En vérité, tant par les travaux de Coase, de Demsetz et de bien d'autres sur le rôle de la propriété qu'à travers l'abondante littérature sur les effets de réseau, l'économie fait une large part à la création de marchés. Mais beaucoup de ces travaux envisagent la création de marchés comme des outils d'internalisation ou de traitement d'ajustements imparfaits. La nouveauté économique du numérique vient de ce que les effets de réseau associés à la création de marchés sont désormais un enjeu concurrentiel. Les grandes firmes du numérique, Microsoft, Intel, Cisco, Nokia, mais aussi Dell, Amazon, Google ont pu croître et s'étendre en dominant durablement les marchés qu'elles avaient initiés[3]. Grâce aux effets de réseau, aux coûts marginaux faibles et à la capture efficace des consentements-à-payer, ces firmes, à l'image de Google, affichent des marges opérationnelles supérieures à celles des firmes centrées sur la fabrication. Elles accentuent ainsi la pression concurrentielle des marchés financiers sur la rentabilité des entreprises. Quels sont alors les facteurs favorables à la création de nouveaux marchés mondiaux? Comment, dans cette concurrence effective, s'identifient et se positionnent les différents territoires?

Les exemples traités dans ce livre apportent quelques éléments. Le premier concerne le rôle de la puissance publique. Qu'il s'agisse du démantèlement d'AT&T, de l'obligation faite aux opérateurs publics de télécommunications à s'accorder sur le GSM, de l'octroi des licences de téléphonie mobile, de la création des numéros 0860 d'accès à l'Internet bas débit et du mécanisme d'interconnexion indirecte, voire, dans un tout autre registre, du lancement de l'euro, l'État joue un rôle dans la création des marchés. Non pas en stimulant la commande publique comme l'avaient fait les programmes militaires ou le développement des grandes infrastructures, mais en sachant, à la faveur d'occasions convenablement saisies, créer les conditions d'émergence de nouvelles utilités. Ces décisions sont incroyablement variées, mêlant tantôt l'institution législative, tantôt l'institution judiciaire, tantôt des régulateurs sectoriels, tantôt les instances communautaires regroupant plusieurs États. Leur originalité est de décentraliser les mécanismes d'internalisation associés aux effets de réseau, autrement dit de permettre à des firmes privées de mettre en œuvre les regroupements tarifaires capables d'ajuster les subventions entre bénéficiaires d'effets de réseau.

Ces décisions occasionnent des conflits d'intérêts entre détenteurs de monopoles et nouveaux entrants potentiels. Elles doivent, en outre, être régulièrement et systématiquement réévaluées, car la puissance des effets de réseau, combinée aux économies d'échelle du numérique, engendre rapidement des situations de monopole aux effets potentiellement négatifs. De telles décisions sont aussi porteuses de risques car, d'une part, le développement effectif des marchés escomptés n'a rien d'automatique et, d'autre part, l'immobilisme engendre des irréversibilités. Mais pourtant elles sont indispensables au déploiement des innovations. L'État doit alors savoir être opportuniste, expérimentateur et, plus que jamais, régulateur de la concurrence et des marchés.

Ainsi, le démantèlement d'AT&T aux États-Unis a-t-il créé, au prix d'une déstabilisation des usagers du téléphone, un marché des télécommunications longue distance qui a permis la diffusion des fibres optiques et la prolifération des usages grand public d'Internet. De même, l'arrêt Sony-Universal de la Cour suprême a ouvert le marché du magnétoscope et posé les bases de la consommation de vidéo à la demande. En Europe, le choix du GSM a créé le marché des terminaux mobiles qui fait désormais les beaux jours de Nokia et des opérateurs de télécommunications. Dans chaque pays, l'extension de la distribution des licences GSM et la réglementation des télécommunications fixes a favorisé le déploiement des effets de réseau et poussé au maximum la pénétration de ces services... Les questions ouvertes concernent désormais la régulation dynamique des oligopoles numériques et le lancement de nouveaux services. Quels sont, par exemple, les effets économiques de la tarification des services bancaires, de ceux des communications mobiles, à quoi sert la TNT[4] et ses chaînes apparemment gratuites, à quoi doivent servir les monopoles de télévision payante et comment les réguler ?

La nouveauté de cette situation, en Europe pour le moins, est que les politiques industrielles s'appuient de moins en moins sur des décisions centralisées de lancement de programmes ou de création de firmes publiques, et de plus en plus sur des mécanismes de création de marchés et leur régulation dynamique au moyen d'instances de veille et d'autorités sectorielles spécialisées. Cette évolution, causée par l'extension des effets de réseau et la multiplication des subventions entre acteurs privés, doit s'affronter aux pratiques, aux structures et aux discours hérités de l'interventionnisme centralisé. Il faut le dire tout net : l'État n'est plus le seul pourvoyeur de gratuit, lequel n'est plus systématiquement légitime. En outre, la création de nouveaux marchés et les arbitrages de concurrence — confondus sous le mauvais terme de *libéralisation* — exposent bien souvent les entreprises publiques dans lesquelles les États demeurent largement engagés. La puissance publique doit donc ajuster ses modes d'intervention à des situations dans lesquelles elle se trouve à la fois juge et partie : actionnaire, employeur, client et régulateur des marchés. Cette difficulté, qui affecte tous les pays d'Europe, est source de tensions permanentes entre le mode de coordination communautaire privilégiant le fonctionnement des marchés et les pouvoirs publics des États membres. La séparation des autorités nationales de concurrence et de régulation sectorielle d'avec le pouvoir politique, à l'image de celle, déjà accomplie, des autorités monétaires, est un processus engagé. Restent à trouver les formes de coordination entre l'ensemble des instruments publics qui les feront converger vers plus d'efficacité. Il faut probablement pour cela davantage de transparence, de concertation, mais aussi de débat contradictoire entre institutions publiques et groupes d'intérêt. Ce qui signifie aussi davantage de démocratie, autrement dit de sensibilisation du grand public à la multiplicité des logiques économiques en jeu.

Un autre aspect de l'intervention publique concerne le rôle de la recherche au sein de l'institution universitaire. Le déploiement des innovations numériques suggère, comme le montrent les exemples de quelques firmes américaines ou indiennes — Cisco, Google, Wipro, Infosys[5]... —, qu'existent des institutions associant la recherche, la finance et l'entreprise en sorte que l'innovation technique puisse trouver son modèle de diffusion. Car, bien plus que dans l'économie classique où l'industrie achetait le cadre, l'ingénieur ou le procédé innovant comme un facteur de production, le protocole de création de marché gagne à être incubé en milieu mixte. Les universités deviennent alors de véritables institutions économiques dans lesquelles l'interpénétration des entreprises et des fonds d'investissement contribue aussi bien à la recherche technique qu'aux dynamiques de création de marchés: le financement de programmes, de postes d'enseignants et de chercheurs, le soutien promotionnel et financier des réseaux d'anciens élèves sont autant d'outils nécessaires à l'adaptation de la recherche à l'extension des effets de réseau.

L'Europe, les codes et les effets de réseau

L'économie est, en Europe, un principe de nécessité. Même si le rapprochement des nations s'opère au prix de gestes ou d'événements symboliques — la réconciliation franco-allemande, la chute du Mur de Berlin —, la prospérité économique de la zone et de ses communautés demeure un objectif fondamental. Cet objectif, pour autant qu'il est tenu, concourt à coaliser les intérêts communs vers davantage de fonctions régaliennes. C'est dans cette logique qu'ont été créés les marchés communs du charbon et de l'acier, les politiques agricoles communes, l'Union économique européenne et, depuis 2002, la monnaie commune. L'unification politique de l'Europe progresse par la création de marchés. Cette harmonisation, qui touche désormais les marchés de services, suit, en quelque sorte, la voie de la dématérialisation de l'économie. L'étape en cours, comme le souligne le débat sur le piratage et ses débordements sur le gratuit, concerne les technologies numériques et les biens informationnels.

On peut alors s'interroger sur la singularité de l'Europe et son positionnement face aux effets de réseau. Il est clair, en effet, que les États-Unis d'Amérique fondés depuis deux siècles sur un grand marché de langue unique bénéficient, dans ce domaine, d'avantages comparatifs considérables. La communauté américaine constitue, à l'heure actuelle, une base idéale pour l'obtention de masses critiques de beaucoup de biens informationnels : de là la puissance mondiale de Hollywood et de la Silicon Valley. Qu'il s'agisse des publications académiques qui identifient les chercheurs et labellisent les universités, des succès musicaux ou des programmes audiovisuels, le marché américain est un lieu privilégié de création de biens et services numériques diffusés sous des marques mondiales. L'unité du marché linguistique et la taille du marché publicitaire favorisent, dans ce pays, le déploiement d'effets de réseau. Les marchés indien et chinois disposent d'avantages analogues mais avec, pour quelque temps encore, nettement moins de ressources. L'enjeu est alors de savoir comment favoriser, dans l'Europe multinationale et plurilingue, des firmes génératrices de biens et services numériques capables de s'étendre sur le marché mondial.

L'Europe dispose d'une expérience historique et d'une aptitude originale à créer des codes. N'ayant pas de langue dominante, la diversité de ses références favorise l'émergence d'autres codes, lesquels peuvent devenir des standards, générateurs de marchés. Le plus net succès de l'Europe dans les technologies numériques porte sur la téléphonie mobile où le cloisonnement des marchés linguistiques a conduit à la création du standard technique GSM, capable d'unifier les marchés d'équipements de communication. Les économies d'échelle résultant de cette standardisation ont été exploitées grâce aux effets de réseau du déploiement coordonnés, dans chaque État, par des régulateurs nationaux. De là le succès de Nokia[6], dont la force est de s'incarner dans un objet utilisé par le consommateur final. En comparaison, la spécialisation d'Alcatel dans les technologies ADSL de numérisation des réseaux filaires apparaît plus précaire, car le groupe, qui vient pourtant de fusionner avec Lucent — les ex-*Bell Labs* —, ne peut, faute d'atteindre directement le consommateur final, bénéficier pleinement des effets de réseau associés.

Un autre champ de réussite est la diffusion des marques de luxe et de mode, porteuses d'un imaginaire européen d'art de vivre qui intègre aussi bien le design que la qualité de fabrication. Le fort positionnement des marques automobiles allemandes prouve que ces références excèdent largement l'univers de la mode[7]. La rencontre du capitalisme entrepreneurial et des institutions du luxe et de la haute couture a permis d'exploiter systématiquement les codes de leurs produits pour créer, y compris dans le prêt-à-porter de masse comme l'espagnol Zara, des effets de mode à résonance mondiale. Les marques à forte image étendent au monde entier les effets de réseau initiés sur leurs marchés d'origine. Le passage au marché de masse, soit par l'imitation, soit par le *versionnage*[8], est un facteur clé de leur valorisation, car c'est là qu'apparaissent les plus forts effets de réseau : faute de s'être étendues, nombre de marques de luxe — dont les marques automobiles anglaises — ont quasiment disparu. Ce domaine apparaît désormais comme l'un des plus dynamiques pour créer de nouvelles marques et les faire circuler mondialement.

L'Europe peut donc créer des standards favorables au déploiement de systèmes numériques de communication et de distribution de contenus. Elle peut aussi créer des marques, autrement dit des codes générateurs de valeur symbolique pour des biens et des services mondialement désirés.

Qu'en est-il, alors, des industries de contenus ? S'agissant, par définition, d'industries créatrices d'imaginaire et de sens, leur compétitivité véhicule des enjeux économiques de plus en plus importants. Elles sont, en outre, au cœur des débats sur le gratuit. Néanmoins, le problème des biens informationnels purs est que l'unification des marchés bute sur la multiplicité des langues. La segmentation linguistique des marchés européens est génératrice d'idiosyncrasies très fortes reflétées dans la conception et la distribution des produits : les contenus ayant la propriété des langages, ils sont conçus pour les marchés qui les valorisent. Il n'y a pas, en Europe, malgré diverses tentatives, de groupes de médias mondialisés comparables aux grands studios de Hollywood. En outre, l'étroitesse des marchés nationaux contraste avec la mondialisation des équipements et des services numériques et fragilise encore la valorisation des contenus dans les relations verticales qui les opposent aux biens complémentaires mondialisés. C'est tout l'enjeu de l'affaire du piratage qui, on l'a vu, confronte le déploiement des systèmes de distribution numérique à la valorisation des contenus sur les marchés finaux. Or, si l'Europe a peu de chances de s'imposer sur les marchés globaux d'équipements numériques, elle doit être capable de diffuser mondialement ses créations et ses images. Comment dès lors, sur des marchés linguistiques cloisonnés, créer les masses critiques qui permettront la diffusion européenne et internationale des biens informationnels ?

Le problème est ici de relever, sur le marché européen, l'utilité relative des contenus — et donc leur prix — quelle que soit leur langue d'origine. Car la logique économique des industries de contenus est de maximiser la valorisation des droits en vue de réinvestir dans la création. L'Europe doit, sur ce point clarifier ses objectifs car, bien souvent, ses institutions ont fait fausse route. Elles ont, comme dans les télécoms, privilégié la recherche de standards techniques, plutôt que celles de contenus porteurs d'imaginaire et de visibilité au plan international. Elles se sont, en quelque sorte, trompé de code. Les démarches résultantes ont été contre-productives et ont pu apparaître, souvent à juste titre, comme attentatoires à la diversité. Si l'Europe est favorisée par l'imaginaire et la diversité de ses produits, elle doit alors se doter des moyens d'en convaincre le consommateur mondial et de lui distribuer des produits hautement valorisés. Cet objectif soulève des questions économiques complexes. Car il est contradictoire de vouloir, d'un côté, créer du consentement-à-payer pour des biens d'expérience ciblant des préférences fortement individuées et, de l'autre, imposer la minimisation des prix pour le consommateur final. Les logiques économiques associées à la recherche d'économies d'échelle diffèrent de celles de la valorisation des biens d'expérience. La précarité de la vision économique européenne dans ce domaine explique la carence des politiques sectorielles de la culture et la revendication de l'exception pour justifier des politiques nationales spécifiques. L'Europe, qui a fort bien anticipé les menaces portant sur la propriété intellectuelle, doit désormais afficher plus clairement ses objectifs de valorisation des contenus et de leur diversité.

Ce point est illustré dans tous les secteurs des industries culturelles. C'est le cas pour l'écrit dont le produit est aisément traduit et circule sous format unique — le livre — dans les systèmes de distribution. En l'absence de politique communautaire, neuf pays européens non anglophones ont individuellement adopté un prix unique du livre afin que la concurrence entre distributeurs ne se reporte pas sur les ressources de la création[9]. Face à la concentration des outils de sélection (Google) et de distribution en ligne (Amazon), l'industrie européenne de l'édition doit afficher des objectifs et consolider ses positions.

Les contenus musicaux et audiovisuels sont, quant à eux, confrontés à la concurrence verticale de la distribution numérique. Le *peer-to-peer*, on l'a dit, opère comme une subvention au déploiement des infrastructures de distribution. Son extinction et la standardisation des moyens de protection techniques sont désormais indispensables à la consolidation de la distribution dématérialisée de la musique[10]. Les rivalités entre équipementiers autour du déploiement des lecteurs MP3 retardent l'adoption des DRM et ruinent les créations destinées à des marchés étroits. L'Europe pourrait ici, comme elle l'a fait avec le mobile, imposer un standard numérique relevant l'utilité de la distribution payante. Elle rappellerait ainsi aux équipementiers et aux opérateurs de réseaux numériques l'enjeu de leur adhésion aux objectifs de valorisation des contenus.

Pour ce qui est de l'audiovisuel, la part des marchés de télévision en clair est encore, en Europe, dominante par rapport aux chaînes à péage[11]. La conséquence est l'orientation des programmes vers des audiences nationales certes massives, mais génératrices d'idiosyncrasies limitant l'extension internationale des effets de réseau. Dès lors, l'unification européenne des marchés audiovisuels se trouve paralysée. Il faut, ici encore, échapper au gratuit. L'intensification du déploiement numérique des chaînes de télévision payantes et des systèmes de vidéo à la demande — grâce notamment au football, véritable signifiant collectif européen, mais aussi à des programmes créatifs adaptés — peut promouvoir la distribution de programmes selon des modèles de vente groupée. Or la vente groupée, on l'a dit, discrimine plus efficacement que les marchés en clair : elle extrait davantage le consentement-à-payer issu des préférences individuées et permet la valorisation de programmes thématiques moins sensibles aux barrières des marchés nationaux. L'extension de marchés payants de contenus audiovisuels dématérialisés et la structuration d'un marché intérieur fondé sur un consentement-à-payer élevé sont une étape essentielle d'une politique industrielle des biens culturels en Europe. À l'exemple des États-Unis, les équipementiers et opérateurs de réseaux, compétents en matière de standards techniques, doivent y être pleinement associés.

D'autres contenus ont également vocation à se déployer en entraînant avec eux de nouveaux effets de réseau. C'est le cas des jeux vidéo dont les marchés sont en croissance rapide et sur lesquels quelques éditeurs européens ont atteint la masse critique. Moins sensibles que les contenus narratifs aux idiosyncrasies du langage, ceux-ci peuvent susciter des occasions de création de marques et de marchés mondiaux.

Enfin, l'Europe doit aussi créer ou déployer des systèmes de classement, des institutions *labellisantes*, qui servent à la structuration des marchés et mettent en avant ses valeurs signifiantes. Faute d'avoir su transcender leurs classements régionaux, les Européens ont laissé à Robert Parker l'arbitrage international du classement des vins. Faute d'avoir pris la mesure des effets de réseau du langage, ils ont laissé à PageRank (Google) l'arbitrage du classement du texte et, peut-être bientôt, des autres contenus repérables grâce à lui. À l'image du Festival de Cannes, de la Biennale de Venise, des défilés de haute couture, du prix Nobel ou des Jeux olympiques, l'Europe doit inventer des « labels » évaluant, au fur et à mesure de leur apparition, les biens informationnels du monde entier. En accordant du prix aux créations nouvelles, en structurant leurs marchés pour les valoriser, elle rétablira, sur son territoire intérieur, les équilibres indispensables entre les créations informationnelles, sources d'expériences mondialement signifiantes, et les équipements numériques capables de les diffuser.

APPENDICES

REMERCIEMENTS

Comme il est d'usage, il me faut ici remercier tous ceux avec lesquels les échanges, les discussions, les travaux menés en commun ont contribué à l'élaboration de ce texte.

Mes premières pensées sont pour Gilles Le Blanc avec lequel je collabore depuis 1992. Après divers errements en Russie, nous avons monté ensemble, au Cerna, le Laboratoire d'économie industrielle de l'École des mines, l'équipe de recherche sur l'économie numérique où ont été conduites la plupart des études formant la trame de ce livre. Nos échanges sur ces thèmes ont été quotidiens pendant de longues années. Je veux aussi nommer les chercheurs qui nous ont accompagnés dans cette démarche et grâce auxquels s'est formée, peu à peu, ma propre vision du numérique : Noémie Behr, Nathalie Daley, Yannick Papaix, Sidy Diop, Yann Ménière, Anne-Gaëlle Geffroy, Yehoudit Cohen.

Grâce à Patrick Fridenson, Gilles et moi avons pu organiser à l'École des hautes études en sciences sociales un séminaire de deux années sur l'histoire et l'économie de la numérisation. Il nous a permis d'installer, malgré le temps rapproché, la distance indispensable à l'analyse des phénomènes en jeu. Le soutien permanent de Patrick Fridenson, le vaste champ de ses références et la qualité de sa lecture ont fortement contribué à la formulation actuelle de ces chapitres.

Enfin, je veux remercier tous mes amis qui, notamment dans l'industrie, m'ont guidé dans cette démarche. À commencer par Emmanuel Tricaud, directeur du développement de Colt Telecom, dont l'enthousiasme, la curiosité économique et littéraire m'ont définitivement convaincu de l'utilité des télécoms. Et aussi Sophie Bramly d'Universal Music grâce à qui j'ai découvert certains secrets du *peer-to-peer*. Thierry Weil, de l'École des mines, dont la relecture attentive m'a permis de préciser ma pensée. Et tous ceux tels Jean-Yves Mirski, du Syndicat de l'édition vidéo, Nicolas Beauchesne, de Google, ou Richard John, de l'université de Chicago, avec lesquels j'ai eu l'occasion de disputer sur des aspects ponctuels, mais néanmoins critiques, pour la cohérence générale du propos.

Mon dernier mot sera pour Pierre-Noël Giraud qui m'a ouvert les portes de l'École des mines de Paris et m'y a initié à l'économie. Le rôle capital de cette rencontre dans ma trajectoire de chercheur et nos différends répétés sur la gratuité ont contribué à l'orientation initiale de ce travail. Qu'il s'assure ici, malgré nos divergences, de mon amicale reconnaissance.

NOTES

INTRODUCTION

1. La formule « *There Ain't No Such Thing As A Free Lunch* » (Il n'y a pas de déjeuners gratuits) souvent citée par son acronyme TANSTAAFL, a été popularisée par l'écrivain de science-fiction Robert Heinlein dans son roman de 1966, *Révolte sur la lune*, Pocket, 1979. La formule a ensuite été reprise par le prix Nobel d'économie, Milton Friedman, professeur à l'université de Chicago, pour rappeler qu'il y a toujours un coût social derrière l'apparition de biens publics.

I. LE SYMPTÔME DU GRATUIT

1. Jeremy Rifkin, *L'Âge de l'accès*, Paris, La Découverte, 2000.
2. William Jefferson Clinton, *Discours sur l'état de l'Union*, 27 janvier 2000.
3. Marc Bloch, *Les Rois thaumaturges*, Paris, Gallimard, 1983, p. 156.
4. *Ibid.*, p. 97.
5. Daniel Cohen, « La propriété intellectuelle, c'est le vol », *Le Monde*, 8 avril 2001.
6. Christian Paul, « Pas de ligne Maginot sur le Net », *Libération*, 5 février 2004.
7. La Directive 2001/29/CE du Parlement européen et du Conseil du 22 mai 2001 sur l'harmonisation de certains aspects

du droit d'auteur et des droits voisins dans la société de l'information (également appelée EUCD, d'après le sigle anglais de *European Union Copyright Directive*) est une directive européenne destinée à être transposée dans les législations nationales des États membres. Elle correspond à la mise en œuvre au niveau de l'Union européenne des traités de l'*OMPI* sur le droit d'auteur et sur les interprétations et exécutions et les phonogrammes, tous deux signés en 1996.

8. Wladimir Mercouroff et Dominique Pignon, « Le Numérique, fils du vent », *Libération*, 11 février 2004.

9. Pierre-Noël Giraud, « Un spectre hante le capitalisme : la gratuité », *Le Monde*, 6 mai 2004.

10. Patrick Bloche, Intervention à l'Assemblée nationale du 21 décembre 2005.

11. Pierre-Noël Giraud, *op. cit.*

12. Patrick Bloche, *op. cit.*

13. *Classiste* : identifiant des classes sociales luttant pour le partage de la valeur.

14. Richard Caves, *Creative Industries*, Cambridge, Harvard University Press, 2000.

15. Michel Foucault, *Les Mots et les Choses*, Paris, Gallimard, p. 203.

16. Ce thème est cher aux gestionnaires, et notamment à Claude Riveline qui professe activement depuis 1967 que le « coût d'un bien n'existe pas », et celui d'un service encore moins. Cette thèse, qui met en évidence le biais des conventions managériales entrant dans l'évaluation des coûts, contribue à discréditer les raisonnements marginalistes de l'économie néo-classique et, parfois, la micro-économie elle-même. Claude Riveline, *Évaluation des coûts. Éléments d'une théorie de la Gestion*, Paris, Presses de l'École des mines, 2005.

II. LE GRATUIT NUMÉRIQUE

1. Dans un article célèbre de 1987, le prix Nobel Robert Solow juge paradoxal un déploiement massif des ordinateurs qui ne s'accompagne pas de gains de productivité tangibles. « We'd better watch out », *New York Review of Books*, 12 juillet 1987.

2. On reviendra largement dans la suite sur la diffusion de

cette invention décisive pour le déploiement de la numérisation. Nathan Rosenberg, *Exploring the Blackbox*, Cambridge, Cambridge University Press, 1994.

3. Alan Greenspan, Discours à la Federal Reserve Bank de Chicago, 6 mai 1999. Greenspan est alors, certes, un économiste remarquable, mais de plus il s'exprime au nom de la Banque centrale américaine, c'est-à-dire d'un élément déterminant de la régulation économique mondiale. Cela donne à son propos une dimension prescriptive particulièrement forte.

4. *The Emerging Digital Economy II*, 1999.

5. Alain Greenspan, *op. cit.*

6. Robert Solow, *op. cit.*

7. Robert Gordon, « Does the "New Economy" Measure Up to the Great Inventions of the Past? », *Journal of Economic Perspectives*, vol. 14, nº 4, 2000, p. 49-74.

8. Dale Jorgensen, « Information Technology and the US Economy », *American Economic Review*, vol. 91, nº 1, 2001, p. 1-32. Kevin Stiroh, « Investing in Information Technology: Productivity Payoffs for US Industries », *Current Issues in Economics and Finance*, vol. 7, nº 6, Federal Reserve Bank of New York, juin 2000, p. 1-6.

9. Jeremy Rifkin, *L'Âge de l'accès*, Paris, La Découverte, 2000.

10. *Ibid.*, p. 44.

11. Wladimir Mercouroff et Dominique Pignon, « Le Numérique, fils du vent », *Libération*, 11 février 2004.

12. Daniel Cohen, « La propriété intellectuelle, c'est le vol », *Le Monde*, 8 avril 2001. Pierre-Noël Giraud, « Un spectre hante le capitalisme : la gratuité », *Le Monde*, 6 mai 2004.

13. Hal Varian et Carl Shapiro, *Information Rules*, Harvard, Harvard Business School Press, 1999.

14. Les premiers usages des calculateurs électroniques ont été scientifiques et militaires. Voir James W. Cortada, *The Digital Hand*, Oxford, Oxford University Press, t. I, 2004 ; t. II, 2006.

15. Cette vision est, en fait, inspirée des informaticiens. Ainsi, Michel de Rougemont donne-t-il, à partir d'une lecture très technique de la notion d'information, une interprétation des logiques de valorisation associées à l'extension de sa circulation. Son approche, au demeurant très originale et stimulante, se distingue par l'abstraction de la notion d'information et la représentation systémique de l'économie qui s'en déduit.

Pur espace informationnel, vaste champ de circulation des bits, l'économie devient un univers logique, gouvernable par des machines et des algorithmes. Cette vision délibérément mécaniste laisse voir en creux que si, du fait de la numérisation, l'information est chiffrable en bits, elle n'est pas pour autant réductible à cette dimension (« Informatique et économie numérique », *Entreprises et Histoire*, n° 43, juillet 2006).

16. *Ibid.* Voir l'article de Pierre-Jean Benghozi, « Communautés virtuelles : structuration sociale ou outil de gestion ? ».

17. « En 1543, l'homme qui vint au monde dans le monde de Copernic, ce fut l'homme de Vésale. » Canguilhem montre à quel point le recentrage de l'homme dans l'univers après Copernic favorise l'émergence d'observations scientifiques du corps ouvrant la voie à la médecine (*Études d'histoire et de philosophie des sciences concernant les vivants et la vie*, Paris, Vrin, 1994, p. 33).

18. Oz Shy, *The Economics of Network Industries*, Cambridge, Cambridge University Press, 2001, chap. XI. Des interprétations convergentes du mythe « yahviste » de la Tour de Babel sont savamment recensées par Jean-Jacques Glassner dans *La Tour de Babylone*, Paris, Le Seuil, 2003.

19. Roger Chartier, « L'Écrit sur l'écran », *Entreprises et Histoire*, n° 43, juillet 2006.

20. Roger Chartier, *Culture écrite et société. L'ordre des livres (XVIe-XVIIIe siècle)*, Paris, Albin Michel, 1996, p. 20-24.

21. « Après une éclipse en Gaule à l'époque mérovingienne, il profita de l'impulsion des études classiques sous les Carolingiens, ce qui lui assura, durant tout le Moyen Âge, le rang de langue de l'Église. Il sera, au XIIe siècle, le moyen d'enseignement courant dans les universités, et cela non seulement en pays de langue romane, mais aussi en Angleterre, Allemagne, Pologne, Suède, tous pays dont les professeurs et savants communiquent entre eux, à travers l'Europe médiévale, en langue latine. » (Claude Hagège, *Le Souffle de la langue*, Paris, Poches Odile Jacob, 1993, p. 18.)

22. *Ibid.*, p. 19.

23. L'invention du téléphone par Alexander Graham Bell date de 1876.

24. Oz Shy, *op. cit.*, p. 252.

25. Jean-François Melon, *Essai politique sur le commerce*, Éditions Amsterdam, 1735.

26. Michel Foucault, *Les Mots et les Choses*, Paris, Gallimard, «Tel», p. 195.
27. Nouvellement allié aux Anglais et aux Hollandais, le Régent souhaite mobiliser contre l'Espagne après que celle-ci a envahi la Sardaigne (1717).
28. La banqueroute de Law et de son «système» a donné lieu à une littérature abondante dont notamment l'étude remarquable d'Edgar Faure, *La Banqueroute de Law, le 17 juillet 1720*, Paris, Gallimard, 1977.
29. *Ibid.*, p. 241.
30. Dans sa Lettre à l'abbé de Cicé de 1749, Turgot dénonce le caractère spéculatif et aventuriste du système de Law. Un des problèmes de la substitution du papier au métal est précisément que les particuliers ne peuvent s'en remettre aveuglément au roi pour fixer l'état de leur richesse. Le signe doit donc refléter un équilibre des pouvoirs. Turgot écrit: «L'or tire donc son prix de la rareté, et bien loin que ce soit un mal qu'il soit employé en même temps et comme marchandise et comme mesure, ces deux emplois soutiennent son prix.» On peut y voir un marché à deux versants, classique dans les modèles d'effets de réseau: l'or est recherché à la fois par les demandeurs de monnaie et les thésaurisateurs de métal. L'État dispose alors d'une marge de manœuvre pour favoriser tantôt les uns, tantôt les autres.
31. Après la chute du mur de Berlin, la première étape de la réunification allemande a été l'unification monétaire du 1er juillet 1990 offrant aux Allemands de l'Est la conversion de leur monnaie en deutsche Mark au taux de un pour un.
32. Olivier Bomsel et Gilles Le Blanc, *Dernier Tango argentique*, Paris, Presses de l'École des mines, 2002.

III. DYNAMIQUE DES EFFETS DE RÉSEAU

1. Jean-Pierre Raffarin, 30 novembre 2003.
2. Ce théorème a été énoncé par Ronald Coase dans son article «The Problem of Social Cost», *Journal of Law and Economic*, octobre 1960. On peut le résumer sous la forme suivante: dans un monde sans coût de transaction, l'allocation des droits de propriété se fera automatiquement de manière optimale, par le jeu des échanges et des marchandages aux-

quels les agents procèdent, et cela quelle que soit la répartition initiale de ces droits.

3. Stanley Liebowitz et Stephen Margolis, « Network Effects », *Handbook of Telecommunication Economics* sous la direction de Martin Cave et alii, North-Holland, Elsevier, 2002.

4. Harvey Leibenstein, « Bandwagon, Snob, and Veblen Effects in the Theory of Consumers' Demand », *The Quarterly Journal of Economics*, mai 1950 ; réédité dans William Breit, Harold Hochman (éd.), *Readings in Microeconomics*, 2e édition, New York, Holt, Rinehart & Winston, Inc., 1971.

5. J. Rohlfs, « A Theory of Interdependent Demand for a Communications Service », *Bell Journal of Economics and Management Science*, printemps 1974.

6. La dynamique de déploiement du réseau téléphonique américain et ses mécanismes de tarification font l'objet de nombreuses recherches historiques. Certains historiens, dont Richard John de l'université de l'Illinois, ou Paul Starr, soutiennent dans *Creation of the Media* (New York, Basic Books, 2004) que les recettes de la longue distance sont restées marginales jusqu'à la Seconde Guerre mondiale et que le « service universel », autrement dit le principe de subvention des appels locaux par la longue distance était avant toute chose un instrument de lobbying d'AT&T.

7. Le slogan d'AT&T lancé dès 1907 est déjà : *One Policy, One System, Universal Service* (une politique, un système, service universel). Nathan Rosenberg insistera beaucoup sur le caractère systémique de cette industrie.

8. Nathan Rosenberg, *Exploring the Blackbox*, Cambridge, Cambridge University Press, 1997.

9. Voir Olivier Bomsel, Gilles Le Blanc, « Dynamiques industrielles et réglementaires des télécoms : une comparaison États-Unis/France », notes de l'IFRI, Paris, *La Documentation française*, 2000.

10. Condillac, *Le Commerce et le Gouvernement considérés relativement l'un à l'autre*, 1776. « On dit qu'une chose est utile, lorsqu'elle sert à quelques-uns de nos besoins ; et qu'elle est inutile, lorsqu'elle ne sert à aucun, ou que nous n'en pouvons rien faire. Son utilité est donc fondée sur le besoin que nous en avons. D'après cette utilité, nous l'estimons plus ou moins ; c'est-à-dire que nous jugeons qu'elle est plus ou moins propre aux usages auxquels nous voulons l'employer. Or cette

estime est ce que nous appelons *valeur*. Dire qu'une chose vaut, c'est dire qu'elle est ou que nous l'estimons bonne à quelque usage. La valeur des choses est donc fondée sur leur utilité, ou, ce qui revient au même, sur le besoin que nous en avons, ou, ce qui revient encore au même, sur l'usage que nous en pouvons faire. »

11. Pierre Bourdieu est le théoricien d'une interprétation *classiste* de la consommation fondée sur des mécanismes d'imitation entre catégories sociales repérées par leur distinction (*La Distinction*, Paris, Éditions de Minuit, 1979). La société de l'information abolit ce clivage et institue le *people*, autrement dit l'exposition médiatique, comme pôle déclencheur de l'imitation.

12. « On se sert de la raison comme d'un instrument pour acquérir les sciences et l'on devrait au contraire se servir des sciences comme d'un instrument pour perfectionner sa raison. » (Pierre Nicole, « La logique ou l'art de penser », *Premier Discours de la Logique de Port-Royal*, Paris, Gallimard, p. 9.)

13. Oz Shy, *The Economics of Network Industries*, Cambridge, Cambridge University Press, 2001.

14. On entend le mot « système » au sens de Nathan Rosenberg, c'est-à-dire d'ensemble de biens et services techniquement compatibles, fonctionnant sous un protocole commun. Voir le début du chapitre suivant.

15. Stan J. Liebowitz et Stephen E. Margolis, « Network Externality : an Uncommon Tragedy », *The Journal of Economic Perspectives*, n° 8, 1994, p. 133-150.

16. Symétriquement au monopole qui est un marché à un seul vendeur, le monopsone est un marché à un seul acheteur.

17. Cette problématique est largement développée dans l'ouvrage collectif du Cerna : *Modem le Maudit, Économie de la distribution numérique des contenus*, Paris, Presses de l'École des mines, 2006.

18. Maniaque de l'ordinateur et des technologies.

IV. LE PARADIGME DU MOBILE

1. Célèbre sketch de Fernand Raynaud symbolisant le retard technologique français.

2. Le sigle GSM deviendra par la suite l'acronyme de *Global System for Mobile Communications*.

3. Cette partie doit beaucoup à une étude menée par trois centres de recherche européens à l'initiative du Cerna de l'École des mines de Paris, *How Mobile Termination Rates Shape the Dynamics of the Telecom Sector* par Olivier Bomsel, M. Cave, Gilles Le Blanc et Karl-Heinz Neumann, juillet 2003.

4. En France, la Direction générale des télécommunications prend le nom de France Télécom en 1988 qui devient société commerciale en 1990.

5. Ainsi en France, SFR se plaint en 1993 de payer 40 % de son chiffre d'affaires en achat de transit à France Télécom alors qu'en Angleterre l'Oftel, créé en 1984, a déjà ramené ce chiffre à 15 %. Le ministère de l'Industrie réagit en imposant à France Télécom une baisse de moitié de ses tarifs d'interconnexion et de location de lignes : il se retrouve poursuivi par l'opérateur historique pour « abus de pouvoir ». Il perdra en première instance et gagnera en appel en 1997, année d'installation de l'Autorité de régulation des télécommunications (aujourd'hui ARCEP, Autorité de régulation des télécommunications et des postes).

6. L'entrée d'un troisième opérateur suppose l'élargissement du spectre des fréquences à la bande DCS 1800. La technologie de cette fréquence plus élevée impose, compte tenu de la capacité limitée des batteries des terminaux, une plus grande densité de cellules dans le réseau.

7. *Short Message Service.*

8. Pour cette raison même, les monopoles historiques seront dessaisis de l'exclusivité de la fabrication et de la commercialisation des terminaux. Ils ne pourront alors proposer au consommateur la reprise systématique et le remplacement des terminaux.

9. La part relative des appels entrants varie en Europe entre 45 et 50 % contre 25 à 30 % aux États-Unis. (Gerry Christensen, Robert Duncan et Paul G. Florack, *Wireless Intelligent Networking*, Norwood, Massachusetts, Artech House Publishers, 2000.)

10. Pratique collective consistant à gifler gratuitement un inconnu et à faire circuler par le téléphone mobile la vidéo de l'agression. Autre manifestation du gratuit comme initiateur de communautés...

11. Et c'est précisément ce que n'ont pas réussi à faire les nouveaux entrants ayant acheté des licences de troisième

génération. Ces nouveaux opérateurs n'ont pas réussi, par les services associés au haut débit mobile, à relever l'utilité de l'ensemble des réseaux mobiles. Ils ont donc été laminés par les opérateurs mobiles historiques.

12. Voir, sur cette approche, l'article de Tommaso Valetti, « Mobile Call Termination : a Tale of Two-Sided Markets », *Communication & Strategies*, nº 61, 1er trimestre 2006.

13. Olivier Bomsel et Gilles Le Blanc, « Innovation et économie numérique : le cas de l'industrie automobile », Philippe Mustar, Hervé Penan éd., *Encyclopédie de l'innovation*, Paris, Économica, 2003.

14. Autrement dit, les effets de réseau associés à la marque Dell et à sa diffusion par Internet combinés aux gains de productivité de la fabrication à la demande n'ont pas suffi à déborder la dynamique de ces mêmes effets associés à la compatibilité des microprocesseurs d'Intel ou des logiciels d'exploitation de Microsoft.

V. LE DÉPLOIEMENT D'INTERNET EN BAS DÉBIT

1. En 1999, les logiciels de *peer-to-peer* qui permettent de s'échanger des fichiers sans passer par des navigateurs ou des messageries sont encore embryonnaires. Nous les évoquerons largement dans un chapitre ultérieur.

2. En janvier 2000, lors de l'annonce d'AOL, la capitalisation de l'ensemble est de 280 milliards de dollars. L'entreprise annoncera 100 milliards de pertes en 2002 et verra sa capitalisation tomber autour de 50 milliards de dollars.

3. L'échantillonnage est le découpage du signal en séquences élémentaires codées en bits. Le multiplexage est le compactage de ces signaux par entrelacement des données numérisées.

4. Directive *ONP Framework* 97/51/EC.

5. 30 millions d'heures en moyenne par mois facturées 1 c€ par minute représentent un chiffre d'affaires annuel de 240 millions d'euros.

6. Aux États-Unis, les communications locales sont gratuites et donc incluses dans le prix de l'abonnement.

7. Patrick Le Lay : « Or, pour qu'un message publicitaire soit

perçu, il faut que le cerveau du téléspectateur soit disponible. Nos émissions ont pour vocation de le rendre disponible : c'est-à-dire de le divertir, de le détendre pour le préparer entre deux messages. Ce que nous vendons à Coca-Cola, c'est du temps de cerveau humain disponible [...]. Rien n'est plus difficile que d'obtenir cette disponibilité. C'est là que se trouve le changement permanent. Il faut chercher en permanence les programmes qui marchent, suivre les modes, surfer sur les tendances, dans un contexte où l'information s'accélère, se multiplie et se banalise. » (*Les Dirigeants face au changement*, Paris, Éditions du huitième jour, 2004.)

8. Voir notamment le numéro spécial de *Communications & Strategies* (n° 61, 1er trimestre 2006) consacré à la concurrence sur les marchés à deux versants (« Competition in Two-Sided Markets » dirigé par Marc Bourreau et Nathalie Sonnac), le cas des fournisseurs y est abondamment traité.

VI. PROPRIÉTÉ ET NUMÉRIQUE

1. Le projet de loi sur le Droit d'auteur et les droits voisins dans la société de l'information (acronyme DADVSI) a été adopté en juillet 2006. Il transpose dans le droit français la directive européenne EUCD sur l'adaptation du copyright à l'environnement numérique.

2. Mark Blaug, « Why Did Schumpeter Neglect Intellectual Property Rights », *Review on Copyright Issues*, 2005, vol. 2 (1), p. 69-74.

3. La notion d'externalité est introduite dans les années 1920 par l'économiste Arthur Cecil Pigou (1877-1959), élève d'Alfred Marshall et professeur de Keynes. Pigou propose des méthodes d'internalisation au moyen de taxes ou d'instruments fiscaux centralisés. Coase montrera, quant à lui, que, sous certaines conditions, la propriété et les négociations auxquelles elle donne lieu constituent l'outil le plus efficace d'internalisation.

4. Coase bâtit sa réflexion méthodologique sur la gestion des biens publics en recommandant la vente aux enchères des fréquences électromagnétiques (« The Federal Communications Commission », *Journal of Law and Economics*, octobre 1959, vol. 2, p. 1-40).

5. Kenneth J. Arrow, « Economic Welfare and the Alloca-

tion of Resources to Invention », *in* Richard R. Nelson, éd., *The Rate and Direction of Inventive Activities*, Princeton, Princeton University Press, 1962.

6. Harold Demsetz, « Toward a Theory of Property Rights », *The American Economic Review*, vol. 57, n° 2, mai 1967, p. 347-359.

7. Christian von Hirschhausen, *Du combinat à l'entreprise*, Paris, Éditions Karthala, 1995.

8. Olivier Bomsel, « Enjeux industriels du postsocialisme : capitalisation et entreprisation », *Revue d'économie industrielle*, n° 72, 1995, p. 31-46.

9. Voir Maxim Boychko, Andre Shleifer, Robert Vishny, *Privatizing Russia*, Cambridge, Massachusetts, The MIT Press, 1995.

10. Voir, notamment, Pierre-Noël Giraud, *Géopolitique des ressources minières*, Paris, Économica, 1983.

11. Rifkin cite ici Locke et son *Traité sur le gouvernement civil* publié en 1690. Le *droit naturel* auquel se réfère Locke deviendra, au cours du XIXe siècle, le droit économique sur lequel s'appuient Coase et Arrow (*L'Âge de l'accès*, Paris, La Découverte, 2000, p. 107).

12. Daniel Cohen, « La propriété intellectuelle, c'est le vol », *Le Monde*, 8 avril 2001.

13. Une clause continuera néanmoins de protéger les typographes américains jusqu'en 1968. Peter K. Yu, *The Copyright Divide*, East Lansing, Michigan, Michigan State University, 2003. Hal R. Varian, *Copying and Copyright*, Berkeley, Berkeley University, 2004.

14. Anne Latournerie, « Histoire du droit d'auteur », *Multitudes*, revue en ligne, mai 2001.

15. Le déploiement des médias, autrement dit des « systèmes d'information », est évidemment soumis, quels qu'en soient l'époque et le territoire, aux effets externes de la circulation des informations. Son pilotage combine donc, depuis l'invention de l'imprimerie, l'économie, la technique, le droit et la politique. Ses processus concrets — en Europe et aux États-Unis — sont brillamment décrits et comparés dans l'ouvrage de Paul Starr *The Creation of the Media*, Basic Books, New York, 2004.

VII. L'AFFAIRE DU *PEER-TO-PEER*

1. L'Idate estime qu'en 2003 près de 150 milliards de fichiers musicaux (contre 50 milliards vendus sur support physique), un milliard de films en DVD et 550 millions d'images ont été échangés sur les réseaux P2P. Cette étude fait l'hypothèse de 5 millions d'utilisateurs présents sur les différents systèmes P2P à chaque instant. Ce chiffre est loin de représenter le nombre total d'utilisateurs P2P, qui ne se connectent pas tous en continu.

2. Les articles scientifiques, même validés par des comités de lecture, ressortissent au copyright et non au brevet. Ils constituent donc une exception à cette définition. Néanmoins, semblablement aux brevets, ils font l'objet d'une validation *ex ante*, et s'adressent à un public de professionnels.

3. De manière très éclairante, Paul Starr remarque que, dans la construction de la «sphère publique», les Américains se sont montrés, jusqu'à la Seconde Guerre mondiale, plus préoccupés d'«*information*» que de «*connaissance*». «L'"information", écrit-il, se réfère souvent à des données spécifiques, sources de décisions, tandis que la "connaissance" renvoie à des concepts et à des jugements plus abstraits.» (*The Creation of the Media*, *op. cit.*, p. 17.) Ainsi donc, l'«*information*» a-t-elle longtemps été, aux yeux des Américains eux-mêmes, une catégorie plus «utile» que son équivalent humanisé, voire humaniste, la «*connaissance*».

4. «Aujourd'hui, un étudiant dispose de la reproduction en couleurs de la plupart des œuvres magistrales, découvre nombre de peintures secondaires, les arts archaïques, les sculptures indienne, chinoise, japonaise et précolombienne des hautes époques, une partie de l'art byzantin, les fresques romanes, les arts sauvages et populaires... Car un *musée imaginaire* s'est ouvert qui va pousser à l'extrême l'incomplète confrontation imposée par les vrais musées: répondant à l'appel de ceux-ci, les arts plastiques ont inventé leur imprimerie.» (*Le Musée imaginaire*, Paris, Gallimard, 1965, p. 15-16.)

5. Richard Caves, *Creative Industries*, Cambridge, Harvard University Press, 2000.

6. Littéralement, des dindes de dix tonnes, en français, des navets ou, mieux, des daubes, éventuellement indigestes...

7. Voir sur ce sujet l'excellente étude d'Esteban Buch, *La Neuvième de Beethoven*, qui retrace l'histoire des hymnes anglais, français et autrichien, et montre comment la *Neuvième symphonie* de Beethoven a suscité en Europe, et jusqu'en Rhodésie, un véritable culte identitaire. (Gallimard, 1999.)

8. Voir Ronald Coase, «*Payola* in Radio and Television Broadcasting», *Journal of Law and Economics*, octobre 1979, p. 269-328.

9. Le titre original anglais *Easy Riders, Raging Bulls*, fait notamment référence au film de Dennis Hopper qui donna, en 1969, l'impulsion du cinéma d'auteur à Hollywood (Paris, Le Cherche-Midi, 2002).

10. Cela justifie notamment l'unicité du prix du livre, quel qu'en soit le distributeur, ou des places de cinéma, quel que soit le film proposé.

11. Voir Olivier Bomsel, Anne-Gaëlle Geffroy, Gilles Le Blanc, *Modem le Maudit, Économie de la distribution numérique des contenus*, Paris, Presses de l'École des mines, 2006.

12. Étude OCDE, *ibid.*, p. 116.

13. Pour autant que les points de présence sont suffisamment déployés afin de minimiser les trajets sur le réseau commuté, ce qui advient à partir de 1995.

14. Acronyme d'*Asymmetric Digital Subscriber Line.*

15. *Digital Subscriber Line Access Multiplexer*, multiplexeurs spécialisés dans la gestion des flux Internet.

16. Les éléments centraux de cette analyse ont été formulés dans une recherche du Cerna intitulée *Enjeux économiques de la distribution numérique des contenus*, Olivier Bomsel, Gilles Le Blanc, Jérémie Charbonnel et Abakar Zakaria, Projet Contango-Riam, Cerna-École des mines, 2004.

17. Il est clair que le livre, moins dense, moins populaire, moins générateur d'effets de mode, et tributaire pour sa lecture d'un support papier consommable, n'aurait pu remplir ce rôle.

18. Exemples: calcul réparti (SETI), partage d'informations d'entreprise (Bad Blue), collaboration d'utilisateurs (Groove Networks).

19. Clay Shirky, Kelly Truelov, Rael Dornfest et Lucas Gonze, *2001 peer-to-peer Networking Overview. The Emergent peer-to-peer Platform of Presence, Identity, and Edge Resources*, septembre 2001, 312 pages.

20. Enders Analysis, *Better Than Free*, septembre 2003.

21. Comme jadis Grokster, jusqu'à sa fermeture après l'arrêt de la Cour suprême de juillet 2005.

22. Gnutella, par exemple, a été initiée au sein de Nullsoft, une activité développée par AOL. Le logiciel a ensuite échappé à AOL et s'est développé en *open source* (*The Online Reporter*, 18-24 octobre 2003).

23. Étude Sandvine citée par *The Globe and Mail*, 15 octobre 2003. Sandvine est un fournisseur de systèmes de gestion de réseaux.

24. Ces regroupements s'effectuent selon l'adresse IP de l'ordinateur, laquelle ne dépend pas, contrairement à la téléphonie cellulaire, de la localisation géographique, mais de la position de chaque machine dans la hiérarchie du réseau. Une des conséquences est que les éventuelles poursuites judiciaires engagées contre un groupe de *pairs* doivent être déposées devant des juridictions locales différentes.

25. Les schémas et les informations techniques sur KaZaa sont issus de l'étude *Better Than Free, op. cit.*

26. Le protocole BitTorrent divise environ par 5 la vitesse de téléchargement des pairs refusant la rediffusion des morceaux téléchargés. Voir l'article de Gaëtan de Menten, « BitTorrent, le chaînon manquant des protocoles de *peer-to-peer* », Facultés universitaires de Namur, 17 avril 2004.

27. Pour mémoire : Azureus, MLDonkey, mlMac, BitSpirit, BitTornado, etc.

28. Olivier Bomsel, Jérémie Charbonnel, Gilles Le Blanc, Abakar Zakaria, *op. cit.*

29. Hal Varian « The Social Cost of Sharing », *Conference on Peer-to-Peer Economics*, Berkeley, Berkeley University, 2002.

30. Dont nous-même, évidemment. Olivier Bomsel, Gilles Le Blanc, « Remèdes au contournement de la propriété intellectuelle », *Problèmes économiques*, 2004.

31. Au cours du premier semestre 2006, les représentants de la Motion Picture Association of America (MPAA) et les patrons des studios de Hollywood ont, en effet, suivi quotidiennement les procédures engagées auprès des tribunaux sur la copiabilité des DVD ainsi que le débat parlementaire sur la transposition de la directive européenne sur le droit d'auteur.

32. Fin septembre 2003, l'association « *peer-to-peer* United » rassemblant un certain nombre d'acteurs du *peer-to-peer* (LimeWire, Grokster, Blubster, etc.) a saisi le Congrès améri-

cain en vue d'établir un code de bonne conduite aboutissant à la licence légale (Reuters). En France, fin novembre 2003, l'Association des auteurs, musiciens, interprètes (ADAMI) a pris position en faveur de la licence légale pour le *peer-to-peer*. En 2005, l'UFC-Que Choisir a également adopté cette position.

33. Les fournisseurs d'accès distribuent et subventionnent en effet, dans le cadre d'offres groupées, des boîtiers décodeurs servant à la réception de la télévision numérique, laquelle ne peut être rediffusée en *peer-to-peer*.

34. Schumpeter décrit, en effet, le processus d'innovation comme une démarche tirée par la compétition pour l'efficacité productive ou fonctionnelle. Voir Olivier Bomsel, Anne-Gaëlle Geffroy, « DRMs, Innovation and Creation », *Communications and Strategies*, n° 62, 2e trimestre 2006.

35. Selon Sandvine, fournisseur de solutions Internet, 48 % de la bande passante descendante et 76 % de bande passante montante sont occupés par le *peer-to-peer* aux États-Unis.

36. La France détient le record des pays européens avec 85 % de la bande passante descendante et 90 % de la bande passante montante (Étude Sandvine, 2005).

VIII. À LA RECHERCHE DE L'UTILITÉ : GOOGLE

1. Voir l'étude de Gilles Le Blanc sur l'externalisation, *L'Industrie dans l'économie française (1978-2003)*, Paris, Cercle de l'Industrie, 2005.

2. Source : *Business Week* / Interbrand 2006.

3. Source : Banque J. P. Morgan et Universal McCann. Par comparaison, le marché mondial du pétrole brut croît à un rythme annuel moyen de 1,6 % (1995-2005) et représente, en 2005, 82 millions de barils/jour. Soit, à 80 dollars le baril, un chiffre d'affaires annuel de 2 400 milliards de dollars (chiffres BP). Les dépenses publicitaires mondiales représentent environ un quart du marché pétrolier annuel au prix de 2006.

4. Sur l'histoire de Google, voir l'article de Patrick Fridenson, « Google, une entreprise de sélection », *Entreprises et Histoire*, n° 43, 2006, ainsi que le récit épique de John Battelle, *The Search*, Portfolio, 2005. Ce dernier ouvrage est illustratif de la façon dont la Silicon Valley a utilisé la Nouvelle Écono-

mie pour bâtir une mythologie capable de rivaliser avec celle de Hollywood.

5. Selon John Battelle, Tim Koogle, le patron de Yahoo! de l'époque, jugeait, en 1997, que le trafic associé à la recherche sur son site était déclinant (*ibid.*, p. 102).

6. Le changement de nom et l'abandon du suffixe «.com» marquent le renoncement au marché final, l'abandon du modèle de *Business-to-Consumer* (B2C). Overture devient la première société spécialisée dans le domaine de la recherche payante, mais sur un modèle de *Business-to-Business* (B2B). Elle sera finalement rachetée en 2003 par Yahoo! (*ibid.*, p. 119).

7. Cette pseudo-démocratie en fait sans doute, pour paraphraser Churchill, le plus mauvais système de classement, à l'exception de tous les autres... «Ainsi, les référenceurs ont longtemps créé massivement des échanges de liens pour relever le classement de certaines pages. Google ayant alors une vision quantitative de la popularité d'une page, cette technique permettait de gonfler artificiellement son indice de popularité. Google a réagi: d'une part, en instaurant des filtres détectant et sanctionnant les campagnes massives de liens artificiels; d'autre part, en intégrant des critères qualitatifs à l'analyse des liens (sémantique, confiance: indice TrustRank).» (Source Wikipédia: http://fr. wikipedia. org/wiki/Google)

8. Il est significatif que les chercheurs, avides de diffusion et de reconnaissance, aient privilégié un algorithme fondé sur la popularité par préférence à d'autres moteurs, tels qu'AltaVista, privilégiant la proximité du sens. Voir à ce sujet le blog des Échos de François Bourdoncle, fondateur du moteur Exalead.

9. Dans le cadre d'un mécanisme d'enchères, le commissaire-priseur ne connaît pas toujours la disposition à payer des enchérisseurs. De leur côté, les enchérisseurs ne connaissent pas les dispositions à payer de leurs concurrents. Dans ces conditions, il est difficile de maximiser la valeur de l'objet mis en vente. William Vickrey (prix Nobel d'économie en 1996) propose alors un système d'enchères au second prix, dans lequel le plus offrant paie le prix de la deuxième enchère la plus élevée. Dans ce système, les enchérisseurs sont obligés de révéler leur disposition à payer pour pouvoir espérer emporter l'enchère. (Voir Michel de Rougemont, «Informatique et économie numérique», *Entreprises et Histoire*, n° 43, 2006.)

10. Source : comScore, qSearch, analystes financiers de J. P. Morgan. Yahoo ! devance néanmoins Google au Japon, et le moteur Baidu (38 %) devance Google (25 %) en Chine.

11. Les retards dans le développement de ce moteur ont occasionné une chute de 19 % du titre Yahoo ! en juillet 2006.

12. Source : Banque J. P. Morgan et Universal McCann.

13. *The Financial Times* du 28 août 2006.

14. Cette stratégie de spécialiste, en anglais *pure player*, par opposition aux stratégies d'utilités groupées, dites aussi de *bundling*, s'avère gagnante lorsque l'utilité choisie est celle aux effets de réseau les plus forts.

15. Le Royaume-Uni et le Portugal sont en dehors. Voir l'article de Patrick Fridenson déjà cité, note 4 *supra*.

16. En latin, « je cherche, je désire, je demande », ça ne s'invente pas. L'algorithme du moteur s'appuie sur une technologie inspirée de la recherche par proximité d'AltaVista (premier moteur américain) et développé en France par une *start-up* issue de l'École des mines : Exalead.

CONCLUSIONS EN FORME DE POST-IT

1. Ronald Coase, « Economics of Broadcasting and Advertising », *The American Economic Review*, mars 1966.

2. Le sexe est, lui aussi, et pour les mêmes raisons, un formidable outil de déploiement des réseaux numériques. De Canal + au Minitel rose, il a permis la création de très nombreux marchés. Mieux encore que le gratuit, il symbolise la dimension désirante et individuée de la consommation.

3. Tout dépend, bien sûr, du périmètre qu'on donne au marché. Celui de Dell, par exemple, est celui de la vente par correspondance d'ordinateurs personnels aux entreprises, étendu par la suite au marché résidentiel. Celui de Google est la spécialisation exclusive dans la recherche sur Internet...

4. Télévision numérique terrestre : ce système de télédiffusion qui ne peut couvrir l'ensemble du territoire est cher à déployer et parfaitement redondant par rapport au satellite numérique.

5. Cisco et Google sont issues de l'université de Stanford. Wipro et Infosys, firmes indiennes de logiciels, dirigent également des campus universitaires.

6. Le nom de Nokia existe depuis le XIXe siècle mais son iden-

tification aux télécoms et son décollage en tant que marque mondiale date de 1992. (Voir Martti Häikiö, *Nokia, The Inside Story*, Londres-Boston, FT Prentice Hall, 2002.) Terminal téléphonique mobile, Nokia n'est, d'ailleurs, pas à l'abri d'une concurrence venue de l'informatique dès lors que les effets de réseau associés à la comptabilité du téléphone et de l'ordinateur l'emporteraient sur ceux, désormais saturés, de la téléphonie. L'intrusion récente dans la téléphonie d'Apple, venue à la mobilité par le baladeur musical numérique, indique clairement l'ouverture d'un front concurrentiel sur cette fonction.

7. Le classement Interbrand (diffusé par *Business Week*), contestable comme tout classement multicritères, place vingt marques américaines parmi les trente premières. Dans les cinq premières, trois sont issues de technologies numériques, initialement développées pour le marché américain : Microsoft, IBM et Intel. Cinq autres, parmi les trente premières, sont apparues dans les années 1990 : Dell, Cisco, Google, Oracle et Nokia. Liées aux technologies numériques, elles se déploient rapidement grâce aux effets de réseau portés par leurs produits. La première marque européenne, Nokia, arrive sixième. Autre fait marquant, les constructeurs automobiles allemands Mercedes et BMW devancent les marques américaines. La première marque française est Louis Vuitton, dix-septième.

8. L'exploitation d'un produit suivant plusieurs variantes de qualité ou d'utilité décroissantes.

9. À l'heure actuelle, en Europe, neuf États pratiquent un système de prix fixe du livre : cinq en vertu d'une loi (Espagne, France, Autriche, Grèce, Portugal) et quatre en vertu d'accords interprofessionnels (Allemagne, Danemark, Pays-Bas et Luxembourg).

10. Voir, notamment, Olivier Bomsel, Anne-Gaëlle Geffroy, « DRMs, Innovation and Creation », *Communication and Strategies*, n° 62, deuxième trimestre 2006.

11. Aux États-Unis, les audiences des chaînes payantes dépassent désormais celles des chaînes en clair. À démographie comparable, les revenus de la distribution payante de la télévision et du DVD sont cinq fois supérieurs aux États-Unis que dans l'Europe des quinze. (*Modem le Maudit, Économie de la distribution numérique des contenus*, Paris, Presses de l'École des mines, 2006, p. 56.)

GLOSSAIRE

ALÉA MORAL : Risque intervenant dans les relations entre deux acteurs économiques placés en asymétrie d'information. L'aléa moral est la possibilité pour l'une des parties de profiter des failles d'un accord contractuel après sa signature. L'instrumentalisation du contrat ou l'occasion pour l'une des parties de biaiser la logique de l'accord forment des cas d'aléa moral. Exemples : le comportement exagérément risqué d'un conducteur assuré, la stratégie d'un équipementier tolérant le piratage des contenus.

ANTI-SÉLECTION : Au sein d'une relation asymétrique entre acteurs économiques (sous-traitance, distribution...), surévaluation d'un bien ou d'un service avant la signature d'un contrat. Exemples : la dissimulation de vices cachés par un vendeur de voitures d'occasion, le *pitch* d'un scénario par un auteur en quête de contrat.

BIEN D'EXPÉRIENCE : Bien dont l'utilité n'est connue qu'après consommation. Exemples : vins fins, parfums, biens culturels... Les biens d'expérience doivent faire l'objet d'une signalisation intensive pour déclencher le désir d'achat « à l'aveugle ».

BIEN INFORMATIONNEL : Bien réductible à un arrangement symbolique codable en suite de 0 et 1. Synonyme : bien numérique. Les biens informationnels sont non excluables et non rivaux. Ils regroupent les brevets, les marques et les biens culturels.

BIENS ET SERVICES COMPLÉMENTAIRES : Biens et services dont les utilités sont liées. Exemples : le DVD et son lecteur, la carte de contrôle d'accès et le décodeur de télévision, la carte bancaire et ses différents terminaux...

CODE NUMÉRIQUE : Séquence informationnelle transcrite en code {0,1}. Le code binaire est le langage commun à toute l'information échangée sur la planète.

COMMUTATION DE CIRCUIT : Protocole de communication du réseau téléphonique historique consistant à réserver un circuit filaire pour chaque communication téléphonique passée. La numérisation introduit une commutation des informations par paquets, indifférente aux chemins suivis au sein de l'infrastructure.

CONCURRENCE VERTICALE : Concurrence résultant de l'existence d'effets de réseau au sein d'une chaîne verticale de biens et services complémentaires. Chaque participant de la chaîne a intérêt à fournir lui-même au consommateur final la dynamique d'utilité croissante qui le fidélisera.

CONSENTEMENT-À-PAYER OU PRIX DE RÉSERVE : Utilité marginale, autrement dit prix auquel le consommateur devient indifférent à l'achat. Le consentement-à-payer est le prix maximum déboursable par un consommateur pour un bien ou un service donné.

CONTENUS : Désignation des biens culturels dans l'environnement numérique. Biens informationnels et d'expérience identifiés par des droits d'auteur et de copie.

COÛT MARGINAL : Coût de production d'une unité additionnelle de produit. Les biens numériques sont à coût de reproduction marginal nul.

COÛTS DE SORTIE (*switching costs*) : Désutilité — perte d'utilité — associée à un changement de fournisseur. Les coûts de sortie recouvrent les coûts de recherche et de réinitialisation de la relation du consommateur avec un fournisseur tiers. Dans le cas des biens et services numériques, les coûts de sortie peuvent s'accroître d'un nouvel apprentissage ou d'une perte de compatibilité avec des biens et services complémentaires. Les coûts de sortie permettent au fournisseur d'extraire un consentement-à-payer dépassant la simple utilité du bien ou du service vendu.

Déploiement (*roll-out*) : Couverture progressive d'un marché à effets de réseau après franchissement d'une masse critique.

Discrimination : Ajustement de l'offre en qualité, en quantité et en prix à la demande ou à l'utilité spécifique d'un groupe de consommateurs. La discrimination parfaite suppose une révélation des préférences individuées de chaque consommateur.

Économies d'échelle : Gains de productivité associés aux rendements croissants de certains facteurs de production. En particulier, l'accroissement de la taille des usines et des séries produites peut abaisser le coût unitaire des produits fabriqués. Très sensibles dans les industries de composants électroniques.

Effets de réseau : Bénéfice — on dit aussi externalité positive — dont profite chaque consommateur individuel du fait de la consommation d'un bien ou d'un service par d'autres consommateurs. Les effets de réseau sont caractéristiques des biens dont l'utilité croît avec le nombre d'utilisateurs : les biens symboliques et les équipements permettant leur circulation. Les effets de réseau s'appliquent aussi bien aux télécoms qu'aux marques ou aux biens culturels. Les effets de réseau participent activement à la diffusion des innovations numériques.

Excluabilité : Propriété d'un bien dont la consommation peut être restreinte à certains consommateurs (ceux qui en paient le prix). Les biens publics (phares, mobilier urbain, environnement) et l'information sont *a priori* non excluables.

Externalité : Situation économique dans laquelle l'acte de consommation ou de production d'un agent influe positivement ou négativement sur l'utilité d'un autre agent, sans que cette influence ne se traduise par une variation du niveau des prix.

Gain de productivité : Économie relative de facteurs de production entrant dans la fabrication d'un bien ou d'un service. Abaissement corrélatif du coût de fabrication du produit.

Gsm (*Global System for Mobile Communications*) : Premier standard de téléphonie mobile numérique élaboré dans les années 1980 par les opérateurs et les équipementiers européens.

INFORMATION : tout arrangement ou combinaison symbolique codable en {0,1}. L'information est le signifié du code numérique.

INTERCONNEXION : Techniquement, mise en œuvre de la complémentarité entre deux morceaux d'infrastructures de communications. Économiquement, relation verticale — échange de services systématiques et tarifés — entre opérateurs de réseaux physiques.

INTERNALISATION : Prise en compte par les acteurs économiques d'effets externes, autrement dit sociaux ou environnementaux, associés à leur activité. Le traitement de la pollution ou de l'engorgement urbain donne lieu à des mécanismes spécifiques d'internalisation. La propriété privée est un outil essentiel d'internalisation. Les effets de réseau par lesquels certains consommateurs profitent d'utilités croissantes associés au comportement des autres donnent lieu à des mécanismes tarifaires (voir : subvention croisée) d'internalisation. Parmi lesquels, le gratuit.

LOI DE MOORE : Loi empirique énoncée par Gordon Moore (cofondateur d'Intel) anticipant le doublement de la capacité des composants électronique tous les dix-huit mois. Valide depuis le début des années 1960.

MARCHÉ À DEUX VERSANTS (*two-sided market*) : Plate-forme offrant un service d'intermédiation à deux types distincts de clientèles. Source importante de gratuité. Sa forme la plus simple est le *free lunch* : un invitant paie pour un invité. Dans la téléphonie européenne, l'appelant paie pour l'appelé. Dans les médias gratuits, l'annonceur pour l'annoncé. Le principe s'appuie sur une plate-forme, un point de rencontre — un restaurant, une station de radio, un téléphone, une page Web — et deux tarifs. La plate-forme revend des clients à d'autres clients, qui peuvent aussi être des fournisseurs. Certaines situations de groupement vertical avec effets de réseau sont équivalentes à des marchés à deux versants si l'opérateur qui dessert le client final peut traiter ses fournisseurs comme des annonceurs sur sa plate-forme. C'est le cas du fournisseur d'accès à Internet vis-à-vis de l'opérateur télécom hébergeur, mais aussi, de manière plus générale, celui des grands distributeurs en monopole d'accès sur leurs clients. (Le système des marges arrière dans la grande distribution est fondé sur ce principe : les fournisseurs paient des commissions pour figurer en tête de gondole, c'est-à-dire avoir un accès privilégié au client.)

MASSE CRITIQUE : Sur un marché à effets de réseau, c'est le nombre de consommateur minimal pour que l'utilité de chacun soit supérieure au prix de vente. Au-delà de ce nombre, chaque consommateur aura une utilité supérieure au prix : le marché pourra alors largement se déployer. En deçà, certains consommateurs paient le service au-dessus de leur prix de réserve et, par conséquent, se désistent.

MOYENS DE PROTECTION TECHNIQUE (DRMs) : Systèmes logiciels permettant d'établir l'excluabilité des contenus numériques. Les DRMs (*Digital Rights Management systems*) ajoutent à cette fonction des conditions d'usage ou de circulation de ces biens.

NUMÉRIQUE : Informationnel. Qui donne lieu à codage binaire.

PEER-TO-PEER : Logiciels de mutualisation et d'échange de ressources numériques. L'application systématique de ces logiciels aux contenus sous droits d'auteur, hors du consentement de leurs ayants droit, permet aux réseaux Internet de donner gratuitement accès à ces produits. Il abolit ainsi les règles d'exclusion associées au copyright.

PROPRIÉTÉ INTELLECTUELLE : Instrument d'internalisation de la production de biens informationnels. La propriété intellectuelle accorde un monopole temporaire d'exploitation d'un bien informationnel à son producteur. Celui-ci peut alors contracter avec des distributeurs pour faire diffuser sa production. La propriété intellectuelle s'appuie sur des règles publiques et des moyens techniques privés établissant l'excluabilité des biens informationnels.

PROTOCOLE INTERNET (IP) : Protocole gérant le transport et le routage des paquets d'informations sur les réseaux numériques reliant des ordinateurs entre eux. Ce protocole se substitue progressivement à la commutation de circuits analogiques sur les réseaux historiques de télécommunications.

RELATIONS VERTICALES : Champ de l'économie industrielle étudiant les relations contractuelles entre acteurs économiques. Les relations verticales traitent des apports, des retours escomptés et des risques partagés par des acteurs desservant des marchés communs. Elles structurent également les relations entre fournisseurs de biens et services complémentaires. Elles sont particulièrement complexes dans les domaines engageant des biens informationnels et des effets de réseau (médias).

RÉSEAU : marché d'un bien ou service à effets de réseau. S'applique aux télécoms, aux services bancaires, aux marques, aux biens culturels... Certains économistes distinguent les réseaux « littéraux » repérables par des infrastructures, des réseaux dits « virtuels » fondés sur la circulation symbolique.

RIVALITÉ : Propriété des biens et services rares ou disponibles en quantité limitée. Les consommateurs de biens rivaux privent les autres de ces biens. Les biens rivaux ont, en général, un coût marginal non nul. Les biens informationnels sont non rivaux.

SUBVENTION CROISÉE : Système tarifaire permettant de financer le coût de certains biens par le relèvement du prix de certains autres. Les subventions croisées organisent des transferts entre groupes de consommateurs.

TÉLÉPHONIE CELLULAIRE : Architecture des réseaux de téléphonie mobile divisant en cellules adjacentes le territoire sur lequel un appel peut être émis et reçu.

UTILITÉ : Valeur estimée de l'usage d'un bien ou d'un service pour un consommateur donné. Pour qu'un consommateur achète, il faut que son utilité se situe au-dessus du prix du bien ou du service. L'utilité marginale est la valeur limite à laquelle il devient indifférent d'acheter ou de ne pas acheter. Les biens à effet de réseau sont les biens pour lesquels l'utilité de chaque consommateur s'accroît avec leur nombre.

VALEUR D'AUTARCIE : Part de l'utilité imputable à l'usage privé d'un bien, indépendamment de sa consommation éventuelle par d'autres consommateurs. C'est l'utilité du bien en mode local.

Valeur de synchronisation : Part de l'utilité imputable à la mise d'un bien en réseau. La valeur de synchronisation d'un vêtement de marque est l'utilité qui découle de la possibilité de l'arborer socialement.

Vente groupée (*bundling*) : Vente de plusieurs biens et services pour un prix unique. On distingue deux types d'assemblages : des groupements verticaux dans lesquels une utilité finale agrège les biens et services complémentaires ayant concouru à sa fabrication et des groupements horizontaux rassemblant des utilités différenciées à destination du consommateur final. Le groupement vertical permet de financer le gratuit en faisant payer aux fournisseurs en amont une rente pour accéder au consommateur bénéficiaire d'effets de réseau. C'est le mécanisme de la réversion de commissions aux fournisseurs d'accès à Internet par les opérateurs de transit hébergeant leurs serveurs. Le groupement horizontal permet d'organiser directement la subvention entre consommateurs aux préférences hétérogènes : les consommateurs à l'utilité la plus forte pour l'un des produits vendus subventionnent ceux aux plus faibles consentements-à-payer. En agrégeant, dans une offre unique, plusieurs utilités différenciées, le groupement horizontal donne au consommateur le sentiment d'obtenir gratuitement les utilités excédant prix de réserve. Le groupement horizontal focalise la concurrence sur l'utilité la mieux rémunérée et organise des transferts pour élargir progressivement son marché vers des consommateurs aux préférences plus hétérogènes.

Versionnage : Stratégie commerciale permettant de discriminer les préférences hétérogènes pour un bien et d'exploiter toutes les strates de consentement-à-payer. La stratégie consiste à mettre successivement en marché des variantes de qualité et de prix décroissants afin de toucher d'abord les consommateurs les mieux disposés à payer pour le bien ou le service. Le prêt-à-porter est un *versionnage* de la haute couture. Dans le cas de biens d'expérience, la circulation de versions dégradées et gratuites (bandes-annonces, radio-diffusion de titres musicaux) permet de susciter le désir d'achat.

APPENDICES

Composition Interligne.
Impression Bussière
à Saint-Amand (Cher), le 12 février 2007.
Dépôt légal : février 2007.
Numéro d'imprimeur : 070658/1.
ISBN 978-2-07-033957-0./Imprimé en France.

144940